Oscar classici moderni

W0237624

Racconti fantastici argentini

A cura di Lucio D'Arcangelo

ARNOLDO MONDADORI
EDITORE

© 1997 Arnoldo Mondadori Editore S.p.A., Milano

I edizione Oscar narrativa febbraio 1997
I edizione Oscar classici moderni settembre 1998

ISBN 88-04-45758-9

Questo volume è stato stampato
presso Arnoldo Mondadori Editore S.p.A.
Stabilimento Nuova Stampa – Cles (TN)
Stampato in Italia – Printed in Italy

Tlön, Uqbar, Orbis Tertius di Jorge Luís Borges,
compreso in *La biblioteca di Babele* (Einaudi, Torino, 1955), è stato tradotto da Franco Lucentini.
Bestiario di Julio Cortázar, compreso nel libro dallo stesso titolo (Einaudi, Torino, 1965), è stato tradotto da Flaviarosa Nicoletti Rossini. Tutti gli altri racconti inclusi in quest'antologia sono stati tradotti da Lucio D'Arcangelo.

Introduzione

«Le cose sono reali soltanto in noi.»
Ricardo Güiraldes

Fra i tanti meriti di Borges c'è anche quello di aver propiziato una sorta di *petit-boom* argentino (così lo ha chiamato José Donoso, che guarda soprattutto alla Francia), indipendente dalla *nueva ola* ed almeno in parte precedente. Fu autore, ad esempio, della Prefazione a *L'invenzione di Morel* di Bioy Casares, uscito in Italia nel 1966 con un'Introduzione di Guido Piovene, l'unico fra i critici italiani a tentare di definire non soltanto un autore, ma anche una letteratura: «L'origine terriera, in questi discendenti adesso inurbati di agricoltori cosmopoliti, abitanti in luoghi nei quali la vastità spaziale sostituiva il tempo e la realtà era più mentale che fisica, non li ha intrappolati nel folklore e nel colore indigeno. Spesso, li ha portati al contrario: a una letteratura, staccata e aristocratica, di cabale fantastiche, che sembrano modellate sui congegni della teologia».[1] Tutto ciò fu taciuto o sottaciuto quando si cominciò a pubblicare Cortázar, altra scoperta di Borges, che aveva inserito il suo racconto più famoso, *Casa occupata*, nell'altrettanto celebre *Antologia della letteratura fantastica* compilata in collaborazione con Bioy Casares e Silvina Ocampo. Benché si fosse schierato a

[1] In un raro libro edito da Carabba nel 1937, *Il libro della pampa. Antologia di scrittori argentini*, il curatore, Gherardo Marone, già definiva gli autori argentini come «scrittori di tipo europeo, di cultura eminentemente francese e poi mondiale».

favore di Castro e della sua rivoluzione, l'autore di *Bestiario* e di *Rayuela* non riuscì a convincere i nipotini di Lukács della «bontà» della letteratura fantastica, che non è un'«evasione», ma una liberazione dal carcere in cui il neoilluminismo occidentale e la sua massima espressione, il razionalismo scientifico, pretendono di rinchiudere l'uomo.

Così il *petit-boom* almeno in Italia abortì. Bioy Casares, Cortázar e lo stesso Borges, per quanto grandi o grandissimi, erano soltanto le cime più visibili di una letteratura, quella *porteña*, che aveva sempre coltivato la «passione metafisica». Basti pensare a quelli che Borges considerava i suo padri spirituali: Macedonio Fernández, «scrittore orale», come paradossalmente si definiva, e Leopoldo Lugones, che in *Las fuerzas extrañas* (1906) aveva dato splendidi esempi di quell'«immaginazione ragionata» che stava tanto a cuore all'autore dell'*Aleph*. Ma la generazione più ricca è quella «martinfierrista», di cui fece parte lo stesso Borges. Essa ha dato una serie di autori «imprescindibili», come Eduardo Mallea, che fece della vita contemplativa, «invisibile», la sua bandiera letteraria, Manuel Mujica Laínez, lo scrittore forse più *porteño*, Leopoldo Marechal, autore di un romanzo come *Adán Buenosayres* (1948), che nel suo esoterico simbolismo rappresenta l'esperienza narrativa più vasta e complessa del Novecento ispano-americano. Buenos Aires, la Shangai del mondo occidentale, come fu definita, divenne in quegli anni la capitale della metafisica, intesa come un'avventura dell'immaginazione o, nelle parole di Borges, come «un ramo della letteratura fantastica».

Si trattava di un «filone» letterario non meno originale di quello «asburgico» venuto in auge recentemente, ma la sua natura squisitamente «fantastica» era quanto di più estraneo allo *Zeitgeist* imperante. Piuttosto che accettare questo tipo di letteratura si preferì la scorciatoia del caso letterario, e quei pochi scrittori approdati in Italia furono trattati con lo stupore e la reverenza che si concede al genio, o al talento, sbocciato in quella che molti seguitano a ritenere una «terra vergine», benché un viaggiatore come Massimo Bontempelli già negli anni Trenta scrivesse: «La pampa, essendo infinita, non ha niente di primordiale e selvaggio. La pampa è astratta, metafisica e forse apollìnea...»: parole singolarmente simili a quelle che Ernesto Sábato dirà vent'anni dopo nel suo libro sul tango.

Quest'antologia intende in parte restituire la fisionomia di una vera e propria «corrente letteraria», che ha il suo massimo sviluppo nel '40, ma sèguita almeno fino agli anni Sessanta, dando un'impronta inconfondibile alla narrativa argentina e distinguendola nettamente da quella sorta di barocco espressionismo in cui, specie in Europa, si è voluto identificare il cosiddetto «romanzo latino-americano». Si delineano così almeno tre generazioni di scrittori: i precursori – Lugones, Dabove, Quiroga –, gli autori di quel vero e proprio manifesto letterario che fu l'*Antología de la literatura fantástica* compilata da Borges, Bioy Casares e Silvina Ocampo e gli esponenti di un «nuovo corso» del fantastico rappresentato prima da Mujica Laínez e Cortázar e successivamente da Murena, Denevi e Bonomini. L'argentinità di questi racconti, in cui si sentono, per dirla con Borges, «le solitudini del Sud», è indubitabile, ma ciò che in essi acquista spessore e rilievo è quel «lato dell'ombra», come lo chiama Bioy Casares, quel «mistero delle cose», che, a detta di Savinio, non è altro che la loro più vasta realtà. Se in Europa ciò che denominiamo in modo del tutto vago e impreciso «fantastico» nasce in antitesi alla cultura dominante (la fiaba hoffmanniana *Il piccolo Zaches*, dove i governanti bandiscono le fate dal principato, è a questo proposito emblematica), per quell'«hombre que está solo y espera», come Scalabrini Ortiz definì l'argentino, il linguaggio del *más allá* diventa l'unico possibile.

Lucio D'Arcangelo

Fonti bibliografiche

Leopoldo Lugones, *Yzur*, in *Las fuerzas extrañas* (1906), Ediciones del Ochenta, Buenos Aires, 1980.
Horacio Quiroga, *El espectro*, in *El desierto* (1924), Losada, Buenos Aires, 1965.
Santiago Dabove, *Finis*, in *La muerte y su traje*, Alcándara, Buenos Aires, 1961.
Macedonio Fernández, *Cirugía psíchica de extirpación*, in *Obras completas*, VII, Corregidor, Buenos Aires, 1987.
Jorge Luís Borges, *Tlön, Ukbar, Orbis Tertius*, in *Ficciones*, Sur, Buenos Aires, 1944, ora in *Obras completas*, Emecé, Buenos Aires, 1957 (traduzione italiana *La biblioteca di Babele*, Einaudi, Torino, 1955).
Adolfo Bioy Casares, *En memoria de Paulina*, in *Historias fantásticas*, Emecé, Buenos Aires, 1972.
Silvina Ocampo, *Diario de Porfiria Bernal*, in *Las invitadas*, Losada, Buenos Aires, 1961.
Manuel Peyrou, *Fiesta*, in *Marea de fervor*, Emecé, Buenos Aires, 1967.
Enrique Anderson Imbert, *El fantasma*, in *El grimorio*, Losada, Buenos Aires, 1961.
Adolfo Perez Zelaschi, *Eso*, in *Cuentos fantásticos argentinos*, a cura di Cócaro Radonnet, Emecé, Buenos Aires, 1960.
Manuel Mujica Laínez, *El retrato*, in *El brazalete y otros cuentos*, Sudamericana, Buenos Aires, 1979.
Julio Cortázar, *Bestiario*, in *Bestiario*, Sudamericana, Buenos Aires, 1961 (traduzione italiana *Bestiario*, Einaudi, Torino, 1965).
H.A. Murena, *La sierra*, in *El coronel de caballería y otros cuentos*, Editorial Tiempo Nuevo, Caracas, 1972.

Marco Denevi, *Enoch Soames*, da *Falsificaciones*, ora in *Obras completas*, Corregidor, Buenos Aires, 1980.

Federico Peltzer, *A Bariloche*, in Cócaro Radonnet, *Cuentos fantásticos argentinos*, Emecé, Buenos Aires, 1960.

Angel Bonomini, *La sucursal*, in *Los novicios de Lerna*, Emecé, Buenos Aires, 1972.

Abelardo Castillo, *Mis vecinos golpean*, in *Las otras puertas*, Goyanarte, Buenos Aires, 1961.

Eduardo Gudiño Kieffer, *Belle*, in *Fabulario*, Losada, Buenos Aires, 1972.

Racconti fantastici argentini

I precursori

I deterministi del secolo scorso sostenevano che la fantasia, l'immaginazione, fossero privilegio delle brume del Nord, mentre il Sud era realista. Sospetto che la debolezza dell'argomentazione sia più nella forma che nella sostanza. L'Argentina infatti non la contraddice. Il Sud che dà il titolo ad un racconto di Borges, quello che Borges ha sempre considerato il migliore dei suoi racconti, è, in realtà, «un sud del Sud», un estremo Sud, che ripete, all'inverso, i climi del Nord e le sue lande.

L'Argentina inoltre è il più europeo dei paesi latinoamericani. A differenza del Messico o del Perù, non ha avuto una vera civiltà indigena. I primi coloni vi trovarono solo nomadi, e la pampa: «un territorio vuoto», «un paesaggio astratto e desolato», come lo definisce Sábato, che suscita nella fantasia angosce, incubi che tormentano anche da svegli. «El hombre que se mueve en estas escenas se siente asaltado de temores e incertidumbres fantásticas, de sueños que lo preocupan despierto» scriveva Sarmiento, il maggiore scrittore argentino dell'Ottocento.

Incertezze fantastiche, sogni sognati da svegli: ancor prima che un creolo d'origine germanica, Eduardo L. Holmberg, trasferisse nella llanura *le fantasie hoffmanniane, Sarmiento presagiva in quell'orizzonte «incerto, vaporoso, indefinito» uno scenario naturale per l'immaginario.*

Nel capitolo XIX di The Purple Land *Hudson ci mo-*

stra, emblematicamente, un gruppo di gauchos *che, seduti intorno al fuoco, si raccontano «cose straordinarie»: «animali selvaggi, strani nell'aspetto e nelle abitudini, apparizioni, avventure prodigiose».*

L'incertezza della propria cultura o, come si dice in Argentina, del proprio essere – ciò che Murena chiama il peccato originale dell'America –, consolida la tentazione dell'ignoto, che diventa, a dire di Cortázar, «casi nuestra única tradición».

La letteratura fantastica si afferma con la generazione più porteña, *quella del 1880, ed entra nel Novecento con Leopoldo Lugones (1871-1938), altrettanto importante come narratore che come poeta, esponente della seconda generazione modernista. Incline, come Herbert George Wells, alle suggestioni della scienza, Lugones non incorre nelle ingenuità del suo predecessore. Le metamorfosi presenti in* Las fuerzas extrañas *(1906), pur seguendo lo stesso tracciato di* The Island of doctor Moreau *– bestia* versus *uomo – se ne distinguono nettamente. Non sono trasformazioni esteriori, spettacolari, ma di* comportamento. *Racconti esemplari in questo senso sono* I cavalli di Abdera *e* Yzur, *compreso in quest'antologia. Gli animali di Lugones tendono ad assomigliare all'uomo fino a sfiorarne le caratteristiche più esclusive e intrasmissibili: l'uso della parola. Certamente in Lugones, come del resto in Wells, operano le suggestioni dell'evoluzionismo. Ma il «saggio di una cosmogonia», che precede* Las fuerzas extrañas, *contraddice e capovolge la dottrina darwiniana. Non esiste per Lugones evoluzione dal semplice – la materia inerte – al complesso – la materia vivente –, ma, al contrario, differenziazione da un archetipo originario che è sostanzialmente* l'uomo*: teoria che la scienza meno ufficiale comincia a ritenere, in certo qual modo, plausibile. Questo processo non è avvenuto una volta per sempre, ma è ciclico. La tendenza a* salire, *che si osserva nelle specie viventi, non è dunque un viaggio d'andata, ma di ritorno.*

Quasi sempre le metamorfosi lugoniane sono opera di

un individuo dotato di poteri eccezionali: un mago o uno scienziato. L'ordine cosmico viene deliberatamente alterato con conseguenze sempre «fatali». In Yzur *la scimmia ammaestrata impara finalmente a «parlare», rompendo il silenzio millenario della specie, ma muore subito dopo. Vicino alla tematica lugoniana, soprattutto con* El desierto *(1924) e* El más allá *(1935), Horacio Quiroga (1878-1937) è sicuramente lo scrittore meno* porteño *dell'epoca. Più uruguayano che argentino, visse la maggior parte della sua vita nella foresta intorno a Misiones, tra gli animali selvaggi che, come Kipling, a volte fece protagonisti dei suoi racconti:* Anaconda, El salvaje, Cuentos de la selva. *Se Lucio V. Mansilla si credette la reincarnazione di un personaggio balzacchiano, Louis Lambert, Quiroga fu sul punto di credersi un altro Poe. Il suo destino di «suicida» e la sua prepotente passionalità* – el amor turbio – *lo portarono, inevitabilmente, verso il «soprannaturale» di tradizione anglosassone. Ma ciò che rende originali certi suoi racconti rispetto alla* ghost story *tradizionale è il ricorso al cinema in quanto «arte» ed invenzione tecnica. La possibilità di rinverdire il tema del* revenant *attraverso le immagini cinematografiche era già balenata allo scrittore con* Miss Dorothy Phillips, mi esposa *(1919), a cui seguì* El espectro *(1921), incluso in quest'antologia. In questo racconto, come nel* Puritano, *che è del 1926, il cinema ha modificato la condizione degli attori defunti, che non ottengono la pace, condannati a sopravvivere in una* «sobrevida intangible», *mentre si seguitano a proiettare i loro film. Più audace,* El vampiro *(1927), che è quasi un romanzo, presenta un esperimento «scientifico» non diverso da quello immaginato in* La invención de Morel. *Il protagonista, moderno Pigmalione, tenta di far «vivere» l'immagine cinematografica di un'attrice con l'aiuto, in parte compiaciuto, in parte disgustato, di un allievo di Gustave Le Bon. Entrambi, Quiroga e Bioy, sono affascinati dalla magica sopravvivenza concessa dal cinema ai suoi personaggi; entrambi ne ipotizzano un «perfezionamento» e il progetto dell'uno non ignora quello dell'altro.*

Solitario, cultore di musica, dedito alle più disparate letture, Santiago Dabove (1889-1952) è stato per lungo tempo l'autore di un solo racconto, Ser polvo, *assunto da Borges in quell'Olimpo della letteratura fantastica rappresentato dalla celebre* Antología. *Ma lo stesso Borges, nel '61, aveva dato alle stampe un'introvabile edizione dei suoi racconti,* La muerte y su traje. *Dabove «scriveva per scrivere, nel senso più accidentale e prescindibile della locuzione», resistendo, fin dove possibile, al proprio destino di scrittore. Per lui l'esercizio della letteratura non fu né una professione, né una gloria, ma «una forma di felicità». «Nihilismo ed amarezza» annota Borges «lo portarono alla convinzione che la vita è così poca cosa che non può essere altro che un sogno.» Il tema del «sentirsi in morte» affascinava Dabove, come si vede dai suoi racconti più antologizzati,* Ser polvo *e* Tren. *Ma diversamente dai maestri del macabro, puntava più sull'intelligenza del lettore che sulla sua emozionalità. Tra i racconti strappati alla sua indifferenza,* Finis *spicca per il felice connubio di una fantasia ironica e lucianesca, che a noi ricorda certo il Giacomo Leopardi delle* Operette, *con la visionarietà apocalittica di un H.G. Wells o di un Jules Verne.*

YZUR
di Leopoldo Lugones

Acquistai la scimmia all'asta di un circo fallito.

La prima volta che mi venne in mente di tentare l'esperienza a cui sono dedicate queste righe fu un pomeriggio in cui lessi non so dove che gli indigeni di Giava non attribuiscono all'incapacità la mancanza di linguaggio articolato nelle scimmie, ma all'astensione. «Non parlano» dicono «per paura che le facciano lavorare.»

Simile idea, per niente profonda all'inizio, finì per preoccuparmi fino a trasformarsi in questo postulato antropologico: le scimmie furono uomini che per un motivo o per l'altro cessarono di parlare. Il fatto produsse l'atrofia dei loro organi di fonazione e dei centri cerebrali del linguaggio; indebolì il rapporto fra gli uni e gli altri fino a sopprimerlo del tutto, trasformando l'idioma della specie nel grido inarticolato, e l'umano primitivo decadde in animale.

È chiaro che se si arrivasse a dimostrare questo, verrebbero facilmente spiegate le anomalie che fanno della scimmia un essere così singolare. Ma ci sarebbe una sola dimostrazione possibile: ridare alla scimmia il linguaggio.

Intanto avevo girato il mondo con il mio esemplare, legandolo sempre più a me attraverso peripezie ed avventure. In Europa richiamò l'attenzione e, se avessi voluto, avrei potuto dargli la celebrità di un *Console*.[1]

[1] Nome di una celebre scimmia degli inizi del secolo: si presentava vestita alla moda in un *music-hall* parigino.

Ma la mia serietà di uomo d'affari mal si conciliava con simili pagliacciate.

Tormentato dalla mia idea fissa del linguaggio delle scimmie, esaurii tutta la bibliografia concernente il problema, senza nessun apprezzabile risultato. Sapevo unicamente, con assoluta sicurezza, che *non esiste nessuna ragione scientifica perché la scimmia non possa parlare*. Questo era il risultato di cinque anni di riflessioni.

Yzur (nome di cui non ho mai potuto sapere l'origine, perché ignorata anche dal suo precedente proprietario) era certamente un animale notevole. L'educazione circense, benché ridotta quasi esclusivamente al mimetismo, aveva molto sviluppato le sue facoltà; e questo mi incitava maggiormente a sperimentare su di lui la mia sballata, almeno in apparenza, teoria.

D'altra parte si sa che lo scimpanzé (Yzur lo era) è fra le scimmie quella meglio provvista di cervello ed una delle più docili, il che aumentava le mie probabilità. Ogni volta che lo vedevo venire avanti su due zampe, con le mani dietro la schiena per mantenersi in equilibrio, e il suo aspetto di marinaio ubriaco, la convinzione della sua umanità trattenuta si rafforzava in me.

In verità non c'è nessuna ragione perché la scimmia non possa assolutamente articolare. Il suo linguaggio naturale, vale a dire il complesso di gridi per mezzo dei quali comunica con i suoi simili, è abbastanza variato; la sua laringe, per quanto possa risultare diversa da quella umana, non è mai tanto diversa come quella del pappagallo, che tuttavia parla. In quanto al suo cervello, a parte il fatto che il paragone con quello di quest'ultimo animale dissipa ogni dubbio, basta ricordare che anche quello dell'idiota è rudimentale, e ciò nonostante ci sono cretini che pronunciano qualche parola. Per quanto riguarda la circonvoluzione di Broca, dipende naturalmente dallo sviluppo generale del cervello, senza dire che non è provato che essa sia *necessariamente* la sede in cui è localizzato il linguaggio. Se è il caso di localizzazione meglio stabilito in anatomia, ci sono anche fatti contraddittori che appaiono incontestabili.

Fortunatamente, tra le molte cattive inclinazioni le scimmie hanno il gusto dell'apprendimento, come dimostrano la tendenza imitativa, l'ottima memoria, la riflessione che arriva fino ad una profonda capacità di dissimulazione e l'attenzione comparativamente più sviluppata che nel bambino. Sono quindi i soggetti pedagogici più idonei.

Inoltre la mia era giovane, ed è noto che la gioventù costituisce l'epoca più intellettuale della scimmia, simile in questo al negro. La difficoltà risiedeva unicamente nel metodo che avrei impiegato per comunicarle la parola.

Conoscevo tutti i tentativi infruttuosi dei miei predecessori; ed è superfluo dire che, di fronte alla competenza di qualcuno di loro e all'inutilità di tutti i loro sforzi, i miei propositi fallirono più di una volta; finché il continuo meditare su quel tema mi portò a questa conclusione:

Per prima cosa bisogna sviluppare l'apparato di fonazione della scimmia.

È così infatti che si procede con i sordomuti prima di portarli ad articolare; ed avevo appena fatto questa riflessione che le analogie fra il sordomuto e la scimmia mi si affollarono alla mente.

Prima di tutto la sua straordinaria mobilità mimica che compensa la mancanza di linguaggio articolato, dimostrando che, se si cessa di parlare, non per questo si cessa di pensare, come se l'una facoltà fosse diminuita dalla paralisi dell'altra. Poi altri caratteri più peculiari in quanto più specifici: la diligenza nel lavoro, la fedeltà, il coraggio, accresciuti al massimo da queste due qualità la cui coesistenza è veramente rivelatrice: la facilità per gli esercizi fisici e la resistenza al mal di mare.

Decisi allora di iniziare la mia opera con una vera ginnastica delle labbra e della lingua della mia scimmia, trattandola in questo come un sordomuto. Per il resto mi avrebbe aiutato l'udito a stabilire comunicazioni dirette a carattere verbale, senza necessità di ricorrere al tatto. Il lettore vedrà che a questo proposito le mie previsioni erano troppo ottimistiche.

Fortunatamente fra tutte le grandi scimmie lo scimpanzé è quella che ha le labbra più mobili; e nel caso specifico, avendo sofferto di angina, Yzur sapeva aprire la bocca per farsela esaminare.

Il primo esame confermò in parte i miei sospetti. La lingua rimaneva in fondo alla sua bocca come una massa inerte, senza altri movimenti che quelli della deglutizione. La ginnastica produsse presto i suoi effetti, poiché dopo due mesi sapeva già tirar fuori la lingua in segno di burla. Questo fu il primo rapporto che apprese tra il movimento della sua lingua e un'idea: un rapporto perfettamente concorde con la sua natura, peraltro.

Le labbra mi diedero più lavoro, perché bisognò addirittura tirargliele con delle pinzette; ma lui apprezzava – forse per la mia espressione – l'importanza di quel compito anomalo e l'affrontava con impegno. Mentre io praticavo i movimenti labiali che doveva imitare, rimaneva seduto, grattandosi la groppa con il braccio teso all'indietro e ammiccando in una concentrazione dubitosa, o lisciandosi le basette con tutta l'aria di un uomo che armonizza le sue idee per mezzo di gesti ritmici. Alla fine imparò a muovere le labbra.

Ma l'esercizio del linguaggio è un'arte difficile, come dimostrano i lunghi balbettii del bambino, che lo portano, parallelamente al suo sviluppo intellettuale, ad acquisire l'abito della parola. È dimostrato, infatti, che il centro delle innervazioni vocali è associato a quello della parola in forma tale che lo sviluppo normale di entrambi dipende dal loro esercizio armonico. Questo era già stato intuito nel 1785 da Heinicke, l'inventore del metodo orale per l'insegnamento ai sordomuti, come una conseguenza filosofica. Egli parlava di una «concatenazione dinamica delle idee», frase la cui profonda chiarezza onorerebbe più di uno psicologo contemporaneo.

Riguardo al linguaggio, Yzur si trovava nella stessa situazione del bambino che prima di parlare capisce già molte parole; ma era molto più capace di associare alle parole i giudizi che doveva possedere sulle cose grazie alla sua maggiore esperienza di vita.

Questi giudizi, che non erano soltanto sensitivi, ma anche inquisitivi e disquisitivi, a giudicare dal carattere differenziale che assumevano – il che suppone un ragionamento astratto –, denotavano un grado superiore d'intelligenza certamente molto favorevole ai miei intenti.

Se le mie teorie appaiono troppo audaci, basta riflettere sul fatto che il sillogismo, ossia l'argomentazione logica fondamentale, non è estranea alla mente di molti animali. Perché originariamente il sillogismo è una comparazione fra due sensazioni. Altrimenti perché gli animali che conoscono l'uomo lo fuggono e quelli che non l'hanno mai conosciuto no...?

Cominciai, quindi, l'educazione fonetica di Yzur.

Si trattava di insegnargli prima la parola meccanica per condurlo poi progressivamente alla parola sensata.

Poiché la scimmia possiede la voce ed è quindi avvantaggiata sul sordomuto, avendo delle articolazioni rudimentali più sicure, si trattava di insegnarle quelle modificazioni vocali che costituiscono i fonemi e la loro articolazione, denominata dai maestri statica o dinamica, a seconda che si riferisca alle vocali o alle consonanti. Data la ghiottoneria della scimmia, e seguendo in questo un metodo già impiegato da Heinicke con i sordomuti, decisi di associare ogni vocale ad una leccornia: *a* con patata, *e* con cece, *i* con vino, *o* con cocco, *u* con zucchero, facendo in modo che la vocale fosse contenuta nel nome dell'alimento, o in forma unica e ripetuta come in *patata* e *cocco*, o come suono fondamentale, attirando su di sé i due accenti, tonico e prosodico: *vino*, *zucchero*.

Tutto andò bene finché si trattò delle vocali, ossia dei suoni che si formano con la bocca aperta. Yzur li imparò in quindici giorni. La *u* fu quella che gli costò più fatica pronunciare.

Le consonanti mi diedero un lavoro tremendo e ben presto compresi che non sarebbe mai riuscito a pronunciare quei suoni nella cui articolazione entrano i denti e le gengive. I suoi lunghi canini glielo impedivano del tutto.

Il vocabolario quindi si riduceva alle cinque vocali ed a *b, k, m, g, f, c*: tutte quelle consonanti cioè nella cui formazione intervengono solo il palato e la lingua.

Anche per questo non bastò l'udito. Dovetti ricorrere al tatto come con un sordomuto, appoggiando la sua mano prima sul mio petto e poi sul suo, per fargli sentire le vibrazioni del suono.

Passarono tre anni senza che riuscisse ad articolare una sola parola. Tendeva a denominare le cose con il suono della lettera predominante nel loro nome. Questo era tutto.

Nel circo aveva imparato ad abbaiare, come i cani, suoi compagni di lavoro; e quando mi vedeva disperare nel vano tentativo di strappargli una parola, abbaiava forte come per darmi tutto ciò che sapeva. Pronunciava vocali e consonanti isolatamente, ma non era capace di associarle. Al massimo azzeccava una ripetizione vertiginosa di *p* e di *m*.

Per quanto lentamente, si era operato un grande cambiamento nel suo carattere. Aveva meno mobilità di espressione, lo sguardo più profondo, e assumeva atteggiamenti meditabondi. Per esempio aveva preso l'abitudine di guardare le stelle. Similmente si sviluppava la sua sensibilità; si notava in lui una grande facilità alle lacrime.

Le lezioni continuavano con inflessibile tenacia, ma senza il minimo successo. Erano divenute una dolorosa ossessione e a poco a poco io mi sentivo sempre più portato ad usare la forza. Il mio carattere si inaspriva nel fallimento fino a farmi assumere una sorda animosità contro Yzur. Questi si intellettualizzava sempre più nel suo ribelle mutismo ed io cominciavo a convincermi che non ne sarebbe mai uscito, quando capii di colpo che non parlava perché non voleva parlare.

Il cuoco, terrorizzato, venne a dirmi una notte che aveva sorpreso la scimmia a «parlare con vere parole». Secondo il suo racconto, Yzur stava raggomitolato vicino a un fico, nell'orto; ma il terrore gli impediva di ricordare l'essenziale di tutto ciò, vale a dire le parole. Credeva solo di rammentarne due: *cocco* e *pipa*. Per poco non lo prendevo a calci per la sua imbecillità.

Inutile dire che passai quella notte in preda ad una grande emozione; e l'errore che non avevo commesso in tre anni, quello che rovinò tutto, derivò da quella veglia snervante non meno che dalla mia eccessiva curiosità.

Invece di lasciare che la scimmia arrivasse naturalmente alla manifestazione del linguaggio, il giorno seguente lo chiamai e cercai di imporgliela per obbedienza.

Non ottenni altro che le *p* e le *m* di cui ero stufo, le ipocrite strizzatine d'occhio e – Dio mi perdoni – un certo barlume d'ironia nell'irrequieta ubiquità delle sue smorfie.

Mi arrabbiai e senza alcuna considerazione lo frustai. L'unica cosa che ottenni furono il pianto ed un silenzio assoluto che escludeva anche i gemiti.

Tre giorni dopo si ammalò, cadendo in una specie di cupa demenza complicata da sintomi di meningite. Sanguisughe, docce fredde, purganti, revulsivi cutanei, infusi alcolici di brionia, bromuro: gli venne applicata tutta la terapeutica di quello spaventoso male. Lottai con disperato vigore, spinto un po' dal rimorso, che mi portava a considerare la bestia una vittima della mia crudeltà, e un po' dal timore per la sorte del segreto che forse si sarebbe portato nella tomba.

Dopo molto tempo migliorò, ma era così debole che

non si poteva muovere dal letto. La vicinanza della morte lo aveva nobilitato e umanizzato. I suoi occhi, pieni di gratitudine, non si distoglievano mai da me, seguendomi per tutta la stanza come due sfere girevoli, anche se mi trovavo dietro di lui; la sua mano cercava le mie in un'intimità di convalescenza.

Tuttavia, il demone dell'analisi, il quale non è altro che una forma dello spirito di perversità, mi spingeva a rinnovare le mie esperienze. La scimmia aveva parlato realmente. Quella faccenda non poteva finire così.

Cominciai pian piano, chiedendogli le lettere che sapeva pronunciare. Niente! Lo lasciai solo per ore, spiandolo attraverso un forellino del tramezzo. Niente! Gli rivolsi brevi discorsi, cercando di toccare la sua fedeltà o la sua ghiottoneria. Niente. Quando il discorso era patetico, gli occhi gli si riempivano di lacrime. Quando gli dicevo una frase abituale, come «io sono il tuo padrone» con cui cominciavo tutte le mie lezioni, oppure «tu sei la mia scimmia», con cui completavo la precedente affermazione, per far entrare nella sua mente la certezza di una verità totale, lui diceva di sì chiudendo gli occhi; ma non emetteva nessun suono e non arrivava neppure a muovere le labbra.

Era tornato alla gesticolazione come unico mezzo per comunicare con me; e questo particolare, per la sua analogia con i sordomuti, raddoppiava le mie precauzioni, poiché ognuno sa la grande predisposizione di questi ultimi alle malattie mentali. A momenti desideravo che diventasse pazzo, per vedere se il delirio riusciva a rompere il suo silenzio.

La sua convalescenza era stazionaria. La stessa debolezza, la stessa tristezza. Era evidente che era malato d'intelligenza e di dolore. La sua unità organica si era spezzata sotto la spinta di una cerebralità anormale e, giorno più giorno meno, sarebbe diventato un caso perso.

Ma, nonostante la mansuetudine, accresciuta in lui dalla malattia, il suo silenzio, quel disperante silenzio provocato dalla mia esasperazione, non cedeva. Dal più profondo di una tradizione pietrificata in istinto la razza imponeva all'animale il suo millenario mutismo, fortificandosi di volontà atavica nelle radici stesse del suo essere. Gli antichi uomini della giungla, costretti al silenzio, ossia al suicidio intellettuale, da chissà quale barbara ingiustizia, mantenevano il loro segreto formato da misteri silvestri e abissi di preistoria, in quella decisione ormai inconscia, ma potente per la sua immensa durata.

Sfortunati antropoidi ritardati nell'evoluzione, in cui l'uomo passava all'avanguardia con un dispotismo di oscura barbarie, avevano senza dubbio spodestato le grandi famiglie quadrumani dal dominio arboreo dei loro primitivi eden, diradando le loro file, catturandone le femmine per organizzarne la schiavitù fin dallo stesso ventre materno, fino ad ispirare alla loro impotenza di vinte l'atto di mortale dignità che le portava a rompere con il nemico anche il legame, superiore, ma infausto, della parola, rifugiandosi come salvezza suprema nella notte dell'animalità.

E quali orrori, quali inaudite sevizie devono aver perpetrato i vincitori sulla semibestia in fase evolutiva, perché questa, una volta gustato il fascino dell'intelligenza che è il frutto paradisiaco delle bibbie, si rassegnasse a quella claudicazione della propria stirpe nella degradante eguaglianza degli inferiori; a quella retrocessione che cristallizzava per sempre la sua intelligenza nei gesti automatici dell'acrobata; a quella codardia vitale che avrebbe incurvato eternamente, come un contrassegno bestiale, le sue spalle di dominata, imprimendole quel malinconico sbigottimento che persiste al di là della caricatura che rappresenta.

Ecco ciò che a un passo dal traguardo il mio malumore aveva risvegliato in fondo al limbo atavico. Attraverso milioni di anni la parola, con il suo esorcismo, smuoveva l'antica anima scimmiesca; ma contro questa tentazione, che stava per violare le tenebre dell'animalità protettrice, la memoria ancestrale, diffusa nella specie sotto forma di un istintivo orrore, opponeva un'età sopra l'altra come una muraglia.

Yzur entrò in agonia senza perdere conoscenza. Una dolce agonia a occhi chiusi, con respirazione debole, polso impercettibile, calma assoluta, interrotta ogni tanto per rivolgere verso di me il volto di vecchio mulatto triste in una straziante espressione di eternità. L'ultima sera, la sera della sua morte, accadde la cosa straordinaria che mi aveva spinto a intraprendere questa narrazione.

Mi ero appisolato al suo capezzale, sopraffatto dal calore e dalla quiete del crepuscolo incipiente, quando improvvisamente mi sentii afferrare per i polsi.

Mi svegliai di soprassalto. Questa volta la scimmia, con gli occhi spalancati, stava proprio morendo, e la sua espressione era così umana che mi fece orrore; ma la sua mano, i suoi occhi, mi attiravano così eloquentemente verso di lui che dovetti chinarmi subito verso il suo volto; e allora, con il suo ultimo respiro, l'ultimo respiro che coronava e nel contempo faceva svanire le mie speranze, sgorgarono – ne sono certo – sgorgarono in un mormorio (come descrivere il tono di una voce rimasta senza parlare per diecimila secoli?) queste parole la cui umanità riconciliava le specie:

«Padrone, acqua. Padrone, padrone mio...»

LO SPETTRO
di Horacio Quiroga

Tutte le notti, al Grand Splendid di Santa Fe, Enid ed io assistevamo alle prime cinematografiche. Né burrasche, né notti gelide ci hanno mai impedito di introdurci, alle dieci in punto, nella tiepida penombra del teatro. Lì, da un palco o dall'altro, seguivamo le vicende del film con un mutismo ed un interesse tali che certamente avrebbero richiamato l'attenzione su di noi, se le circostanze in cui eravamo fossero state diverse.

Da un palco o dall'altro, ho detto; poiché la loro ubicazione non è indifferente. Quando qualche notte viene a mancarci lo stesso posto, perché lo Splendid è pieno, ci installiamo, muti e sempre attenti alla rappresentazione, in un qualunque palco già occupato. Non disturbiamo, credo, perlomeno non in modo percepibile. Dal fondo del palco, oppure fra la ragazza al parapetto e il fidanzato stretto al suo collo, Enid ed io, al di fuori del mondo che ci circonda, siamo lì tutt'occhi a guardare lo schermo. E se in verità qualcuno, con un brivido di inquietudine di cui non arriva a comprendere l'origine, volta la testa per vedere quello che non può vedere, o sente un soffio gelido che non si spiega nella calda atmosfera, la nostra presenza di intrusi non è mai notata – giacché ora è necessario dire che Enid ed io siamo morti.

Di tutte le donne che conobbi nel mondo dei viventi, nessuna produsse in me l'effetto di Enid. L'impressione fu così forte che cancellò l'immagine e il ricordo stesso di tutte le altre donne. Nella mia anima scese una notte in cui sorgeva un unico astro imperituro: Enid. La sola possibilità che i suoi occhi giungessero a guardarmi senza indifferenza mi fermava bruscamente il cuore. E di fronte all'idea che una volta avrebbe potuto essere mia, la mascella mi tremava. Enid!

Allora, quando vivevamo nel mondo, ella aveva la più divina bellezza che l'epopea del cinema abbia mai diffuso a mille leghe di distanza, offrendola allo sguardo fisso degli uomini. Soprattutto i suoi occhi erano unici; e mai il velluto di uno sguardo fu incorniciato da ciglia come quelle di Enid: velluto azzurro, umido e riposato, come la felicità che vi singhiozzava.

La sfortuna volle che la incontrassi quando era già sposata.

Ormai non è il caso di nascondere i nomi. Tutti ricordano Duncan Wyoming, lo straordinario attore che, cominciando la sua carriera contemporaneamente a William Hart, ebbe, come lui e alla pari con lui, le stesse profonde capacità di interpretazione virile. Hart ha già dato al cinema tutto ciò che potevamo aspettarci da lui ed è un astro al tramonto. Di Wyoming, invece, sappiamo soltanto quello che abbiamo potuto vedere all'inizio della sua breve e fantastica carriera, quando – in contrasto con lo stucchevole eroe attuale – creò il tipo dell'uomo rude, aspro, brutto, trascurato quanto si voglia, ma uomo dalla testa ai piedi, per la sobrietà, la risolutezza e il tratto distintivo del suo sesso.

Hart seguitò a lavorare e già lo abbiamo visto. Wyoming ci fu sottratto nel fiore dell'età, proprio nel momento in cui stava per finire due pellicole straordinarie, secondo le informazioni della casa: *Il deserto* e *Oltre ciò che si vede*.

Ma il fascino – la capacità di occupare tutti i sentimenti di un uomo – che esercitò su di me Enid, aveva l'eguale soltanto in un'amarezza: Wyoming, che era suo marito, era anche il mio migliore amico.

Duncan ed io avevamo passato due anni senza vederci – essendo lui occupato nel suo lavoro cinematografico ed io in quello letterario. Quando andai a trovarlo a Hollywood, era già sposato.

«Ecco mia moglie» mi disse, gettandomela fra le braccia.

E a lei:

«Stringilo bene, perché non avrai un amico come Grant. E bacialo, se vuoi.»

Non mi baciò, ma al contatto dei suoi capelli sul mio collo, nel brivido di tutti i miei nervi sentii che non avrei mai potuto essere un fratello per quella donna.

Vivemmo due mesi insieme in Canada, e non è difficile comprendere il mio stato d'animo nei confronti di Enid. Ma davanti a Wyoming non mi tradii né in una parola, né in un gesto, né in un movimento. Solo lei, per quanto tranquilla, leggeva nel mio sguardo quanto profondamente la desiderassi.

Amore, desiderio... L'una e l'altra cosa erano in me gemelle, acutamente sentite e confuse fra loro, perché, se la desideravo con tutte le forze della mia anima incorporea, l'adoravo con tutto il torrente del mio sangue sostanziale.

Duncan non lo vedeva. Come poteva vederlo?

All'entrata dell'inverno ritornammo a Hollywood, e Wyoming fu colpito dall'attacco di spagnola che doveva costargli la vita. Lasciava la vedova con una fortuna, ma senza figli. E non era tranquillo, per la solitudine in cui restava la moglie.

«Non è la situazione economica,» mi diceva «ma la mancanza di appoggio morale. In questo inferno del cinema...»

Al momento di morire, facendo abbassare sua moglie e me fino al capezzale e con voce già incerta, ci disse:

«Affidati a Grant, Enid... Finché avrai lui, non avrai nulla da temere.

«E tu, vecchio amico, veglia su di lei. Sii suo fratello... No, non promettere... Ora posso passare dall'altra parte...»

Niente di nuovo nel dolore di Enid e nel mio. Sette giorni dopo tornammo in Canada, nella stessa capanna estiva che un mese prima ci aveva visto in tre cenare davanti alla tenda. Come allora, Enid guardava il fuoco, spinta dal sereno glaciale, mentre io, in piedi, la contemplavo. E Duncan non c'era più.

Devo dirlo: nella morte di Wyoming io vidi soltanto la liberazione di quella terribile aquila in gabbia nel nostro cuore che è il desiderio per una donna che sta al nostro fianco e non si può toccare. Io ero stato il migliore amico di Wyoming e, finché lui era vissuto, l'aquila non aveva desiderato il suo sangue; si era alimentata, l'avevo alimentata con il mio. Ma lui era morto. Wyoming non poteva esigere da me il sacrificio della vita che a lui era venuta a mancare. E Enid era la mia vita, il mio avvenire, il mio respiro e la mia ansia di vivere, che nessuno, neppure Duncan – il mio amico intimo, ma morto – poteva negarmi.

Veglia su di lei... Sì, ma dandole quello che lui le aveva tolto perdendo il suo posto: l'adorazione di una vita intera consacrata a lei! Per due mesi, al suo fianco giorno e notte, vegliai su di lei come un fratello. Ma al terzo caddi ai suoi piedi.

Enid mi guardò immobile, e sicuramente le tornarono alla memoria gli ultimi istanti di Wyoming, perché mi respinse con violenza. Ma io non tolsi la testa dal suo grembo.

«Ti amo, Enid» le dissi. «Senza di te muoio.»

«Tu, Guglielmo!» mormorò lei. «È orribile sentirti dire questo!»

«Tutto quello che vuoi» replicai. «Ma ti amo immensamente.»

«Zitto, zitto!»

«Io ti ho sempre amato... Tu lo sai.»

«No, non lo so.»

«Sì, lo sai.»

Enid mi allontanava sempre, ed io resistevo con la testa fra le sue ginocchia.

«Dimmi che lo sapevi...»
«No, zitto! Stiamo profanando...»
«Dimmi che lo sapevi...»
«Guglielmo!»
«Dimmi solo che sapevi che ti ho sempre amato...»

Le sue braccia si arresero stanche, ed io alzai la testa. Incontrai i suoi occhi un istante, un solo istante, prima che Enid si chinasse a piangere sulle sue stesse ginocchia.

La lasciai sola; e quando un'ora dopo rientrai, bianco di neve, nessuno, vedendo il nostro simulato e tranquillo affetto di tutti i giorni, avrebbe sospettato che avevamo teso le corde dei nostri cuori fino a farle sanguinare.

Perché nell'alleanza fra Enid e Wyoming non c'era mai stato amore. Era sempre mancata una fiammata di follia, smarrimento, ingiustizia – la fiamma della passione che brucia tutta la morale di un uomo e consuma la donna in lunghi singhiozzi di fuoco. Enid aveva voluto bene al marito, nient'altro, e gli aveva voluto bene, nient'altro che questo, davanti a me, che ero la calda ombra del suo cuore, dove ardeva quello che non veniva da Wyoming e dove sapeva che andava a rifugiarsi tutto ciò che di lei non arrivava a lui. La morte, poi, che aveva lasciato un vuoto che io dovevo riempire con l'affetto di un fratello... Di fratello, per lei, Enid, che era la mia sola sete di gioia nell'immensità del mondo!

Tre giorni dopo la scena che ho riferito, tornammo a Hollywood. E un mese più tardi si ripeteva esattamente la situazione: io di nuovo ai piedi di Enid con la testa sulle sue ginocchia e lei che cercava di evitarlo.

«Ti amo sempre più, Enid...»
«Guglielmo!»
«Dimmi che un giorno mi amerai.»
«No!»
«Dimmi solamente che sai quanto ti amo.»
«No!»
«Dimmelo.»

«Lasciami! Non vedi che mi stai facendo soffrire in modo orribile?»

E sentendomi tremare muto sull'altare delle sue ginocchia, bruscamente mi sollevò il viso fra le mani:

«Ma lasciami, ti dico! Lasciami! Non vedi che anch'io ti amo con tutta l'anima e che stiamo commettendo un delitto?»

Quattro mesi esatti, appena centoventi giorni trascorsi dalla morte dell'uomo che lei aveva amato, dell'amico che aveva steso come un velo protettivo tra sua moglie e un nuovo amore...

Insomma, il nostro amore fu così profondo e compenetrato che ancora oggi mi chiedo che assurda finalità avrebbero potuto avere le nostre vite, se non ci fossimo trovati tra le braccia di Wyoming.

Una sera – eravamo a New York – seppi che finalmente si dava *Il deserto*, uno dei due film di cui ho parlato e di cui si aspettava la prima con ansia. Anch'io avevo il più vivo interesse a vederlo e lo proposi a Enid. Perché no?

Ci guardammo per un lungo momento, un'eternità di silenzio durante la quale il ricordo galoppò indietro fra precipitazioni nevose e facce agoniche. Ma lo sguardo di Enid era la vita stessa e presto nel velluto umido dei suoi occhi e nei miei non ci fu altro che la gioia convulsa di adorarci. E nient'altro!

Andammo al Metropole, e dalla penombra rossastra del palco vedemmo apparire, enorme e con il volto più bianco che in punto di morte, Duncan Wyoming. Sentii tremare sotto la mia mano il braccio di Enid.

Duncan!

Quei gesti erano i suoi. Quel sorriso fiducioso era delle sue labbra. Quell'energica figura che scivolava aderente allo schermo era la sua. E a venti metri da lui, quella che stava stretta al suo amico intimo, era sua moglie...

Finché la sala fu al buio, né Enid né io pronunciammo una parola, né cessammo un istante di guardare. E sempre muti, tornammo a casa. Ma lì Enid mi prese il volto fra le mani. Grosse lacrime rotolarono sulle sue guance, e mi sorrideva. Mi sorrideva senza cercare di nascondermi il suo pianto.

«Sì, capisco, amor mio...» mormorai, con le labbra su un lembo della sua pelliccia, che, pur essendo un oscuro dettaglio del suo abito, era ugualmente tutta la sua persona idolatrata. «Capisco, ma non arrendiamoci... Sì... Così dimenticheremo...»

Per tutta risposta Enid, sorridendomi sempre, si rifugiò muta sul mio collo.

La sera successiva tornammo. Che dovevamo dimenticare? La presenza dell'altro, vibrante nel fascio di luce che lo trasportava sullo schermo palpitante di vita; la sua incoscienza della situazione; la sua fiducia nella moglie e nell'amico. Proprio a questo dovevamo abituarci.

Una sera dopo l'altra, sempre attenti ai personaggi, assistemmo al successo crescente di *Il deserto*.

L'interpretazione di Wyoming era eccellente, e si sviluppava in un dramma di brutale energia: una piccola parte nei boschi del Canada e il resto nella stessa New York. La situazione centrale era costituita da una scena in cui Wyoming, ferito nella lotta con un uomo, riceveva bruscamente la rivelazione dell'amore di sua moglie per quest'uomo, che egli aveva ucciso per motivi indipendenti da quell'amore. Wyoming si legava un fazzoletto alla fronte e, adagiato sul divano, ancora ansimante dalla fatica, assisteva alla disperazione di sua moglie sul cadavere dell'amante.

Poche volte la rivelazione del crollo, la desolazione e l'odio sono apparsi su un volto umano con così violenta chiarezza come in questa circostanza negli occhi di Wyoming. La regia del film aveva sfruttato fino alla tortura quel prodigio di espressione, e la scena durava un infinito numero di secondi, quando ne sarebbe bastato uno solo per mostrare al calor bianco la crisi di un cuore in quello stato.

Enid ed io, stretti e immobili nell'oscurità, ammiravamo come nessun altro il morto amico, le cui ciglia quasi ci toccavano quando Wyoming veniva dal fondo a riempire da solo lo schermo. E quando si allontanava di nuovo nella scena d'insieme, l'intera sala sembrava allungarsi in prospettiva. Enid ed io, con una leggera vertigine per questo gioco, ci sentivamo ancora sfiorati dai capelli di Duncan che erano giunti a toccarci. Perché continuavamo ad andare al Metropole? Quale deviazione della nostra coscienza ci portava lì, sera dopo sera, a bagnare di sangue il nostro amore immacolato? Quale presagio ci trascinava come sonnambuli davanti ad un'accusa allucinante che non era diretta a noi, dato che gli occhi di Wyoming erano rivolti da un'altra parte?

Dove guardavano? Non so dove, verso un palco qualunque alla nostra sinistra. Ma una sera notai, lo sentii alla radice dei capelli, che gli occhi *si stavano rivolgendo* a noi! Anche Enid dovette notarlo, perché sentii sotto la mia mano il profondo sussulto delle sue spalle.

Ci sono leggi naturali, princìpi fisici che ci insegnano che fredda magia sia quella degli spettri cinematografici che danzano sullo schermo, simulando fin nei minimi dettagli una vita che si è perduta. Questa allucinazione in bianco e nero è solo la gelida persistenza di un istante, l'immutabile rilievo di un secondo vitale. Ci sarebbe più facile vedere al nostro fianco un defunto che lascia la sua tomba per accompagnarci che percepire il più lieve cambiamento nella livida traccia di un film.

Perfettamente. Ma a dispetto delle leggi e dei princìpi, Wyoming ci stava *vedendo*. Se per la platea *Il deserto* era una finzione romanzesca e Wyoming viveva solo per un'ironia della luce; se non era altro che l'immagine elettrica di una lastra, senza fianchi né profondità, per noi – Wyoming, Enid ed io –, la scena filmata viveva ardentemente, ma non sullo schermo, bensì in un palco, dove il nostro amore senza colpa si trasformava in una mostruosa infedeltà di fronte al marito vivo...

Farsa di attore? Odio finto da Duncan di fronte a quel quadro del *Deserto*?

No! La brutale rivelazione era lì: la tenera moglie e l'amico intimo nella sala dello spettacolo, che con le teste vicine se la ridevano della fiducia riposta in loro...

Ma non ridevamo, perché di notte in notte, palco dopo palco, lo sguardo si rivolgeva sempre più a noi.

"Manca ancora un po'" mi dicevo.

"Sarà domani..." pensava Enid.

Quando il Metropole ardeva di luce, il mondo reale delle leggi fisiche si impadroniva di noi e respiravamo profondamente.

Ma con la brusca cessazione della luce, che sentivamo dolorosamente nei nervi come un colpo, il dramma spettrale ci catturava di nuovo.

A mille leghe da New York, chiuso in una cassa, sottoterra, Duncan Wyoming era disteso senza occhi. Ma la sua sorpresa di fronte al frenetico oblio di Enid, la sua ira e la sua vendetta erano vive lì, accendendo la traccia chimica di Wyoming, muovendosi nei suoi occhi vivi che finalmente si fissavano su di noi.

Enid soffocò un grido e si strinse disperatamente a me.

«Guglielmo!»

«Zitta, per favore...»

«Ora ha tolto una gamba dal divano!»

Sentii che mi si rizzavano i capelli e guardai.

Con la lentezza di una fiera e gli occhi fissi su di noi, Wyoming si alzava dal divano. Enid ed io lo vedemmo levarsi, avanzare verso di noi dal fondo della scena, arrivare al mostruoso primo piano... Un bagliore abbacinante ci accecò nel momento stesso che Enid lanciava un grido.

La pellicola si era bruciata.

Ma nella sala illuminata tutte le teste erano rivolte verso di noi. Alcuni si alzarono dai sedili per vedere cosa succedeva.

«La signora è malata, pare una morta» disse qualcuno nella platea.

«Lui sembra ancora più morto» aggiunse un altro.

La maschera già ci tendeva i soprabiti ed uscimmo.

Che altro? Niente all'infuori del fatto che per tutto il giorno successivo Enid ed io non ci vedemmo. Ma guardandoci per la prima volta la sera per dirigerci al Metropole, Enid aveva già nelle sue pupille profonde la tenebra dell'aldilà e io avevo una pistola in tasca. Non so se qualcuno nella sala riconobbe in noi i malati della sera precedente. La luce si spense, si accese e tornò a spegnersi, senza che nel cervello di Guglielmo Grant riuscisse ad entrare una sola idea normale e senza che le dita contratte di quest'uomo abbandonassero un solo istante il grilletto.

In tutta la vita sono stato padrone di me stesso. Lo sono stato fino alla sera precedente, quando contro ogni giustizia un freddo spettro che svolgeva il proprio ruolo fotografico di tutti i giorni educò le sue mani strangolatrici a dirigersi ad un palco per terminare il film.

Come la sera precedente, nessuno notava sullo schermo qualcosa di anormale, ed è evidente che Wyoming continuava ad ansimare appoggiato al divano. Ma Enid – Enid fra le mie braccia! – aveva il viso rivolto alla luce, pronta a gridare... Allora Wyoming finalmente si alzò!

Io lo vidi venire avanti, crescere, arrivare al margine dello schermo senza distogliere lo sguardo dal mio. Lo vidi staccarsi, venire verso di noi nel fascio di luce; venire nell'aria sulle teste della platea e, sollevandosi, arrivare fino a noi con la testa fasciata. Lo vidi allungare gli artigli delle sue dita... al momento stesso in cui Enid lanciava un urlo orribile, di quelli che con una corda vocale hanno fatto a pezzi la ragione intera – e feci fuoco.

Non posso dire quello che accadde al primo istante. Ma subito dopo i primi momenti di confusione e di fumo mi vidi con il corpo che pendeva fuori dal parapetto – morto.

Dal momento in cui Wyoming si era alzato dal divano avevo puntato la canna della pistola alla sua testa. Lo ricordo con molta chiarezza. Ed io ero quello che aveva ricevuto la pallottola alla tempia. Sono del tutto sicuro che volli dirigere l'arma contro Duncan. Solo che, credendo di puntarla sull'assassino, in realtà la puntai contro me stesso. Fu un errore, un semplice equivoco, nient'altro; ma mi costò la vita.

Tre giorni dopo, Enid abbandonava a sua volta questo mondo. E qui finisce il nostro idillio.

Ma non è ancora finito. Non sono sufficienti un colpo di pistola e uno spettro a far svanire un amore come il nostro. Oltre la morte, la vita e i suoi rancori, Enid ed io ci siamo incontrati. Invisibili, nel mondo dei vivi, Enid ed io siamo sempre insieme, aspettando l'annuncio di un'altra prima cinematografica.

Abbiamo percorso il mondo. È possibile aspettarsi tutto meno che il più lieve incidente di un film passi inavvertito ai nostri occhi. Non siamo più tornati a vedere *Il deserto*. L'interpretazione di Wyoming in quel film non può riservarci sorprese al di fuori di quelle che abbiamo pagato così dolorosamente.

Ora la nostra speranza è riposta in *Oltre ciò che si vede*. Da sette anni la casa produttrice ne annuncia la prima e sono sette anni che Enid ed io aspettiamo. Duncan ne è il protagonista; ma non saremo più nel palco, perlomeno nelle condizioni in cui fummo vinti. Nelle presenti circostanze Duncan può commettere un errore che ci permetta di entrare di nuovo nel mondo visibile, allo stesso modo che le nostre persone *vive*, sette anni fa, gli permisero di animare la gelida lastra del suo film.

Nell'invisibile nebbia dell'incorporeità Enid ed io ora occupiamo il posto privilegiato di osservazione che fu tutta la forza di Wyoming nel dramma precedente. Se la sua gelosia persiste ancora; se si sbaglia a *vederci* e nella tomba fa il minimo movimento verso fuori, noi ne approfitteremo. Il velo che separa la vita dalla morte non si è scostato solo in suo favore e la strada è semiaperta. Fra il Nulla che ha dissolto quello che era Wyoming e la sua resurrezione elettrica resta uno spazio vuoto. Al più lieve movimento che farà l'attore, non appena si staccherà dallo schermo, Enid ed io scivoleremo come in una fessura nel tenebroso corridoio. Ma non seguiremo il cammino di Wyoming verso il sepolcro; andremo verso la Vita, vi entreremo di nuovo. Ed è quindi il caldo mondo da cui siamo stati cacciati, l'amore tangibile e vibrante in ogni senso umano, quello che ci aspetta, Enid e me.

Fra un mese o fra un anno arriverà. Ci preoccupa solo la possibilità che *Oltre ciò che si vede* venga proiettato con un altro titolo, come si fa di solito in questa città. Per evitarlo non ci perdiamo una prima. Notte dopo notte entriamo alle dieci in punto nel Gran Splendid, dove ci installiamo in un palco vuoto o già occupato – indifferentemente.

FINIS
di Santiago Dabove

In una certa circostanza dovetti recarmi al cimitero dei dissidenti, oggi scomparso, per prelevare le ceneri di un lontano parente che erano in un vecchio sepolcro. Mi era stato raccomandato di metterle in un'urna perché la cripta era stata espropriata ed inoltre il cimitero stava per essere tolto da quel luogo. Il sepolcro era un semplice rettangolo di marmo per aprire il quale bastava mettere una buona leva, adeguata, nelle commessure. Così facemmo, l'incaricato, io e un manovale, perché il becchino non prestava più servizio.

Chi non è abituato è sempre impressionato dall'apertura di un sepolcro. È come un falso mistero che si vorrebbe svelare o come un'ostinazione che chieda chiarimenti da dove non possono venire... perché si sa bene tutto il segreto che racchiudono le tombe. Quando la maiolica cedette e potei vedere l'interno, trovai la bara spaccata, lesionata e logora in modo tale che solo alcuni listelli di legno accompagnavano le ossa, non ancora disarticolate, come per steccarle. Nient'altro che un odore di umidità. Sì? No! Vicino al braccio piegato i miei occhi scoprirono una specie di cilindro di metallo che afferrai immediatamente. Svitai il coperchio e trovai un involucro di cuoio o marocchino che custodiva delle carte in parte deteriorate. Con la curiosità che si può immaginare me ne appropriai, aspettando di arrivare a casa per leggerle. Tornai, dunque, con un manoscritto ed una piccola urna che conteneva delle ossa consunte e in parte quasi polverizzate: lento lavoro del tempo e degli agenti distruttivi che finiscono per fare la stessa cosa del forno crematorio, ma meno in fretta.

Con un bel fuoco davanti – era d'inverno – mi misi ad esaminare il manoscritto che sembrava a tratti una profezia e a tratti un semplice sfogo letterario. Ma notai un certo accento commosso, come se l'autore avesse avuto una premonizione. Credo anche che lui «sapesse» del futuro più di quanto molti storici non sappiano del passato e, se si potesse fare un serio esame delle cause storiche, oserei dire che la maggior parte degli storici diventerebbero artisti, romanzieri, poeti semicreativi o, semplicemente, pietosi inventori del passato (antiprofeti).

Ecco ciò che diceva il manoscritto:

Nella prima metà dell'anno 1.34 (della data erano cancellate due cifre e la terza era dubbia, non si vedeva bene se era 8 o 3) gli astronomi scoprirono un fatto singolare: le orbite degli asteroidi, o meglio pianetoidi, furono quasi improvvisamente alterate e senza causa apparente. Coloro che avevano rivolto i loro potenti cannocchiali verso questi pianetini telescopici che si trovano fra Marte e Giove, come si sa, li videro come punti dalla tarantola. Fuori della regolarità dei loro movimenti si comportavano come uno sciame di insetti davanti ad una fonte di luce. Questo che avrebbe potuto essere un motivo di divertimento per bambini fu un tema di riflessione per gli astronomi. Quale era la causa che alterava la classica gravità e solennità dello sciame stellare? Nuove interrogazioni dei cannocchiali al cielo. Niente. Trascorse un po' di tempo e alcuni pianetoidi sparirono. Poiché la causa incognita pareva intensificare la sua potenza, parallelamente fra gli astronomi aumentò il sospetto. Si pensò per analogia che dopo i pianeti telescopici saremmo entrati anche noi nella danza. Questo giusto timore fu come un allarme o un prologo a ciò che doveva venire.

Alcuni astronomi, i meno accademici o ufficiali, affermavano di aver visto, ad una distanza incommensurabile, dei corpi vaganti carichi di grande potenziale elettrico, che per la loro radiazione infrarossa secondo l'analisi spettroscopica dovevano possedere materia ferruginosa. Aggiungevano, per deduzione, che dovevano comportarsi come gigantesche e mostruose elettrocalamite. Orbene (continuavano), d'accordo con ciò, il nostro pianeta che alberga tanto ferro, rocce ferruginose ed altri metalli, non poteva evitare di essere influenzato da quegli enormi corpi, anche se erano polverulenti, come si pretendeva. Lo sarebbe stato in ragione diretta alla sua ricchezza in metalli, soprattutto in ferro.

Il tempo diede loro ragione più presto di quanto essi stessi sperassero. E capitò un caso singolare: la soddisfazione che provavano vedendo compiersi le loro asserzioni scientifiche veniva guastata dal timore del futuro.

Lentamente molti umani, soprattutto quelli che non erano naviganti di professione, cominciarono a sentire quel leggero mal di mare, vuoto o depressione che causa la brusca salita o discesa dell'ascensore a chi non è abituato. Altri, quelli che avevano viaggiato in aereo, dicevano che l'effetto era lo stesso di una subitanea planata. La maggioranza parlava di una peste che sarebbe finita con grandi stragi; e i medici, nel dubbio, inventarono delle iniezioni e dei vaccini. Ma subito si vide che non era niente di tutto questo. In quel momento, io, Marco Prescott, avevo dato la mia promessa di matrimonio ad Amanda, che stava passando la convalescenza in un confortevole albergo costruito in mezzo a vari ettari di terreno alberato. Io avevo avuto un congedo dalla compagnia «Ali per l'uomo», una fabbrica di apparecchi meccanici che, ripiegati, entravano in una valigia e che permettevano di fare, dolcemente e senza troppo fracasso, voli simili a salti che trasformavano gli uomini in una specie di angeli barbuti: angeli soltanto per il volo, perché la loro intima natura non si era potuta ancora modificare. Ma la cosa più piacevole era vedere la grazia con cui le donne saltavano dal letto, grazie a questi apparecchi, e vi davano la mano con un sorriso veramente angelico.

In una delle mie abituali visite ad Amanda la trovai colpita dal male di moda: il mal di mare, le nausee e la sensazione di vuoto. Io che ormai la credevo guarita del tutto mi allarmai pensando ad una ricaduta.

«No, non è niente di tutto questo» mi disse la mia fidanzata. «La vera causa del mio malessere deriva dal fatto che il pianeta si muove in modo molto diverso dal solito.»

Io consideravo Amanda molto intelligente, ma questa opinione mi sembrò una follia. Tuttavia, uscendo, credetti di notare che, in effetti, il movimento del pianeta si sentiva e che ora era impetuoso. Mi prese una paura tremenda al pensiero che quell'impressione fosse soggettiva e che fossi folle, della stessa follia di Amanda. Ma ben presto dovetti convincermi del contrario. Succedeva la stessa cosa a tutti coloro che interrogavo e non era necessario indagare molto per constatare che provavano le stesse sensazioni.

Il movimento della terra si sentiva non come un terremoto, ma come una spinta. Non ho bisogno di dirvi quanto mi mortificasse questo sconvolgimento terracqueo nella circostanza del mio fidanzamento.

Il pianeta aumentava di giorno in giorno i suoi movimenti impetuosi. Quelli che sembravano i suoi *décollages* e le sue cadute facevano venire il mal di mare. A volte sembrava fermarsi come in dubbio e di colpo riprendeva una corsa atroce, come una macchina mal guidata e frenata. La gente a volte doveva prendersi per mano o afferrarsi agli alberi per sostenersi. Le signore si lamentavano di intense vertigini; alcune abortivano. I bambini e i folli erano contenti. Gli scienziati, sconcertati, dissero che non potevano notare direttamente il movimento della terra, dato che tutto si muoveva con noi, ma poiché la sensazione di movimento impetuoso esisteva, insinuarono che eravamo entrati in un'altra atmosfera, più vasta. Furono edificate torri per appendervi dei pendoli che marcavano su piste di sabbia i movimenti terrestri. Questi pendoli avevano una punta, un uncino nel bordo inferiore. Toccando il suolo cominciavano un movimento serpeggiante o zigzagante, arando la terra con la punta. Provocarono molti incidenti e ruppero la testa dura di più di uno scienziato.

I poeti erotici dicevano che Geo, saltando disordinatamente e con spinte diseguali, non era più il misero atomo regolato degli astronomi, ma una pulce inseguita dalle dita umide di una Divinità. I sacerdoti dicevano che tutto questo avveniva per mancanza di fede e perché l'uomo aveva trascurato i suoi doveri con se stesso e soprattutto con la Chiesa.

Poiché i fenomeni continuavano, gli scienziati erano i più sconcertati. Se fossero cessati presto, si poteva archiviarli, dimenticarli e quasi ignorarli, alludendovi ogni tanto sprezzantemente, come fa il partito al potere con le rivoluzioni che non trionfano.

Gli astronomi, molti dei quali sembrano dettare leggi all'universo – tanto svaniti sono con i loro calcoli, soprattutto dopo l'avventura di Le Verrier –, parlavano di riformare la meccanica classica e sudavano pensando alle molte osservazioni che avrebbero dovuto fare, data l'attuale anarchia dei movimenti, perché le loro osservazioni e i loro calcoli, sanzionati e ratificati da una nuova esperienza, sembrassero un'altra volta decreti.

Alterate la rotazione e la traslazione, avevamo alcuni giorni brevissimi ed altri molto lunghi. Guai e disordini di ogni genere. Sconvolgimenti delle scienze economiche. Per esempio: un «pagherò» a 90 o 180 giorni bisognava farlo in ore, d'accordo con un orologio padrone.

Molta gente seria era indignata perché alcuni esseri degradati e «certi poeti» non si lamentavano dell'irregolarità, né partecipavano del panico e del sacro furore che ispirava loro il nuovo ordine, o piuttosto disordine, delle cose. Questi esseri pervertiti e viziosi nella loro ripugnante indifferenza erano giunti a istituire un nuovo gioco, come il rosso e il nero alla *roulette*, in base ai periodi inattesi, in quanto a durata dei giorni e delle notti, utilizzando i loro orologi che camminavano con la vecchia regolarità...

Ma la paura era quasi generale. Essa non sarebbe aumentata finché la terra fosse stata solo come una grassa pernice, che, sorpresa, si mette a volare. Ma presto si vide che i mari spazzavano le spiagge come scope negli improvvisi scatti del pianeta, provocando terribili catastrofi. Le stagioni si alterarono completamente: l'estate più torrida e l'inverno più crudo si succedevano nello spazio di giorni ed anche di ore, il che causò la rovina della vegetazione. Si rese sempre più necessaria la vita sottoterra e, con una tecnica prodigiosa, furono scavati grandi ambienti come falansteri sotterranei, nei quali venivano rispettate le tre condizioni richieste da Fourier: economia, utilità e magnificenza. Tuttavia c'era qualcosa in questa magnificenza, qualcosa che non convinceva, come fosse fatto non in vista della speranza, ma di ciò che deve morire e sparire.

In tanta disgrazia la razza umana ebbe qualche vantaggio: con i bruschi cambiamenti di temperatura mosche e zanzare sparirono. La fetida e immonda cimice non usciva dai suoi rifugi, per timore di un brusco raffreddamento, e così morì di inedia. Fu disposto che tutto nel falansterio fosse nuovo per paura di epidemie, ma molte categorie di pidocchi, funghi, parassiti e bacilli non erano tanto delicate e accompagnarono l'uomo nella sua vita sotterranea. Ci si doveva alimentare con funghi coltivati in cantine e recinti *ad hoc*. Alcuni scienziati ricavarono dal petrolio una combinazione alimentare. Quella che non era gustosa era cara e quella a buon mercato, popolare, produceva nella gente povera che la consumava un nauseabondo odore di lampada che usciva dalla bocca. Bisognava pagare un prezzo alto per una cosa che non aveva gusto. Si custodivano ancora provviste vegetali ed animali in quantità, ma non venivano distribuite per paura della carestia ed anche per egoismo. Già si cominciavano a fabbricare alimenti concentrati e con sostanze chimiche: cosa quest'ultima conosciuta da lunga data, ma abbandonata per le persistenti stitichezze, molto pericolose, che causava nell'uso. In una parola: ben considerato, tutto questo era l'addio alla sensualità ed alla buona vita.

Molti dicevano che eravamo stati abbandonati dalla mano di Dio, ma a me pareva il contrario, perché avvertivo in Lui un'intenzione violenta. Eravamo in compagnia del rischio e dell'avventura.

Poiché da qualche tempo Amanda aveva riacquistato tutto il vigore della sua salute, un giorno di festa mi chiese di uscire. Era d'autunno, ed avremmo visto nella natura serena una copia della nostra gioia, se questa non fosse stata turbata dalla sensazione del viaggio precipitoso della terra. Io mi afferravo alle mani della mia fidanzata che faceva cerchio con altre ragazze, che come lei erano andate in cerca del fidanzato. In quel girotondo d'amore resistevamo al vento, non pensavamo al morire. Le ragazze, impazienti di formare una stabile famiglia, davano calcetti irosi al suolo del pianeta, che non concedeva nessun riposo per l'amore, nessuna sicurezza, e niente che assomigliasse alle vecchie ore. In quel momento la terra fece uno scatto subitaneo come un autobus mal guidato. I vasi con gli ultimi fiori, messi dalle ragazze innamorate, caddero da un lato e i cani si misero a fuggire latrando.

Un'altra volta, in quel cerchio di giovani, facevamo un giro insieme con le foglie portateci da un vento circolare, foglie degli ultimi alberi di quell'ultimo autunno. Qualcosa nel mio cuore mi detta queste parole malinconiche che indicano la fine. Amanda e io giravamo prendendoci per mano ed afferrandoci ad altre mani giovanili, che ora tremavano dalla paura di morire senza realizzare il loro amore. In un folle capitombolo ci separammo dal cerchio e cominciammo a vagare confusi in un lungo crepuscolo, che mi sembrò durare più di sei ore di tristezza. Ce n'erano di più lunghi, così come, a volte, non c'era crepuscolo. Mi si strinse il cuore.

«Amanda,» dissi «ti amo. Sposiamoci!»

«Aspetta che tutto si regolarizzi. Non si può vivere a base di cattivo petrolio. Non abbiamo il necessario.»

La mia afflizione si aggravò. Come aspettare con animo tranquillo la catastrofe terrestre senza il suo amore?

«Ma... non comprendi?»

«Cosa?»

«Non sposiamoci, ma amiamoci.»

«Ci amiano già.»

«No, non ci amiamo. L'amore deve essere così» dissi, intrecciando e premendo le dita con tutta la mia forza. «Non è amore quello che non lascia traccia nel nostro corpo. Lascia gli indugi. Amiamoci! Ché domani moriremo.»

Questo che ai tempi di Catullo o di Orazio sapeva di retorica, aveva ora un significato serio e perentorio. Mi sembrò di capire che gli occhi di Amanda credevano più all'amore come «fatto eterno» che a qualunque meteorologia o cosmogonia. Amanda, che non era argentina, mi accarezzò i capelli e disse con franchezza e lealtà: «Certo, poverino, poveri noi... Bene... quando ci sarà la luna piena...».

Già si sapeva, e lo sapevo anch'io, che la luna aveva le stesse perturbazioni della terra. Amanda contava, per dimenticanza, sul vecchio periodo dell'astro delle donne? La luna era all'inizio della crescita. Ed ecco che compì la sua evoluzione fino a trasformarsi in luna piena, in pochi minuti. Come una magnolia o una «bella di notte» che si apre... Guardai Amanda.

«Andiamo» mi disse accarezzandomi i capelli.

Mentre andavo con lei, un braccio alla sua cintura, pensavo: "L'umanità potrebbe perire? Ci sono repliche da qualche parte, in tutto l'universo? Non so, ma la cosa certa sembra essere che la nostra, quella terrena, per ora e forse per sempre si eclissa, si sta estinguendo".

Pensai che forse, disponendo del calore e del sostentamento necessari, avrei potuto crearla io di nuovo, servendomi dell'amore di Amanda, obbligandola ad essere prolifica, per puro godimento da dilettante, da giocatore di biliardo sdegnoso e indifferente, che lancia con la sua stecca sul campo della violenza qualcosa di sensibile che sarà molto picchiato, urtato, finché non perda la sua carne tenera e poi, nel triste finale, si faccia il riscontro degli urti – carambole, rumore di ossa – mentre sorridono gli angeli crudeli. Ah, non lo vorrei proprio! *Dieu m'en préserve!...* Ma... entriamo.

Nonostante le condizioni di vita irregolari e la meteorologia alterata, c'era un certo ottimismo. Forse era la fiducia che tutto sarebbe passato. I commercianti e gli industriali erano quelli che «sentivano» di più questa fiducia chiamando disfattisti i paurosi. Il fine era di seguitare a vendere i loro prodotti. Io fui chiamato dalla compagnia «Ali per l'uomo» per uscire a fare un giro di propaganda, munito del mio apparecchio che mi faceva salire con quella spinta così graduale e cadere così lentamente.

Dopo un breve ed infruttuoso *raid* di offerta commerciale, in un raggio di un centinaio di chilometri, tornai nei luoghi dove doveva trovarsi Amanda e non la trovai. Discendendo da uno dei voli che facevo con il mio piccolo apparecchio, che portavo a spalla, come uno zaino, mi trovai di fronte un falansterio costruito da poco. Era una galleria come una miniera, ma molto più ampia al suo interno, più capiente. Dentro c'erano forni grandissimi, prodigiosi e fantastici apparati di riscaldamento.

Il calore veniva utilizzato doppiamente: per il semplice ma fondamentale fine di riscaldarsi e come energia meccanica, movimento di telai ed altre industrie indispensabili, non di lusso. La porta d'entrata, o piuttosto la bocca, era infossata, dopo una breve gradinata di scaloni grossolani, che parevano di terra indurita. Allo scopo di non far filtrare l'aria fredda dall'esterno si apriva solo nei momenti in cui qualcuno entrava o usciva. Per la sua forma singolare sembrava una bocca di cetaceo, o piuttosto di un grosso pesce moribondo che boccheggiasse. Un po' più avanti erano installati dei depuratori e riscaldatori d'aria, molto complicati. Ogni sbadiglio pareva inghiottire un uomo o vari uomini, con una certa mortale indolenza, e per il rosso fulgore che lasciava intravedere, si indovinava che le viscere di questo cetaceo erano di fuoco. Tutto dentro era una specie di bulicame, un po' come una fucina o un altoforno dove si lavorano metalli. Ma c'era da tutti i lati profusione di luoghi di riposo, letti, tavoli e altri mobili. I grandi apparati di riscaldamento facevano arrivare tubi di tutte le dimensioni da tutti i lati. Uomini sudati e muscolosi davano l'ultima mano a tutto questo edificio. Pensai che in dispositivi come questo, in rifugi indecenti come questo, sarebbe finita la porzione di umanità più attaccata alla vita, e rabbrividii dall'orrore e dalla pena immaginando le future scene di crudeltà, di fame, di miseria, di prepotenza brutale, di lussuria sanguinosa ed anche di antropofagia che si sarebbero svolte se il combustibile fosse durato più dei viveri. Gli enormi depositi interni di provviste erano custoditi da uomini con mitra.

Mi allontanai con un salto da quel luogo tetro, pensando di prendere un sorso di whisky dalla mia fiaschetta da tasca, per rimettermi in forma. Mi è sempre piaciuto bere sulla terraferma e non in aria. Finii vicino a una parete parallela ad una strada che conduceva al falansterio. Immediatamente udii dall'altra parte delle voci. La voce di Amanda! L'altra, quella di un uomo in cui riconobbi Gould, il potente primo azionista e proprietario delle «Imprese di riscaldamento», diceva: «Sì, figlia mia, non si può scegliere. Se mi ami, avrai il pranzo sicuro e un posto accanto al fuoco... Finché non si vedrà come andrà a finire tutto ciò. Poi riprenderemo una vita splendida».

“Riprenderemo,” pensai “parla come se l’avesse già cominciata. Grasso maiale!”

Lui aggiungeva, continuando i suoi suggerimenti:

«Ma per ora guarda il sole!»

«Sì, sì» rispondeva Amanda. «Sì, sì, sì!»

Anch’io guardai il sole. Il suo disco si era ridotto alla quarta parte. Trattenendo il respiro e con il cuore che pareva scoppiarmi, mi allontanai – senza impiegare l’apparecchio «del futuro», come dicevo ai clienti nei miei giri – su quattro zampe, come gli animali preistorici.

Non andai alla compagnia «Ali per l’uomo». Mi misi a vagare e a saltare con il mio apparecchio vicino al falansterio «Il cetaceo». Volando ridevo istericamente e, quando mi imbattevo in qualche amico che usava lo stesso mezzo di locomozione, conversavamo un po’ nell’aria, come due allegri coleotteri. Ma quando scendevo a terra, barcollavo. Speravo di incontrare Amanda e la mia vigilanza era stretta.

Il freddo aumentava terribilmente.

La terra cessò i suoi scatti. Era rimasta rigida e non presentava un movimento di rotazione apprezzabile. Di conseguenza, una parte rimaneva nell’ombra, ed era uno spicchio di sonno notturno; un’altra nella luce, ed era un occhio senza palpebra; un’altra nella penombra, ed era un crepuscolo come l’insonnia che avevo ora. All’inizio si credette nella permanenza di queste condizioni, ma presto saltò agli occhi degli astronomi che il segmento della vecchia ellissi nel campo di traslazione, dall’afelio al perielio, era molto più aperto, assomigliando ad una linea retta. Questa constatazione altro non era che l’annuncio della condanna a morte dell’umanità e della vita in genere a breve scadenza. In effetti, di lì in avanti il nostro allontanamento dal sole sarebbe stato sempre maggiore, fino a diventare definitivo.

A noi era toccato un crepuscolo. In esso vagavo pigramente, come una farfalla notturna, chiuso in me stesso, quando repentinamente l'oscurità che avanzava in fretta mi fece guardare il sole. Non tramontava, se ne andava. Era quasi delle dimensioni di Venere a sera. Mi venne un impulso curioso ed esclamai come in adorazione, come un *indio* con le braccia in alto: «Te ne vai, Vecchia Cara Madre Antica». Perdendolo mi veniva in mente il vocativo femminile, materno.

Senza sapere come, mi trovai di fronte alla buca con scaloni dove sbadigliava la bocca del «Cetaceo». Stetti lì rannicchiato e gelato per molto tempo. Improvvisamente vidi varie persone che arrivavano correndo e sparivano nel sotterraneo. Da lontano vidi una donna conosciuta che correva, seguita pesantemente da Gould, il grasso potente. Scese gli scaloni senza eleganza ed anche il grasso Gould scese con le gambe aperte, come un compasso rotto.

Amanda entrò, ma il «signore», illividito e intorpidito dal freddo, barcollò. Con pena, con infinita pena, puntai la pistola automatica e la feci cantare varie volte per sgonfiare quell'uomo grasso a cui il denaro e la necessità procuravano perle...

Alcuni arrivavano a tutta corsa gridando: «Il freddo di morte! Arriva il freddo di morte!» e si infilavano nell'antro... Il termometro ad alcool collocato alla bocca del «Cetaceo» scendeva con rapidità spaventosa: 40, 50, 70, 80 gradi sotto zero.

Caddi. La mia ultima visione fu quella di uno stagno d'acqua tiepida e trasparente con isolotti d'erba d'un verde molto puro. Amanda ed io ci sguazzavamo dentro, facendo salire alla superficie la fine fanghiglia del fondo. Piccole rane come oggetti preziosi e smaltati ci guardavano.

Dai cieli scendevano una luce, una pace e una serenità che erano come una segreta musica dell'anima.

Le fantasie metafisiche

Con la cosiddetta generazione «martinfierrista» e in particolare con gli scrittori di Florida il fantastico si trasforma in una corrente letteraria, che, almeno per un certo periodo, diventa dominante ed in qualche misura caratterizzante. Anche un autore come Mallea, dedito con tanta coerenza al romanzo-saggio, ne viene contagiato e lo stesso tremendismo o realismo del terribile, che ha in Arlt la sua figura più rappresentativa, non è del tutto estraneo al genere. Né si può dimenticare Leopoldo Marechal (1900-1970), specie di Meyrink argentino, profeta inascoltato e scrittore a lungo misconosciuto, a causa soprattutto della sua adesione al peronismo. Ci sono buoni motivi per contrapporre Borges a Marechal: il primo aristocratico e «libero pensatore», il secondo cattolico e populista; l'uno cuentista, *l'altro autore di un romanzo-fiume come* Adán Buenosayres. *Ma di là da queste opposizioni, non del tutto superficiali, c'è un filo rosso che unisce i due scrittori: la passione* porteña *per la metafisica. Per entrambi, Buenos Aires, la città labirintica e speculare, propizia, come le città dell'Oriente, alle avventure spirituali, è un riferimento necessario. Qui Carlos Argentino Daneri vede, in uno scantinato, l'alfa e l'omega dell'universo e Adán, «lo sradicato della perfezione, di quello che si chiama cielo», vive la sua incredibile* saison à l'enfer. *Ma in Marechal il fantastico sfocia chiaramente nei simboli e nelle allegorie, sentite, dantescamente, come «le parole di vita». Il sentiero si biforca: da una parte una narrativa criptico-esoterica che lascerà qualche eco in Cortázar, dall'altra le «fantasie metafisiche», dove, come dice Bioy, «il fantastico non sta tanto nei fatti, quanto nel ragionamento».*

Decisiva, come Borges ha più volte ricordato, la presenza di Macedonio Fernández (1874-1952), scrittore «orale», come paradossalmente, ma esattamente, si definiva, e teorico di una letteratura intellettualmente rarefatta, «psichica», dove il nulla, in lotta con la materia, diventa più concreto e reale della materia stessa. Uno strenuo esercizio quello di Macedonio, un pensiero tenuto costantemente in equilibrio su di un filo sottilissimo, sempre in procinto di spezzarsi, e tuttavia capace di mettere in dubbio le più pacifiche, ostinate, certezze: la morte, per esempio: «non sei niente, non il niente». Nelle prose di Macedonio il «racconto» viene continuamente eluso: gli spunti narrativi, esili o del tutto gratuiti, come in Tantalia *e* Chirurgia psichica di estirpazione, *sono semplici pretesti per il ragionamento «metafisico». Una scrittura, quella macedoniana, con continue «finestre» che si aprono nel tessuto del discorso, trasformando l'opera in una perpetua digressione e, di fatto, vanificandola: «No sé si escribo despierto y medito o si medito pero soñando que escribo». Il fantastico coinvolge il fatto stesso dello scrivere. Macedonio «lotta» non soltanto con la materia, ma anche con il linguaggio: conferisce allo spagnolo un'inaudita «profondità» grammaticale – «un cuento de solo de él vivir» –, ingarbugliando, deliberatamente, la sua prosa. Ma le sue trovate letterarie – il discorso* enseguida, *lo schiaffo «metafisico», che riunisce i nomi eterogenei di Berkeley e Gomez de la Serna – caratterizzano (definiscono) uno «spirito* porteño» *destinato a durare oltre il tempo. Ciò che accomuna la* ficción *borgesiana alle «fantasie» macedoniane è quella che lo stesso Borges chiamerebbe un'immaginazione ragionata. Ciò che separa nettamente Borges dal suo maestro è la «densità» di una scrittura situata agli antipodi di quella «tantalica» di Macedonio. Da una parte «il bibliotecario di*

Babele» travalica la stessa cultura occidentale, rivisitando i propri temi attraverso varie tradizioni, filosofiche, religiose, letterarie; dall'altra tutto viene ridotto a poche essenze o «metafore eterne». Estensione ed intensione coincidono, generando una prosa fastosa e ipnotica come un acquario.

Il poliformismo culturale argentino si traduce in uno «escepticismo esencial»*: un'incertezza che non è più soltanto della cultura latinoamericana, ma della cultura senza aggettivi, le cui conoscenze sono tanto parziali e frammentarie quanto «arbitrarie». È questo il senso più profondo di* Tlön, Uqbar, Orbis Tertius, *che si può anche leggere come una parabola del linguaggio. L'antropocentrismo della nostra cultura, sentito come fatalità e illusione, si riflette nella figura mitica del labirinto: ai suoi percorsi, tanto intricati quanto «ordinati», corrisponde l'inanità degli sforzi umani, che accende, talora, la commozione del narratore, attenuandone (compensandone) la distanza di* «percebidor abstracto del mundo».

Coincidentia oppositorum, *negazione del discorso e delle «continuità» concettuali – spazio, tempo, io –: nell'opera di Borges emergono i tratti più generali e astratti del fantastico, che si fa, per così dire, autocosciente, fondando la propria estetica: all'espressione, crocianamente intesa, subentra la «menzione» o allusione; alla «linearità» del linguaggio ordinario la* verticalità *della metafora, «squarcio del Velo».*

C'è un fantastico prima di Borges, romantico, «ingenuo», emozionale, che continua, in parte, con la fantascienza, ed un fantastico dopo Borges: rigoroso, «intellettuale», sorvegliato.

CHIRURGIA PSICHICA DI ESTIRPAZIONE

di Macedonio Fernández

Si vede un uomo che fa la sua vita di tutti i giorni in un ambiente chiuso. È il fabbro Cosimo Schmitz, l'uomo a cui in una celebre seduta chirurgica, davanti a un vasto pubblico, è stato estirpato il senso della futurità. In via prudenziale, certo, gli è stato lasciato (come si fa ora con l'estirpazione delle tonsille, dopo che è stata più volte osservata la nocività dell'asportazione totale) un residuo di percettività del futuro consistente in un'anticipazione di otto minuti. Otto minuti segnano il massimo di prevedibilità concesso alla sua paura degli avvenimenti o alla sua speranza. Otto minuti prima che si scateni il ciclone percepisce il significato dei fenomeni atmosferici che lo annunciano, poiché, pur possedendo la percezione interna ed esterna, non ha il senso del futuro, ossia della correlazione dei fatti: sente, ma non prevede.

E lo si contempla con piacere mentre si alza, si lava, prepara il *mate*; poi si distrae con un giornale, più tardi si serve la colazione, aggiusta una tenda, raddrizza una chiave, ascolta un momento la radio, legge degli appunti in un taccuino, cambia un po' la disposizione degli oggetti nella sua stanza, scrive qualcosa, dà da mangiare ad un uccello, resta per un attimo in poltrona, apparentemente appisolato; poi rifà il letto; arriva mezzogiorno ed è finita la sua mattinata.

Sente bussare forte alla porta, che viene aperta con uno stridente rumore di chiavi, e gli appaiono tre carcerieri o guardiani che si impossessano di lui con la violenza, ma senza resistenza da parte sua.[1] (Avrete capito che la comune mattinata che stava trascorrendo si svolgeva in una cella.) Rimane sbalordito e si lascia trasportare dove gli altri vogliono; ma entrando in un grande salone si presenta alla sua mente la dettagliata rappresentazione di un'aula con dei giudici, un sacerdote, un medico e dei parenti, e ad un lato la grande macchina per l'esecuzione elettrica. In quel lasso degli otto minuti di futuro prevedibile, ricorda e prevede che il giorno prima gli era stata notificata la sentenza di morte e che quella macchina lo aspetta per giustiziarlo.

Ricorda anche che tempo prima, in un certo pomeriggio, era ricorso ad un famoso professore di psicologia per farsi estirpare il ricordo di certe azioni e più che altro il pensiero delle prevedibili conseguenze di quelle azioni: aveva assassinato i suoi familiari e voleva dimenticare la possibile pena. Che cosa avrebbe guadagnato con la fuga, se il timore lo turbava incessantemente? Il famoso specialista non era riuscito a produrre l'oblio, ma in compenso aveva ridotto il futuro ad un quasi presente. E Cosimo andava per il mondo senza sentire la speranza, ma senza sentire neppure il timore.

Il futuro non vive, non esiste per Cosimo Schmitz, il fabbro, non gli dà né gioia né timore. In assenza del futuro anche il passato impallidisce, perché la memoria serve appena; ma come è intenso, totale, eterno il presente, non distratto da visioni o immagini di ciò che deve venire, né dal pensiero che presto sarà tutto passato!

Vivacità, colore, forza, delizia, esaltazione di ogni secondo di un presente da cui è esclusa ogni intrusione, sia di ricordi sia di previsioni: presente abbagliante i

[1] Sono le *e* che fanno i racconti. I semplici racconti con un narrare stringato erano buoni. Ma l'invenzione che esista un «saper raccontare» ha rovinato il genere. Si è deciso che chi sapeva raccontare era un certo Maupassant. Sparì il perfetto racconto di prima, ma l'invocato Maupassant raccontava come prima. Bene!

cui minuti valgono ore. In realtà, non c'è nessun essere umano che, salvo nei primi mesi dell'infanzia, possa avere una remota nozione di quello che è un presente senza memoria né previsione. Né l'amore né la passione né i viaggi né la meraviglia possono assumere l'intensità del sensuale tumulto di quella infinita simultaneità di stati d'animo propria di questo privilegiato del presente, prototipico, senza ricordi né presentimenti, senza inibizioni o esortazioni. Questa era la compensazione che veniva addotta dal famoso professore, nelle spiegazioni che ci diede, per superare gli svantaggi derivanti dalla sua operazione. È così che Cosimo viveva in un'estasi costante, totale e continua, e si doleva dello scialbo vivere della gente, incapace di gustare il presente. È commovente vederlo imbevuto di ogni sfumatura del giorno o della luna, abbagliato da ogni istante del desiderio, della contemplazione. È l'adoratore, l'amante del mondo. Così totale è il suo istante che niente si altera, tutto è eterno, e la cosa più incolore diventa infinita per suggestione e profondità.

Tutto teso e nel contempo trasparente, perché guarda ogni albero ed ogni ombra con tutte le luci della sua anima; senza timori, senza distrazioni. La parola si ritira e vige l'ineffabilità di ciò che urge e si rinnova incontenibile.

Io che racconto mi intenerisco a contemplare il dolce vivere spicciolo, mattutino, del povero Cosimo Schmitz, un automa della gioia sorso per sorso, un cinestesico. Mi spiace che le cose siano andate così. Come psicologo psicologico, non psicofisiologico, ritengo perfettamente possibile ottenere lo stesso risultato, sia di non-memoria, sia di non-previsione, senza bisogno della macchinosa e biologicamente dispendiosa estirpazione chirurgica, che, come ogni intervento chimico, clinico, dietetico o climatico sui gusti e sulle spontaneità con cui nasciamo, è una rovinosa illusione universale. Per non prevedere basta smemorizzarsi e per smemorizzarsi del tutto basta sospendere ogni pensiero sul passato.

Così, caro lettore, se questo racconto non ti piace, sai come dimenticarlo. Forse non lo sapevi e senza saperlo non avresti potuto mai dimenticarlo.

Avrete visto che questo è un racconto con tanto di lettore, ma anche con tanto di autore, che vi rende facile dimenticare le sue invenzioni.

Estinta quindi la sua disponibilità coscienziale a prevedere per otto minuti, percepisce l'attualità del fatto che lo stanno legando alla macchina, ma non prevede il minuto successivo in cui sarà fulminato. Il ritmo coscienziale degli atteggiamenti di preveggenza è alternante o ciclico, non è continuo (a parte il fatto che per l'abbandono deliberato dell'esercizio di prevedere si vive sempre più nel presente totale ed esiste meno l'istante a venire), e non lo è nemmeno in una coscienza che ignora la tecnica di asportazione coscienziale, oggi diffusa con così grande successo, del dottor Sfuturante (pseudonimo del ben noto medico Extirpio Temporalis, che così non cessa di nascondersi, giacché il suo vero nome è Excisio Aporvenius, che non è neppure quello definitivo perché quello proprio vero è Pedro Gutierrez. Per il resto, nonostante il fascino che esercita il suo operato, devo denunciare che questo chirurgo si appropria di tutti i futuri che estirpa,[2] per cui succederà che nessuno avrà il piacere di assistere ai suoi funerali).

Informo di passaggio – dato utile per il lettore – che il dottor Sfuturante spera di poter perfezionare l'operatività psicoestirpativa, che costituisce un grande capitolo della nuova Chirurgia Coscienziale, estendendola

[2] È artistico cogliere questo momento, come ogni momento che si presta, per inserire tutte le comparazioni o le analogie che si affollano alla mente, per esempio che in questo caso il dottore faceva quello che fa il sarto con il cliente che se ne va con il vestito nuovo e butta il vecchio? Perché nella letteratura di tutti i tempi il paragone ha un uso così frequente che al posto di «sta scrivendo» si potrebbe dire «sta paragonando».

al passato. Quando ciò si realizzerà e ne approfitteranno tutti coloro che vorrebbero non aver mai vissuto certi avvenimenti, forse un buon racconto – magari questo lo fosse, magari lo sceglieste – sarà una sufficiente ricreazione per dimenticare tutto nella vita. Il lettore sfuturato e senza anteriorità vivrebbe così ogni momento nella rilettura del mio racconto, mi sarebbe debitore del nobilitante privilegio di essere una persona che vive di un solo racconto.

Lascio la penna al lettore perché scriva per sé quello che io non saprò descrivere: la follia, lo spavento, il deliquio, il divincolarsi mentre viene trascinato, l'orrore di sedersi su quella sedia con le mani legate; e su quel volto, nel suo sembiante, l'apparizione di un'aurora di felicità, di pace, essendosi esauriti gli otto minuti di percezione della futurità: due minuti prima di spirare giustiziato cessa la sua rappresentazione. (Poiché il terrore vive di quello che deve succedere, esaurito il turno degli otto minuti di previsione, rimane sorridente, tranquillo, seduto sulla sedia elettrica, e in quello stato viene fulminato. Perché, come forse non abbiamo ancora detto, ma lo richiede urgentemente la composizione inventiva di questa narrazione, l'impulso previdente di otto minuti era seguito da una pausa di altrettanti minuti di assoluto regno del presente. Fu così che la vittima della macchina di esecuzione elettrica, e vittima nostra, perì con il più sereno dei sorrisi.)

Sarà il lettore quel Poe che io non riesco ad essere in questo momento di orrore seguito da beatitudine? (Ed è arte nei testi letterari descrivere con parole e gesticolazioni?)

Ora è morto senza avere sperimentato il tormento agonico, senza nessuna pena, senza nessuno sforzo di evasione, come se avesse dovuto cominciare una comune mattinata del suo eterno presente. Giace ormai morto Cosimo Schmitz, e quindici giorni dopo il Tribunale fa la seguente dichiarazione riabilitante:

«Un complesso di sottilissime fatalità, ottenebrando

la mente di questo tribunale, lo ha fatto incorrere in un fatale errore oltremodo straziante. L'infelice Cosimo Schmitz era uno spirito inquietissimo ed ansioso di sperimentare tutte le novità meccaniche, chimiche, terapeutiche, psicologiche, che si trovano al mondo. Così fu che un giorno, quindici anni fa, si fece trattare dall'avventuriero Jonatan Demetrius, un tempo celebrato uomo di scienza, il quale, nonostante il suo cinismo, aveva fatto realmente una grande scoperta di istologia e fisiologia cerebrale e con un intervento di sua creazione riusciva veramente a cambiare il passato delle persone che ne erano scontente.[3]

«Capitò nel suo ambulatorio l'infelice avido di novità Cosimo Schmitz. Protestò per il suo passato vuoto e pregò Demetrio di dargli un passato di filibustiere tra i più audaci e sinistri, perché per quarant'anni si era alzato tutti i giorni alla stessa ora nella stessa casa, aveva fatto tutti i giorni le stesse cose e si era coricato tutte le

[3] Senza offesa per il Tribunale, formulo questa domanda di collaborazione scientifica: venivano trapiantati tessuti corticali di individui allegri? Questa tecnica sarebbe molto efficace, ma a causa di certi rischi è stato vietato di stappare simultaneamente un certo numero di crani, poiché in una precipitosa aggiudicazione di nuove coscienze si potrebbero verificare degli errori – come è capitato –: per esempio che ad un individuo che non voglia aver futuro ne venga trapiantato uno di un secolo. Infine, potrei citare Ramón e Cajal, ma Ramón e Cajal non bastano; ci sono molti altri autori e stancherei il lettore, a parte il fatto che non mi piace molto che il lettore in poche pagine finisca col saperne più di me. L'onorevole Tribunale mi fa notare che ben difficilmente posso contestare l'ordine o l'idoneità delle sue deliberazioni, quando io presento la più ingarbugliata delle serie narrative e metto per ultimo quello che viene per primo e all'inizio quello che viene per ultimo. Lo ammetto. Ma non si avverte che la tecnica di narrare all'incontrario, cambiando l'ordine dei pezzi di tempo che configurano la mia narrazione, desterà nel lettore una lucida confusione, diciamo, che lo sensibilizzerà straordinariamente, portandolo a simpatizzare con l'ingarbugliato tratto di esistenza di Cosimo ed a sentire come lui? Sarebbe un fallimento se il lettore leggesse chiaramente quando le mie intenzioni artistiche mirano a indurlo in uno stato di confusione.

notti alla medesima ora, per cui era malato di totale monotonia del passato.

«Ne uscì operato con la coscienza – aggiunta, intercalata ai suoi vaghi ricordi – di essere stato l'assassino di tutti i suoi familiari, il che per alcuni anni lo divertì, ma poi diventò tormentoso. A questo punto il tribunale ha il dovere di rendere noto che la famiglia di Cosimo Schmitz esiste, sana, integra: essa fuggì collettivamente, spaventata da certi segni di follia manifestati da Schmitz. Ciò avvenne in una lontana pianura dell'Alaska: di lì giunse a questo tribunale la notizia di un assassinio multiplo che non ci fu mai.

«Il tribunale quindi confessa che se Cosimo Schmitz sbagliò totalmente nelle sue avventure chirurgiche, maggiormente ha sbagliato il tribunale nell'indagine e nella sentenza sul terribile e inesistente delitto che egli confessava.»

Povero Cosimo Schmitz, povero Tribunale dell'Alta Caledonia!

Vivere nel ricordo ciò che non si è mai vissuto né nell'emozione né nella visione, avere un passato che non è stato presente.[4] Oh, quel giorno con che polso,

[4] Siamo abbastanza scortesi nel riprendere la penna dopo averla passata al lettore. Il mondo non possiede il lettore di un solo racconto, immensa nobiltà, ma non ha neppure il magico autore di un racconto che faccia vivere solo di sé. Ben lontano dal sognarmi investito della massima dignità di quel racconto unico, tanto meno con l'esibizione di questo, ho aspirato modestamente a vivere di un solo racconto; forse non ci sono riuscito. Spogliato ora davanti al lettore di ogni vanità riguardo a questo affascinante aspetto, ammetto che a momenti ho creduto di notare in questo mio scritto qualcosa di molto simile ad un racconto che si cessa di raccontare. Ciò nonostante sono spinto a pubblicarlo dal suo alto valore scientifico. Inoltre, caro lettore, non confondere il racconto che si cessa di raccontare con quello che non si seguita a raccontare.

Tristi tu ed io, Lettore: tu non hai avuto da me il racconto che fa vivere solo di sé ed io non ho avuto la Fortuna Unica di vivere solamente l'uno dell'altro.

tra paura e delizia, strinse l'arma! Tutta la sua famiglia. Fino a quarant'anni un passato, ora un altro: la memoria di un altro essere sotto le stesse forme corporali. Forse più tardi neppure questo presente sarà mai stato suo.

Con un nuovo tocco alla sua mente ormai docile avrà un'altra fragile possibilità di essere stato: un eroe, un chimico; muoverà le stesse braccia di quando esplorava il Sudan o Samoa.

Jonatan Demetrius, innamorato di ogni genere di felicità, plastico datore di gioie e ricordi amorosi a quello che fu un presente di lacrime, con soave scienza e dolce tenerezza si prodigava nell'indovinare ogni anima.

«Che cosa desidera?» E leggeva a Cosimo le pagine più terribili del filibustiere Drake, di Morgan, o dell'amante della Récamier.

«Vorrei essere stato...»

«Lo sarà.»

Povero Cosimo Schmitz! Dopo quelle due operazioni così sinistre non ce ne sarà una terza che lo resusciti?

«Ah no,» esclamà la Terapeutica «il nostro mestiere è l'infallibilità, non tocca a noi coprire i difetti dei tribunali di giustizia!»

Poiché finora, nonostante le più pazienti ricerche, non si è trovato nessun rimedio che fosse con assoluta sicurezza più benefico che distruttivo, a questo punto del nostro racconto è il caso di moralizzare sull'inevitabile debolezza dell'ingegnosità umana con l'esempio del grande scienziato dottor Sfuturante, nelle cui applicazioni, come si vede, la convenienza di esimerci da ogni genere di vaghi e remoti timori e di ansiose e remote speranze ha l'inconveniente di quella fase di pausa dopo gli otto minuti di preveggenza, quando, sospesa ogni prevedibilità, il paziente trattato non prevede neppure che il treno in arrivo a dieci metri di distanza sul binario da lui percorso lo ucciderà in tre secondi.[5]

Ora che ho fatto il mio dovere, tocca al lettore fare il suo: comportarsi come se ci credesse.

[5] Perché ci sono appendicectomie che possono produrre gravi incidenti, l'estirpazione delle tonsille predispone alla poliomielite, le dosi massicce oggi in auge, l'insulina, lo iodio, aumentano le percentuali di mortalità, e dagli interventi chirurgici dipendono numerose morti improvvise per embolia a causa degli analgesici che diminuiscono l'ossigenazione del sangue. Le statistiche inglesi dimostrano che avvengono più morti per vaccinazione che per vaiolo. Abbiamo anche la bancarotta del siero Behring e forse quella del siero antirabbico. Sembra, lettore, che procedendo nella lettura ci stiamo istruendo abbastanza. Lei però nel ringraziare di questo si riserverà di pensare che l'istruzione è buona, ma la digressione è cattiva, deplorevole difettuccio di una così nutrita informazione. Io non vedo perché una digressione, anche scientifica, ed anche in un racconto, sia un male, dopo i soliti romanzoni riempiti per interi capitoli di storia letteraria, critica pittorica, analisi di sinfonie e redenzioni sociali. (Tutto questo condito da descrizioni di mobilia e rappresentazioni della Natura più prossima.) Più difficile è capire come un oppositore delle digressioni possa conversare, mentre mangia, con amici di famiglia, o non possa passare un istante né fare niente di giorno e di notte senza essere accompagnato dalla volgarità fonetica della radio. Io ho dato qui un racconto totale, la gioventù e la morte di un uomo. E che gioventù e che morte! Il lettore può considerare il resto come la radio, qualcosa di interstiziale alla sua lettura del racconto. Il racconto e la radio entrano egualmente nel testo e voi vi liberate dalle avvertenze. Così come le opere liriche – che sono l'interminabile per natura – hanno la parte più interminabile nel finale, che funziona come un applauso che l'opera tributa a se stessa, sicché l'applauso del pubblico sembra un atto di servilismo nei confronti di un successo già applaudito – anche se l'analogia del paragone è scarsa –, io voglio la sicurezza, il successo in qualcosa (poiché quella che meno possiedo è la sicurezza dell'autore di opere liriche), sia nel racconto sia nelle digressioni.

Ho prolungato questa digressione per non far vedere che stavo cercando di trovare il punto dove avevamo lasciato il racconto. Riprendendolo, bisogna osservare che il povero Cosimo, il quale era sfuggito alle bestialità ed ai guai sopra enunciati, finì per cadere nel braciere elettrico senza che noi potessimo avere il piacere di lagnarci minimamente della terapeutica, dovendo lagnarci unicamente della sua colpa.

Insisto nel mio consiglio: accetta, lettore, solo i *trattamenti* che ti lasciano guarire e non andare a provocare la Chirurgia, che non si farà pregare. Tieniti una memoria e un'appendice che ti accompagnino finché sarai in vita.

Per maggiori informazioni si può consultare sulla chirurgia coscienziale il mio racconto *Suicida*, in cui ho già insinuato, temerariamente e profondamente, i metodi dell'Asportazione Coscienziale totale, che, come il lettore avrà visto, è stata sfruttata nella tecnica, ma limitata, nella sua applicazione, ad asportazioni parziali. Morì sorridendo. Il suo molto presente, il suo nessun futuro, il suo duplice passato non gli tolsero nell'ora deserta la gioia di avere vissuto. Cosimo che fu e non fu, che fu più e meno di tutti.[6]

[6] Ho già detto che l'unica cosa che non mi sono proposto è «saper raccontare». Il «raccontare bene», che fu scoperto ai tempi di Maupassant, dopo il quale nessun altro ha più narrato bene, è una farsa, di fronte a cui il lettore recita la «farsa di credere». Credere nel Racconto è un fatuo accademismo; all'infuori dei bambini nessuno ci crede. Il tema o il problema sì che interessa. Il tentativo illusorio e subalterno di far credere, per cui si pretende che esista un saper raccontare, non può avere nessun successo. Il mio sistema di interporre note a piè di pagina, di fare digressioni e parentesi, è un'applicazione coscienziosa della mia teoria che il racconto ascoltato con disattenzione (come la musica) si imprime meglio. E io faccio come ho visto fare in famiglie borghesi quando qualche persona si siede al piano e, in base ad una regola sociale frequentemente osservata, dice ai presenti che, se non proseguono la conversazione mentre suona, sospenderà l'esecuzione. Insomma: fa alla cortesia una scortesia a cui essa stessa invita. Faccio lo stesso con queste digressioni, deviazioni, note a margine, parentesi alle parentesi e forse qualche incoerenza, ma salvo la continuità narrativa con l'uso sistematico di frequenti *e*. Confesso che mi riuscirebbe penoso unicamente non ricevere applausi per questo sistema che propongo e seguo qui. È impossibile prendere sul serio un racconto, il genere mi sembra infantile, ma non ne consegue che questa sia una caricatura di racconto, poiché ho già difeso il mio sistema digressivo, e quanto alla continuità ed al narrare stringato, mi preoccupo di farli emergere mediante le *e*. Le *e* e i *già* rendono narrativa qualunque successione di parole, imbastiscono e «precipitano» tutto. Intanto, senza dirlo, mi sto dichiarando scrittore per il lettore discontinuo, poiché, mentre altri scrittori dimostrano una vera ansia di essere letti attentamente, io invece scrivo con disattenzione, non per disinteresse, ma perché sfrutto l'idiosincrasia che credo di avere scoperto nella psiche dell'udente o del leggente. Essa ha l'effetto di imprimere maggiormente le melodie, i caratteri o gli avvenimenti, purché siano intensi, rendendo difficile all'ascoltatore o al lettore l'ascolto continuato o la lettura ininterrotta.

TLÖN, UQBAR, ORBIS TERTIUS
di Jorge Luís Borges

I

Debbo la scoperta di Uqbar alla congiunzione di uno specchio e di un'enciclopedia. Lo specchio inquietava il fondo d'un corridoio in una villa di via Gaona, a Ramos Mejia; l'enciclopedia s'intitola ingannevolmente *The Anglo-American Cyclopaedia* (New York, 1917), ed è una ristampa non meno letterale che noiosa dell'*Encyclopaedia Britannica* del 1902. Il fatto accadde cinque anni fa. Bioy Casares, che quella sera aveva cenato con me, stava parlando d'un progetto di romanzo in prima persona, in cui il narratore, omettendo o deformando alcuni fatti, sarebbe incorso in varie contraddizioni: che avrebbero permesso ad alcuni lettori – a pochissimi lettori – di indovinare una realtà atroce o banale. Dal fondo remoto del corridoio lo specchio ci spiava. Scoprimmo (a notte alta questa scoperta è inevitabile) che gli specchi hanno qualcosa di mostruoso. Bioy Casares ricordò allora che uno degli eresiarchi di Uqbar aveva giudicato che gli specchi, e la copula, sono abominevoli, poiché moltiplicano il numero degli uomini. Interrogato sull'origine di questo detto memorabile, rispose che *The Anglo-American Cyclopaedia* lo registrava nell'articolo su Uqbar. Nella villa (che avevamo presa in affitto ammobiliata) c'era un esemplare di quest'opera. Nelle ultime pagine del volume XLVI trovammo un articolo su Uppsala; nelle prime del XLVII uno su *Ural-Altaic Languages*; ma nemmeno una parola su Uqbar. Bioy, tra deluso e stupito, interrogò i tomi dell'indice; provò invano tutte le lezioni possibili: Ukbar, Ucbar, Ooqbar, Ookbar, Oukbahr... Prima di andarsene, mi disse che si trattava di una regione dell'Irak, o dell'Asia Minore. Confesso che assentii con un certo imbarazzo. Congetturai che quel paese non documentato, quell'eresiarca anonimo, fossero una finzione improvvisata dalla modestia di Bioy per giustificare una frase. L'esame, affatto sterile, d'uno degli atlanti di Justus Perthes mi confermò in questo dubbio.

Il giorno dopo, Bioy mi chiamò da Buenos Aires. Mi disse che aveva sott'occhio l'articolo su Uqbar, nel volume XLVI dell'*Encyclopaedia.* Il nome dell'eresiarca non c'era, ma c'era ben notizia della sua dottrina, e in parole quasi identiche a quelle citate da lui, sebbene – forse – letterariamente inferiori. Lui aveva citato a memoria: «Copulation and mirrors are abominable». Il testo dell'*Encyclopaedia* diceva: «Per uno di questi gnostici l'universo visibile è illusione, o – più precisamente – sofisma; gli specchi e la paternità sono abominevoli (*"mirrors and fatherhood are abominable"*) perché lo moltiplicano e lo divulgano». Gli dissi, senza mancare alla verità, che mi sarebbe piaciuto vedere codesto articolo. Pochi giorni dopo me lo portò. Il che mi sorprese, perché gli scrupolosi indici cartografici della *Erdkunde* di Ritter ignorano completamente l'esistenza di Uqbar.

Il volume portato da Bioy era effettivamente il XLVI dell'*Anglo-American Cyclopaedia.* L'indicazione alfabetica sul frontespizio e sulla costola era la stessa che nel nostro esemplare (*Tor-Ups*), ma il volume, invece che di 917 pagine, era di 921. Queste quattro pagine supplementari contenevano l'articolo su Uqbar: non previsto (come il lettore avrà notato) dall'indicazione alfabetica. Accertammo poi che tra i due volumi non c'era, a parte questa, altra differenza; entrambi (come credo di avere indicato) erano ristampe della decima *Encyclopaedia Britannica.* Bioy aveva comperato il suo esemplare in una qualsiasi vendita all'asta.

Leggemmo l'articolo con una certa attenzione. Il solo passo sorprendente era quello citato da Bioy; il resto pareva molto verosimile, molto conforme all'intonazione generale dell'opera e (com'è naturale) un po' noioso. Rileggendolo, scoprimmo sotto la sua rigorosa scrittura una fondamentale indeterminatezza. Dei quattordici nomi della sezione geografica ne riconoscemmo solo tre (Khorassan, Armenia, Erzerum), interpolati nel testo in modo ambiguo; dei nomi storici, uno solo: quello dell'impostore Esmerdi il Mago, che però era citato solo per confronto. L'articolo sembrava precisare le frontiere di Uqbar, ma i suoi nebulosi luoghi di riferimento erano fiumi, crateri e montagne di quello stesso paese. Leggemmo, per esempio, che il confine meridionale è formato dai bassopiani di Tsai Chaldun e dal delta dell'Axa, e che nelle isole di questo delta abbondano i cavalli selvatici. Questo, al principio della pagina 918. Dalla sezione storica (pagina 920) apprendemmo che, in seguito alle persecuzioni religiose del XIII secolo, gli ortodossi cercarono rifugio in quelle isole, dove s'innalzano ancora i loro obelischi e dove non è raro, scavando, di ritrovare i loro specchi di pietra. La sezione «Lingua e Letteratura», assai breve, conteneva un solo luogo notabile, in cui si diceva che la letteratura di Uqbar era di carattere fantastico, e che le sue epopee come le sue leggende non si riferivano mai alla realtà, ma alle due regioni immaginarie di Mlejnas e di Tlön... La bibliografia comprendeva quattro volumi che finora non c'è riuscito di trovare, sebbene il terzo – Silas Haslam, *History of the land called Uqbar*, 1874 – figuri nei cataloghi di libreria di Bernard Quaritch.[1] Il primo, *Lesbare und Lesenswerte Bemerkungen über das Land Ukkbar in Klein Asien*, avrebbe la data del 1641 e sarebbe opera di Johannes Valentinus Andreä. La cosa è significativa: un paio d'anni dopo ritrovai inaspettatamente questo nome in certe pagine di De Quincey (*Writings*, volume XIII), e seppi che era quello di un

[1] Haslam è anche autore di una *General history of labyrinths*.

teologo tedesco il quale, al principio del secolo XVII, descrisse la comunità immaginaria della Rosacroce; comunità che altri, poi, fondò realmente sull'esempio di ciò che colui aveva immaginato.

Quella stessa sera fummo alla Biblioteca Nazionale; ma invano disturbammo atlanti, cataloghi, annuari di società geografiche, memorie di viaggiatori e di storici: nessuno era mai stato a Uqbar. Neppure l'indice generale dell'enciclopedia di Bioy registrava questo nome. Il giorno dopo, Carlos Mastronardi (cui avevo riferito il caso) adocchiò in una libreria le costole in nero e oro della *Anglo-American Cyclopaedia*... Entrò e consultò il volume XLVI. Naturalmente, non trovò la minima traccia di Uqbar.

II

All'Hotel de Androgué, tra i caprifogli effusivi e il fondo illusorio degli specchi, sussiste ancora un qualche ricordo limitato e decrescente di Herbert Ashe, ingegnere dei Ferrocarriles del Sur. In vita, come tanti inglesi, aveva patito d'irrealtà; morto, non è nemmeno più il fantasma che era stato. Alto, disincantato, la sua stanca barba rettangolare era stata rossa. Pare che fosse vedovo, senza figli. Ogni anno o due andava in Inghilterra: per visitare (a quanto giudico da fotografie che ci mostrò) una meridiana e alcuni roveri. Mio padre aveva stretto con lui (ma il verbo è eccessivo) una di quelle amicizie inglesi che cominciano con l'escludere la confidenza e prestissimo omettono la conversazione; solevano scambiarsi libri e periodici; solevano affrontarsi, taciturnamente, agli scacchi... Lo ricordo nell'atrio dell'albergo, con un libro di matematica in mano, guardando a volte i colori irrecuperabili del cielo. Una sera, stavamo parlando del sistema di numerazione duodecimale (in cui il dodici si scrive dieci); Ashe mi disse che stava traducendo non so che tavole duodecimali in tavole sessagesimali (in cui sessanta si scrive dieci). Aggiunse che questo lavoro gli era stato affidato da un norvegese a Rio Grande do Sul. Otto anni che lo conoscevamo, e non ci aveva mai detto di essere stato laggiù... Parlammo di vita pastorale, di *capangas*, della parola *gaucho* (che alcuni vecchi dell'est pronunciano ancora *gaúcho*), e non fu più questione – Dio mi perdoni – di funzioni duodecimali. Nel settembre 1937 (noi non eravamo in albergo), Herbert Ashe morì per la rottura di un aneurisma. Giorni prima aveva ricevuto dal Brasile un pacchetto sigillato e raccomandato. Era un libro in ottavo grande. Ashe l'aveva lasciato al bar, dove – mesi dopo – lo ritrovai. Mi misi a sfogliarlo e provai una vertigine stupita e leggera, che non descriverò, perché questa non è la storia delle mie emozioni ma la storia di Uqbar, di Tlön e dell'Orbis Tertius. In una notte dell'Islam che chiamano la Notte delle Notti, si spalancano le porte del cielo e l'acqua si fa più dolce nelle brocche; se queste porte, allora, si fossero aperte, non avrei provato quello che provai. Il libro era scritto in inglese ed era di 1001 pagine. Sulla sua gialla costola di cuoio lessi queste parole, che il frontespizio ripeteva: *A first Encyclopaedia of Tlön. Vol. XI. Hlaer to Jangr.* Non v'era data né luogo di pubblicazione. La prima pagina, e la velina d'una delle tavole portavano un timbro ovale, turchino, con questa iscrizione: *Orbis Tertius.* Due anni prima, nelle pagine d'una enciclopedia plagiaria, avevo scoperto la sommaria descrizione d'un falso paese; ora il caso mi recava qualcosa di più prezioso e più arduo. Avevo tra mano, ora, un frammento vasto e metodico della storia totale d'un pianeta sconosciuto, con le sue architetture e le sue guerre, col terrore delle sue mitologie e il rumore delle sue lingue, con i suoi imperatori e i suoi mari, con i suoi minerali e i suoi uccelli e i suoi pesci, con la sua algebra e il suo fuoco, con le sue controversie teologiche e metafisiche. E tutto ciò articolato, coerente, senza visibile intenzione dottrinale o parodica.

«L'undicesimo volume» di cui parlo contiene riferimenti a volumi precedenti e successivi. Nestor Ibarra, in un articolo già classico della «N.R.F.», nega l'esistenza di questi volumi; Ezequiel Martinez Estrada e Drieu La Rochelle hanno confutato, forse vittoriosamente, questo dubbio. Ma il fatto è che, finora, le ricerche più diligenti sono rimaste senza risultato. Invano abbiamo scompigliato le biblioteche delle due Americhe e d'Europa. Alfonso Reyes, stanco di queste fatiche subalterne e poliziesche, propone che noi si intraprenda in comune l'opera di ricostruire i molti e massicci volumi che mancano: *ex ungue leonem.* Calcola, un po' sul serio, un po' per ischerzo, che una generazione di *tlönisti* potrebbe bastare. Questo calcolo arrischiato ci riporta al problema fondamentale: chi furono gli inventori di Tlön? Il plurale è inevitabile; l'ipotesi d'un solo inventore – d'un infinito Leibniz operante nelle tenebre e nella modestia – è stata scartata all'unanimità. Si pensa che questo *brave new world* sia opera d'una società segreta di astronomi, di biologi, di ingegneri, di metafisici, di poeti, di chimici, di moralisti, di pittori, di geometri... sotto la direzione di un oscuro uomo di genio. Abbondano, infatti, gli individui che dominano queste diverse discipline, ma non quelli capaci di invenzione, e ancor meno quelli capaci di subordinare l'invenzione a un piano rigoroso e sistematico com'è il piano di Tlön. Questo piano è così vasto che il contributo di ciascuno scrittore dev'essere stato infinitesimale. Al principio si credette che Tlön fosse un puro caos, una irresponsabile licenza dell'immaginazione; si sa ora che è un cosmo, e le intime leggi che lo reggono sono state formulate, anche se in modo provvisorio. Mi basti ricordare che nelle contraddizioni apparenti dell'«undicesimo volume» s'è scorta la prova fondamentale che gli altri volumi esistono: tanto è lucido e giusto l'ordine in esso seguito. Le riviste popolari hanno divulgato, con imperdonabile eccesso, la zoologia e la topografia di Tlön; io penso che le sue tigri trasparenti e le sue torri di sangue non meritano, forse, la continua attenzione di *tutti* gli uomini. Ma mi arrischio a spendere qualche minuto sulla sua concezione dell'universo.

Hume, una volta per tutte, osservò che gli argomenti di Berkeley non ammettono la minima replica e non infondono la minima convinzione. Questo giudizio è verissimo sulla terra, falsissimo su Tlön. Le nazioni di questo pianeta sono – congenitamente – idealiste; il loro linguaggio e le derivazioni del loro linguaggio – religione, letteratura, metafisica – presuppongono l'idealismo. Il mondo, per coloro, non è un concorso di oggetti nello spazio; è una serie eterogenea di atti indipendenti; è successivo, temporale, non spaziale. Nella congetturale *Ursprache* di Tlön, da cui procedono gli idiomi e i dialetti «attuali», non esistono sostantivi; esistono verbi impersonali, qualificati da suffissi (o prefissi) monosillabici con valore avverbiale. Per esempio: non c'è una parola che corrisponda alla nostra parola *luna*, ma c'è un verbo che sarebbe da noi *luneggiare* o *allunare*. *Sorse la luna sul fiume* si dice *hlör u fang axaxaxas mlö*, cioè, nell'ordine: verso su (*upward*) dietro semprefluire luneggiò. (Xul Solar traduce brevemente: hop, dietro perscorrere allunò. *Upward, beyond the onstreaming, it mooned.*)

L'anzidetto si riferisce agli idiomi dell'emisfero australe. In quelli dell'emisfero boreale (sulla cui *Ursprache* l'«undicesimo volume» dà pochissime indicazioni) la cellula primordiale non è il verbo, ma l'aggettivo monosillabico. Il sostantivo si forma per accumulazione di aggettivi. Non si dice *luna*: si dice *aereo-chiaro sopra scuro-rotondo*, o *aranciato-tenue-dell'altoceleste*, o qualsiasi altro aggregato. In questo caso particolare, la massa degli aggettivi corrisponde a un oggetto reale; ma si tratta, appunto, di un caso particolare. Nella letteratura di questo emisfero (come nell'universo sussistente di Meinong) abbondano gli oggetti ideali, convocati e disciolti in un istante secondo le necessità poetiche. Determina questi oggetti, a volte, la mera simultaneità; alcuni si compongono di due termini, uno di carattere visivo e uno di carattere uditivo: il colore del giorno nascente e il grido remoto d'un uccello; altri di più termini: il sole e l'acqua contro il petto del nuotatore, il vago rosa tremulo che si vede con gli occhi chiusi, la sensazione di chi si lascia portare da un fiume e, nello stesso tempo, dal sogno. Questi oggetti di secondo grado possono combinarsi con altri; il processo, grazie a certe abbreviazioni, è praticamente infinito. Vi sono poemi famosi composti d'una sola enorme parola. Questa parola corrisponde a un solo oggetto, l'*oggetto poetico* creato dall'autore. Dal fatto che nessuno crede alla realtà dei sostantivi nasce, paradossalmente, che il numero di questi ultimi è interminabile. Gli idiomi dell'emisfero boreale di Tlön possiedono tutti i numeri delle lingue indo-europee, e molti altri.

Non è esagerato affermare che la cultura classica di Tlön comprende una sola disciplina: la psicologia. Le altre le sono subordinate. Ho già detto che gli abitanti di questo pianeta concepiscono l'universo come una serie di processi mentali, che non si svolgono nello spazio, ma successivamente, nel tempo. Spinoza attribuisce alla sua inesauribile divinità i modi dell'estensione e del pensiero; su Tlön, nessuno si sorprenderebbe per la giustapposizione del secondo (che caratterizza solo alcuni stati) e del primo, che è un sinonimo perfetto del cosmo. In altre parole: non concepiscono che lo spaziale perduri nel tempo. La percezione di una fumata all'orizzonte, e poi del campo incendiato, e poi della sigaretta mal spenta che provocò l'incendio, è considerato come un esempio di associazione di idee.

Questo monismo o idealismo totale invalida la scienza. Spiegare (o giudicare) un fatto è unirlo a un altro fatto; ma quest'unione, su Tlön, corrisponde a uno stato posteriore del soggetto, e non s'applica allo stato anteriore, dunque non lo illumina. Ogni stato mentale è irriducibile: il solo fatto di nominarlo – *id est*, di classificarlo – comporta una falsificazione. Da ciò, sembrerebbe potersi dedurre che su Tlön non si dànno scienze, né ragionamenti di sorta. La verità, paradossale, è che le scienze colà esistono, e in numero quasi sterminato. Delle filosofie, nell'emisfero boreale, accade ciò che nell'emisfero australe accade dei sostantivi: il fatto che ogni filosofia non possa essere, in partenza, che un gioco dialettico, una *Philosophie des Als Ob* (del «come se»), ha contribuito a moltiplicarle. Abbondano i sistemi incredibili, ma di architettura gradevole o di carattere sensazionale. I metafisici di Tlön non cercano la verità, e neppure la verosimiglianza, ma la sorpresa. Giudicano la metafisica un ramo della letteratura fantastica. Sanno che un sistema non è altro che la subordinazione di tutti gli aspetti dell'universo a uno qualsiasi degli aspetti stessi. Ma persino l'espressione «tutti gli aspetti» è confutabile, poiché si fonda su un'impossibile addizione dell'istante presente ai passati; e questo stesso plurale, «i passati», è illecito, perché suppone un'altra operazione impossibile... Una delle scuole di Tlön nega perfino il tempo: argomenta che il presente è indefinito, che il futuro non ha realtà che come speranza presente.[2] Un'altra scuola afferma che il tempo è già *tutto trascorso*, e che la nostra vita è appena il ricordo o riflesso crepuscolare, senza dubbio falsato e mutilato, di un processo irrecuperabile. Un'altra, che la storia dell'universo – e in esso le nostre vite, i più tenui particolari delle nostre vite – è la scrittura che produce un dio subalterno per intendersi con un demonio. Un'altra, che l'universo è paragonabile a quelle crittografie in cui non tutti i segni hanno un valore, e che solo è vero ciò che accade ogni trecento notti. Un'altra ancora, che mentre dormiamo qui, stiamo svegli dall'altra parte, e che dunque ogni uomo è due uomini.

Tra le dottrine di Tlön, nessuna ha sollevato tanto

[2] Bertrand Russell (*The analysis of mind*, 1921, p. 159) suppone che il pianeta sia stato creato da pochi minuti, provvisto d'una umanità che «ricorda» un passato illusorio.

scandalo come il materialismo. Alcuni pensatori ne hanno dato una formulazione, ma in termini più fervidi che chiari, come chi sa di proporre un paradosso. Per facilitare l'intendimento di una tesi così inconcepibile, un eresiarca del secolo XI[3] escogitò il sofisma delle nove monete di rame, la cui scandalosa rinomanza equivale, su Tlön, a quella delle aporìe eleatiche. Di questo «ragionamento specioso» si hanno molte versioni, che differiscono quanto al numero delle monete o a quello dei ritrovamenti; ecco la più comune:

> Il martedì, X, tornando a casa per un sentiero deserto, perde nove monete di rame. Il giovedì, Y trova sul sentiero quattro monete, un poco arrugginite per la pioggia del mercoledì. Il venerdì, Z scopre tre monete sullo stesso sentiero e lo stesso venerdì, di mattina, X ne ritrova due sulla soglia di casa sua.

Da questa storia l'eresiarca pretendeva dedurre la realtà – cioè la continuità – delle nove monete recuperate.

> È assurdo (affermava) immaginare che quattro delle monete non siano esistite dal martedì al giovedì, tre dal martedì al venerdì pomeriggio, e due dal martedì al venerdì mattina. È logico pensare che esse siano esistite – anche se in un certo modo segreto, di comprensione vietata agli uomini – in tutti i momenti di questi tre periodi.

Il linguaggio di Tlön si prestava male alla formulazione di questo paradosso; i più non lo compresero. I difensori del senso comune si limitarono, al principio, a negare la veracità della storia. Dissero e ripeterono che si trattava di un inganno verbale, fondato sull'impiego temerario di due voci neologiche, non consacrate dall'uso ed estranee ad ogni pensare severo: i verbi *tro-*

[3] Secolo, in dipendenza dal sistema duodecimale, significa qui un periodo di 144 anni.

vare e *perdere*, che comportavano, qui, una petizione di principio, poiché supponevano l'identità delle prime nove monete e delle seconde. Rammentarono che ogni sostantivo (uomo, moneta, giovedì, mercoledì, pioggia) non ha che un valore metaforico. Denunciarono la perfida circostanza di quell'«un poco arrugginite per la pioggia del mercoledì», che presuppone ciò che si tratta di dimostrare: la persistenza delle quattro monete tra il martedì e il giovedì. Osservarono che altro è *uguaglianza*, altro *identità*; e prospettarono, in guisa di *reductio ad absurdum*, il caso ipotetico di nove uomini che in nove notti successive provano un vivo dolore. Non sarebbe assurdo – chiesero – pretendere che questo dolore sia lo stesso?[4] Aggiunsero che l'eresiarca era stato mosso unicamente dal proposito blasfemo di attribuire la divina categoria dell'essere ad alcune semplici monete; e rilevarono che colui a volte negava la pluralità, altre no. Se l'uguaglianza comporta identità – argomentarono – bisognerebbe anche ammettere che le nove monete sono una moneta sola. Incredibilmente, questi argomenti non riuscirono a una confutazione definitiva. A cento anni dall'enunciazione del problema, un pensatore non meno brillante dell'eresiarca, ma di tradizione ortodossa, formulò un'ipotesi molto audace. Secondo questa felice congettura, v'è un solo soggetto: questo soggetto indivisibile è ciascuno degli esseri dell'universo, i quali sono organi e maschere della divinità. X è Y ed è Z. Z scopre tre monete perché ricorda che X le ha perdute; X ne trova due sulla soglia perché ricorda che le altre sono state recuperate... L'undicesimo tomo lascia capire che la vittoria completa di

[4] Oggi, una delle chiese di Tlön sostiene platonicamente che certe cose, come un determinato dolore, una determinata sfumatura verdastra del giallo, una determinata temperatura, un determinato suono, costituiscono l'unica realtà. Tutti gli uomini, nel vertiginoso istante del coito, sono lo stesso uomo. Tutti gli uomini che ripetono un verso di Shakespeare *sono* William Shakespeare.

questo panteismo idealista si dovette a tre ragioni fondamentali: primo, il ripudio del solipsismo; secondo, la possibilità di conservare la base psicologica delle scienze; terzo, la possibilità di conservare il culto degli dèi. Schopenhauer (l'appassionato e lucido Schopenhauer) formula una dottrina molto simile nel primo volume dei *Parerga und Paralipòmena.*

La geometria di Tlön comprende due discipline abbastanza distinte: la visuale e la tattile. La seconda corrisponde alla nostra, ed è subordinata alla prima. La base della geometria visiva è la superficie, non il punto. Questa geometria ignora le parallele e dichiara che l'uomo che si sposta modifica le forme che lo circondano. Base di quell'aritmetica è la nozione di numero indefinito. Accentuano l'importanza dei concetti di maggiore e minore, che i nostri matematici simboleggiano con > e <. Affermano che l'operazione del contare modifica le quantità e le trasforma da indefinite in definite. Il fatto che vari individui, i quali calcolino una stessa quantità, giungano a risultati eguali, è per gli psicologi un esempio di associazione di idee o di buon esercizio della memoria. Sappiamo già, infatti, che per coloro il soggetto della conoscenza è unico ed eterno.

L'idea del soggetto unico informa anche, completamente, gli abiti letterari. È raro che i libri siano firmati. La nozione di plagio non esiste: s'è stabilito che tutte le opere sono opere d'un solo autore, atemporale e anonimo. La critica suole inventare autori: sceglie due opere dissimili – il *Tao Te King* e *Le mille e una notte*, diciamo –, le attribuisce a uno stesso scrittore, e passa subito a determinare, con diligenza, la psicologia di questo interessante *homme de lettres*...

Non meno indifferenziati sono i libri. Quelli di narrativa hanno tutti lo stesso argomento, con tutte le permutazioni immaginabili. Quelli di carattere filosofico contengono invariabilmente la tesi e l'antitesi, il rigoroso *pro* e *contra* di ciascuna dottrina. Un libro che non includa il suo antilibro è considerato incompleto.

Secoli e secoli di idealismo non hanno mancato di influire sulla realtà. Non è infrequente, nelle regioni più antiche di Tlön, la duplicazione degli oggetti perduti. Due persone cercano una matita; la prima la trova, e non dice nulla; la seconda trova una seconda matita, non meno reale, ma meno attagliata alla sua aspettativa. Questi oggetti secondari si chiamano *hrönir*, e sono, sebbene di forma sgraziata, un poco più lunghi. Fino a non molto tempo fa, i *hrönir* furono creature casuali della dimenticanza e della distrazione. Alla loro produzione metodica – sembra impossibile, ma così afferma l'«undicesimo volume» – non s'è giunti che da cento anni. I primi tentativi furono sterili. Il *modus operandi* merita d'essere ricordato. Il direttore di una delle carceri dello stato comunicò ai detenuti che nell'antico letto d'un fiume v'erano certi sepolcri, e promise la libertà a chi facesse un ritrovamento importante. Durante i mesi che precedettero gli scavi, furono mostrate ai detenuti fotografie di ciò che dovevano ritrovare. Questo primo tentativo mostrò che la speranza e l'avidità possono costituire una inibizione; in una settimana di lavoro con la pala e con il piccone, non si riuscì ad esumare altro *hrön* che una ruota arrugginita, di data anteriore all'esperimento. La cosa fu mantenuta segreta e fu poi ripetuta in quattro istituti di educazione. In tre, l'insuccesso fu quasi completo; nel quarto (il cui direttore morì casualmente durante i primi scavi) gli scolari esumarono – o produssero – una maschera d'oro, una spada arcaica, due o tre anfore di coccio, e il torso verdastro e mutilato d'un re, recante sul petto un'iscrizione che non s'è ancora potuta decifrare. Si scoprì in tal modo come la presenza di testimoni a conoscenza del carattere sperimentale della ricerca costituisca una controindicazione... Le investigazioni in massa producono oggetti contradditori; oggi si preferiscono i lavori individuali e quasi improvvisati. La produzione metodica dei *hrönir* (dice l'«undicesimo volume») ha reso servizi prodigiosi agli archeologi. Essa ha permesso di interrogare e perfino di modificare il passato, divenuto non meno plastico e docile dell'avvenire. Fatto curioso: i *hrönir* di secondo e di terzo grado – i *hrönir derivati da un altro hrön*; quelli derivati dal *hrön* di un *hrön* – esagerano le aberrazioni del *hrön* iniziale; quelli di quinto ne sono quasi privi; quelli di nono si confondono con quelli di secondo; quelli di undicesimo hanno una purezza di linee non posseduta neppure dall'originale. Il processo è periodico: il *hrön* di dodicesimo grado comincia già di nuovo a decadere. Più strano e più puro di ogni *hrön* è talvolta l'*ur*: la cosa prodotta per suggestione, l'oggetto evocato dalla speranza. La gran maschera d'oro cui ho accennato ne è un illustre esempio.

Le cose, su Tlön, si duplicano; ma tendono anche a cancellarsi e a perdere i dettagli quando la gente le dimentichi. È classico l'esempio di un'antica soglia, che perdurò finché un mendicante venne a visitarla, e che alla morte di colui fu perduta di vista. Talvolta pochi uccelli, o un cavallo, salvarono le rovine di un anfiteatro.

1940, Salto Oriental

Poscritto del 1947. – Ho riprodotto l'articolo precedente come apparve nell'*Antología de la literatura fantastica*, 1940, senz'altra esclusione che di alcune metafore e d'una specie di riassunto burlesco che oggi risulterebbe fuori di luogo. Sono accadute tante cose da allora... Mi limiterò a farne cenno.

Nel marzo 1941, in un libro di Hinton che era appartenuto a Herbert Ashe, si trovò una lettera manoscritta di Gunnar Erfjord. La busta recava il timbro postale di Ouro Preto; la lettera chiariva interamente il mistero di Tlön. Il suo testo conferma le ipotesi di Martinez Estrada. La splendida storia cominciò una notte di Lucerna o di Londra, al principio del secolo XVII. Una società segreta e benevola (che contò tra i suoi affiliati Dalgarno, e poi George Berkeley) sorse per inventare un paese. Nel vago programma iniziale figuravano gli «studi ermetici», la filantropia e la cabala. A questo primo periodo risale il curioso libro di Andreä. In capo ad alcuni anni di conciliaboli e di sintesi premature, si comprese che una generazione non bastava per articolare un paese. Si decise che ciascuno dei maestri che formavano la società si sarebbe scelto un discepolo per la continuazione dell'opera. Questo ordinamento ereditario venne osservato. Poi, dopo uno iato di due secoli, la confraternita risorge in America. Nel 1824, a Memphis (Tennessee) uno degli affiliati parla con l'ascetico milionario Ezra Buckley. Quest'ultimo lo sta a sentire con un certo sprezzo, e ride della modestia del progetto. Dice che in America è assurdo inventare un paese, e propone l'invenzione di un pianeta. A questa idea gigantesca ne aggiunge un'altra, figlia del suo nichilismo:[5] quella di mantenere il silenzio sull'enorme impresa. Circolavano allora i venti volumi della prima *Encyclopaedia Britannica*; Buckley suggerisce un'enciclopedia metodica del pianeta illusorio. Lascerà al pianeta i suoi filoni auriferi, i suoi fiumi navigabili, le sue praterie solcate dal toro e dal bisonte, i suoi negri, i suoi postriboli e i suoi dollari, ma a una condizione: «L'opera non patteggerà con l'impostore Gesù Cristo». Buckley nega Dio, ma vuole dimostrare al Dio inesistente che gli uomini mortali sono capaci di concepire un mondo. Buckley muore avvelenato a Bâton Rouge, nel 1828. Nel 1914 la società rimette ai suoi collaboratori, che sono trecento, l'ultimo volume della prima *Encyclopaedia* di Tlön. La pubblicazione resta segreta: i suoi quaranta volumi (l'opera più vasta che mai sia stata compiuta dagli uomini) dovranno servire di base a un'altr'opera più minuziosa, redatta non più in inglese, ma in una delle lingue di Tlön. Questa revisione di un mondo illusorio si chiama provvisoriamente *Orbis Tertius*, e uno dei suoi

[5] Buckley era libero pensatore, fatalista e difensore dello schiavismo.

modesti demiurghi fu Herbert Ashe, non so se come agente di Gunnar Erfjord o come affiliato. Il fatto che egli ricevette l'«undicesimo volume» sembra favorire la seconda ipotesi. Ma gli altri volumi? A cominciare dal 1942, i fatti si moltiplicarono. Ricordo con singolare nettezza uno dei primi, e mi pare che sentii qualcosa del suo carattere premonitore. Accadde in un appartamento della via Laprida, dinanzi a un chiaro e alto balcone aperto al tramonto. La principessa de Faucigny Lucinge aveva ricevuto da Poitiers il suo vasellame d'argento. Dal vasto fondo di un cassone costellato di etichette internazionali, venivano tratti alla luce oggetti fini e immobili: argenteria di Utrecht e di Parigi con una dura fauna araldica, un *samovàr*. Tra il vasellame – con un percettibile e tenue tremore di uccello addormentato – palpitava misteriosamente una bussola. La principessa non la riconobbe. L'ago turchino anelava al nord magnetico; la cassa di metallo era concava; le lettere del quadrante erano d'uno degli alfabeti di Tlön. Fu questa la prima intrusione del mondo fantastico nel mondo reale. Della seconda, per un caso che m'inquieta, fui ancora testimone io stesso. Accadde alcuni mesi dopo, nel bazar di un brasiliano, alla Cuchilla Negra. Amorim e io tornavamo da Sant'Anna. Una piena del fiume Tacuarembó ci obbligò a provare (e a sopportare) quella rudimentale ospitalità. Il brasiliano ci sistemò due brande cigolanti in uno stanzone ingombro di botti e di cuoiami. Ci coricammo, ma ci tennero svegli fino all'alba le escandescenze d'un vicino invisibile, che pareva ubriaco e alternava bestemmie inestricabili con frammenti di canzoni lamentose: o meglio, con frammenti d'una sola canzone lamentosa. Com'è naturale, attribuimmo quell'insistente baccano all'amicizia del padrone per il proprio vino... Ma all'alba, trovammo l'uomo morto nel corridoio. L'asprezza della sua voce ci aveva ingannato: era appena un ragazzo. Nel delirio, gli erano cadute dalla cintura alcune monete e un cono di metallo lucente, del diametro di un dado.

Un bambinello, che volle raccogliere questo cono, non ci riuscì. Un uomo lo sollevò, ma con gran fatica. Io lo tenni in mano per alcuni minuti e ricordo il suo peso intollerabile, che perdurò anche dopo che l'ebbi lasciato. Ricordo anche il cerchio preciso che mi scolpì sul palmo. Il fenomeno d'un oggetto così piccolo e nello stesso tempo così pesante lasciava un'impressione spiacevole, di sgomento e di paura. Un contadino propose di gettarlo nel fiume tumultuoso. Amorim lo acquistò per pochi *pesos*. Nessuno sapeva nulla del morto, tranne che «veniva dalla frontiera». Questi coni piccoli e pesantissimi (fatti d'un metallo che non è di questo mondo) sono l'immagine della divinità in certe religioni di Tlön.

Do qui termine alla parte personale della mia narrazione. Il resto è già nella memoria (o nella speranza, o nel timore) di tutti i miei lettori. Mi basterà di rammentare i fatti seguenti, con parole brevi che s'arricchiranno e s'amplieranno nel concavo ricordo comune. Nel 1944, un reporter del quotidiano «The American» (di Nashville, Tennessee) scovò in una biblioteca di Memphis i quaranta volumi della prima *Encyclopaedia* di Tlön. Ma si discute tuttora sulla natura della scoperta: se sia stata casuale, o se l'abbiano consentita i direttori dell'ancora nebuloso *Orbis Tertius*. L'ipotesi più verosimile è la seconda. Nell'esemplare di Memphis, alcuni passi incredibili dell'«undicesimo volume» (quelli, per esempio, sulla moltiplicazione dei *hrönir*) sono stati eliminati o attenuati; è ragionevole pensare che queste correzioni corrispondano all'intenzione di presentare un mondo non troppo incompatibile con il mondo reale. La disseminazione di oggetti di Tlön nei diversi paesi farebbe parte dello stesso piano...[6] Il fatto è che il «ritrovamento» ha avuto nella stampa internazionale un'eco infinita. Manuali, antologie, riassunti, versioni letterali, ristampe

[6] Resta da risolvere, naturalmente, il problema della *materia* di alcuni di questi oggetti.

autorizzate e non autorizzate di questo *Opus Majus* del Genere Umano hanno inondato e continuano a inondare la terra. Quasi immediatamente, la realtà ha ceduto in più punti. Quel ch'è certo, è che anelava di cedere. Dieci anni fa, bastava una qualunque simmetria con apparenza di ordine – il materialismo dialettico, l'antisemitismo, il nazismo – per mandare in estasi la gente. Come, allora, non sottomettersi a Tlön, alla vasta e minuziosa evidenza di un pianeta ordinato? Inutile rispondere che anche la realtà è ordinata. Sarà magari ordinata, ma secondo leggi divine – traduco: inumane – che non finiamo mai di scoprire. Tlön sarà un labirinto, ma è un labirinto ordito dagli uomini, destinato a esser decifrato dagli uomini.

Il contatto con Tlön, l'assuefazione ad esso, hanno disintegrato questo mondo. Incantata dal suo rigore, l'umanità dimentica che si tratta d'un rigore di scacchisti, non di angeli. È già penetrato nelle scuole l'«idioma primitivo» (congetturale) di Tlön; e l'insegnamento della sua storia armoniosa (e piena di episodi commoventi) ha già obliterato quella che presiedette alla mia infanzia: già, nelle memorie, un passato fittizio occupa il luogo dell'altro, di cui nulla sapevamo con certezza... neppure se fosse falso. Sono state riformate la numismatica, la farmacologia e l'archeologia. Suppongo che la biologia e la matematica attendano anch'esse il proprio *avatar*... Una sparsa dinastia di solitari ha cambiato la faccia del mondo. I lavori continuano. Se le nostre previsioni non errano, tra un centinaio d'anni qualcuno scoprirà i cento volumi della seconda *Encyclopaedia* di Tlön.

Allora spariranno dal pianeta l'inglese e il francese e il semplice spagnolo. Il mondo sarà Tlön. Io non me ne curo, io continuo a rivedere, nelle quiete giornate dell'Hotel de Androgué, un'indecisa traduzione quevediana (che non penso di dare alle stampe) dell'*Urn Burial* di Browne.

(Traduzione di Franco Lucentini)

Il decennio dell'*Antología*

Poeta d'avanguardia, narratore, critico, co-autore, Borges ha avuto numerosi «compagni di strada». Non è esagerato affermare che, in qualche caso, l'influenza esercitata è stata pari a quella ricevuta. Molti scrittori, prima e dopo la nascita della rivista «Sur», *si sono affacciati all'orizzonte borgesiano: Oliverio Girondo, Manuel Peyrou, José Bianco, Juan Roberto Wilcock. Ma lo scrittore più affine, il sodale, per dirla con D'Annunzio, è stato Adolfo Bioy Casares, autore del «prologo» alla ormai celebre* Antologia della letteratura fantastica*: vero e proprio manifesto di quella corrente letteraria «fantastica» che, sviluppatasi nel '40, ha dato una durevole impronta alla narrativa argentina. Nell'opera di Bioy il racconto fantastico diventa un mezzo di conoscenza, anche se non esclude, come in Borges, la categoria «uomo». La sua narrativa ci obbliga a rivedere continuamente i confini di ciò che consideriamo reale, presentandoci il mondo come un sistema di relazioni perpetuamente mobili e aperte. Il fantastico ci svela ciò che l'uomo può o meglio* non *può. Non è tanto l'invisibile a tentare Bioy, quanto* l'impossibile, *legato come tale alla condizione umana.*

Come Buzzati, Bioy crea personaggi e situazioni quotidiane che ingannano il lettore sui fini che si propone. Non corregge la realtà (non ribattezza, ad esempio, le strade di Buenos Aires come fa Borges in La morte e la bussola*); si limita ad introdurvi elementi incongrui.*

Se le ficciones *borgesiane riflettono una passione puramente metafisica, nella narrativa di Bioy domina l'amore, inteso «come una percezione privilegiata, la più lucida e totale, della nostra irrealtà e di quella del mondo». Questo amore «intransitivo» altera il tempo e genera fantasmi, che sono in realtà ectoplasmi. Paolina, che nel racconto omonimo riappare dopo morta, non è, come si potrebbe pensare, e come pensa il narratore stesso, un* revenant, *ma la proiezione, o materializzazione, di una furibonda gelosia. La soluzione «soprannaturale» viene rifiutata a beneficio di un'altra non meno straordinaria.*

*Non meno di Borges e del marito Bioy, con cui ha firmato l'*Antología *del '40, Silvina Ocampo ama i «juegos con el tiempo». Ma i suoi personaggi inseguono di preferenza il futuro. «Scrivere le cose prima o dopo che accadono è lo stesso: inventare è più facile che ricordare» dice Porfiria nel suo diario scritto con due anni di anticipo. Ma molti altri personaggi della Ocampo vivono nel futuro altrettanto comodamente che nel presente. Sono generalmente adolescenti o bambini, «terribili» fino al crimine o generosi fino al sacrificio.*

Villiers de l'Isle-Adam, Ambrose G. Bierce e talora il nostro Bontempelli hanno distillato storie totalmente «crudeli», in cui le peggiori atrocità vengono commesse con la massima naturalezza, anche se in segreto. Ma soltanto ad una scrittrice come la Ocampo poteva riuscire di fondere così sapientemente candore e crudeltà, facendo della crudeltà una forma di candore e viceversa. Odi e rancori che covano sotto una superficie apparentemente tranquilla: da questa materia negativa – il male, in ultima analisi – racchiusa nei classici interni borghesi – il collegio, la casa di campagna o di città – sorge, come nei grandi narratori puritani, il fantastico. I paragoni animaleschi del vizio e del peccato diventano fattuali senza scampo: Miss Fielding, ipocrita e traditrice come un gatto, *si trasforma nel felino a cui tanto somiglia davanti agli occhi della terribile allieva.*

Uno dei più costanti «amici» di Borges è stato Manuel

Peyrou (1902-1975), noto soprattutto come narratore poliziesco alla Chesterton. Il suo primo romanzo, El estruendo de las rosas *(1948), uscito negli Stati Uniti, oltre che in Argentina, con una prefazione di Borges, presenta quello che Juan Jácobo Bajarlía chiama un «delitto circolare», senza un vero responsabile, e naturalmente perfetto: l'assassinio di un dittatore. Peyrou tende a trasformare la narrazione poliziesca in un romanzo ad enigma, dove, come in una scacchiera, è decisiva la «posizione» dei personaggi.*

Nei suoi primi libri, La espada dormida *e* Marea de fervor, *i personaggi nevrotici e le situazioni enigmatiche producono un caratteristico effetto di irrealtà. Il fantastico di Peyrou è «psicologico»: i suoi racconti più noti,* Pudo haberme ocurrido, *che instaura un complesso «gioco con il tempo», e* El busto, *che sembra la materializzazione di un incubo, alludono ad una persecuzione occulta, annidata nei meandri dell'esistenza.* Festa, *invece, che rivela piacevolmente il narratore* criollo, *si avvicina al tipo di «racconto sgradevole» inaugurato da Léon Bloy. Non sono i fatti – contrattempi e disagi quotidiani –, pur attraversati da lampi misteriosi, a produrre l'effetto fantastico, ma la loro compressione nel tempo.*

Tra i narratori gravitanti intorno a «Sur», *Enrique Anderson Imbert (1910) è stato forse il più autonomo. «I personaggi e gli avvenimenti inverosimili che fanno le loro acrobazie sulla corda di questi racconti» scriveva Luís Emilio Soto, a proposito del suo primo libro,* Las pruebas del caos *(1946), «appartengono ad un ultramondo dove tutto è capriccio». L'immaginazione dell'autore, infatti, fertile e delicata come quella di certi remoti orientali, è soprattutto libertà di immaginare (ha inventato un professore che va a caccia di angeli e che potrebbe essere lui stesso).*

Anderson Imbert sembra smentire la nota ripetitività del fantastico. Il racconto che presentiamo, infatti, ci mostra un fantasma che invece di terrorizzare i viventi racconta la propria «vita». Come Savinio in Vita di fantasmi, *Anderson Imbert descrive l'angoscia di questa esistenza residuale.*

Adolfo Perez Zelaschi, appartenente alla cosiddetta «generazione del '40», ha coltivato con successo sia il racconto fantastico sia quello poliziesco. I suoi primi libri, Más allá de los espejos *(1949) e* La puerta amarilla *(1959), si dividono equamente fra i due generi, aggiungendovi il sottile pathos della «provincia».*

«Se potessimo infrangere la realtà, questo specchio che ci restituisce solo la nostra immagine! Rotti i cristalli, spezzato il divisorio, immaginando spazio e tempo come una spirale, come un insieme di piani che cadono e si confondono, cosa vedremmo? Forse qualcosa come questo mondo perduto, dove si aggirano i miei gentiluomini e le mie ragazze, le mie vecchie signorine, gli oggetti e l'aria che respirano? Essi, quasi tutti, socchiudono il velo che nasconde la vertigine e vi si affacciano appena, timidamente, per vedere cosa succede dall'altra parte, cosa c'è di là dagli specchi.» *Così è detto nel frontespizio di* Más allá de los espejos, *a cui sono seguiti tanti altri libri, tra cui* La ciudad, *un romanzo più metafisico che utopico, unico nel suo genere, e certo più vicino a Alfred Kubin e a Ernst Jünger che a Samuel Butler e H.G. Wells.*

Quella cosa, *che è il racconto più noto di Perez Zelaschi, ci offre, come* El Aleph *di Borges, una nuova versione della «mirabile visione» dantesca. La vastità e il silenzio della* llanura *scandiscono i tempi del prodigio.*

IN MEMORIA DI PAOLINA
di Adolfo Bioy Casares

Ho sempre amato Paolina. In uno dei miei primi ricordi Paolina ed io siamo nascosti in un oscuro chiosco di lauri, in un giardino con due leoni di pietra. Paolina mi diceva: mi piace l'azzurro, mi piace l'uva, mi piace il ghiaccio, mi piacciono le rose, mi piacciono i cavalli bianchi. Io compresi che la mia felicità era arrivata, perché in quelle preferenze potevo identificarmi con Paolina. Ci assomigliavamo così miracolosamente che, in margine ad un libro sul ricongiungimento finale delle anime nell'anima del mondo, la mia amica scrisse: «Le nostre si sono già ricongiunte». «Nostre» significava a quel tempo la sua e la mia.

Per spiegarmi questa somiglianza pensai di essere una frettolosa e remota brutta copia di Paolina. Ricordo che annotai sul mio quaderno: «*Ogni poesia è una brutta copia della Poesia ed ogni cosa contiene una prefigurazione di Dio*». Pensai anche: "*Nella misura in cui assomiglierò a Paolina, sarò salvo*". Vedevo (e vedo tuttora) l'identificazione con Paolina come la migliore possibilità del mio essere, il rifugio in cui mi sarei liberato dai miei difetti naturali: l'inettitudine, la negligenza, la vanità.

La vita fu una dolce consuetudine che ci fece attendere il nostro futuro matrimonio come qualcosa di certo e naturale. I genitori di Paolina, insensibili al prestigio letterario da me precocemente raggiunto, e perduto, promisero di dare il loro consenso quando mi fossi laureato. Spesso immaginavamo insieme un ordinato avvenire, con tempo sufficiente per lavorare, viaggiare ed amarci. Lo immaginavamo con tanta vivezza che ci convincemmo di vivere già uniti.

Parlare del nostro matrimonio non ci induceva a trattarci come fidanzati. Avevamo passato insieme tutta l'infanzia e fra noi seguitava ad esserci una pudica amicizia da bambini. Non osavo incarnare il ruolo dell'innamorato e dirle in tono solenne: «Ti amo». Eppure come l'amavo, con quale amore attonito e premuroso guardavo la sua splendente perfezione!

A Paolina piaceva che io ricevessi amici. Preparava tutto, riceveva gli invitati e, in segreto, giocava a fare la padrona di casa. Confesso che queste riunioni non mi rendevano allegro.

Quella che organizzammo per far conoscere degli scrittori a Giulio Montero non fu un'eccezione.

Alla vigilia Montero mi aveva fatto visita per la prima volta. Esibiva, per l'occasione, un abbondante manoscritto, con il dispotico diritto che l'opera inedita conferisce sul tempo del prossimo.

Un attimo dopo la visita io avevo già dimenticato quella faccia irsuta e quasi nera. Per quanto riguarda il racconto che mi lesse – Montero mi aveva raccomandato di dirgli con tutta sincerità se l'impatto della sua amarezza era troppo forte –, in un certo senso era notevole perché rivelava un vago proposito di imitare scrittori chiaramente diversi. L'idea centrale era questa: se dal rapporto tra il violino e i movimenti del violinista nasce una determinata melodia, da un determinato rapporto fra il movimento e la materia nasce l'anima di ogni persona. Il protagonista del racconto fabbricava una macchina per produrre anime (una specie di telaio, con legni e spole). Poi l'eroe moriva. Il cadavere, dopo la veglia funebre, veniva seppellito, ma lui era segretamente vivo nel telaio. Verso la fine il telaio appariva nella stanza dove era morta una signorina, unitamente ad uno stetoscopio e ad un treppiedi con una pietra di galena.

Quando riuscii a distoglierlo dai problemi della sua storia, Montero manifestò una strana ambizione di conoscere scrittori.

«Torni domani pomeriggio» gli dissi. «Gliene presenterò qualcuno.»

Descrisse se stesso come un selvaggio e accettò l'invito. Forse spinto dal piacere di vederlo andar via, scesi con lui fino alla porta di strada. Quando uscimmo dall'ascensore, Montero scoprì il giardino del cortile. A volte, nella tenue luce del pomeriggio, questo minuscolo giardino, visto attraverso il portone di vetro che lo separa dalla *hall*, suggerisce la misteriosa immagine di un bosco in fondo a un lago. Di sera, proiettori di luce violetta ed arancione lo trasformano in un orribile paradiso di caramella. Montero lo vide di sera.

«Sarò sincero con lei» mi disse, rassegnandosi a togliere gli occhi dal giardino. «Di tutto ciò che ho visto a casa sua, questa è la cosa più interessante.»

Il giorno dopo Paolina arrivò presto; alle cinque del pomeriggio aveva già tutto pronto per il ricevimento. Le mostrai una statuetta cinese, di pietra verde, che avevo acquistato quella mattina da un antiquario. Era un cavallo selvaggio, con le zampe davanti in aria e la criniera al vento. Il venditore mi aveva assicurato che simboleggiava la passione.

Paolina mise il cavallino su uno scaffale della biblioteca ed esclamò: «È bello come la prima passione di una vita». Quando le dissi che glielo regalavo, impulsivamente mi gettò le braccia al collo e mi baciò.

Prendemmo il the nella saletta. Le raccontai che mi avevano offerto una borsa di studio per Londra della durata di due anni. Improvvisamente credemmo in un matrimonio immediato, nel viaggio, nella nostra vita in Inghilterra (ci sembrava così immediata come il matrimonio). Considerammo particolari di economia domestica; le privazioni, quasi dolci, a cui ci saremmo sottoposti; la distribuzione delle ore di studio, di passeggio, di riposo e forse di lavoro; quello che avrebbe fatto Paolina mentre io frequentavo i corsi; i vestiti e i libri che avremmo portato con noi. Dopo aver fatto un po' di progetti dovemmo ammettere che avrei dovuto rinunciare alla borsa. Mancava una settimana ai miei esami, ma era evidente che i genitori di Paolina volevano rimandare il nostro matrimonio.

Cominciarono ad arrivare gli invitati. Io non mi sentivo felice. Quando conversavo con una persona, pensavo solo a cercare qualche pretesto per lasciarla. Proporre un tema che potesse interessare l'interlocutore mi sembrava impossibile. Se volevo ricordare qualcosa, non avevo memoria o l'avevo troppo lontana. Ansioso, futile, abbattuto, passavo da un gruppo all'altro, desiderando che la gente se ne andasse, che rimanessimo soli, che arrivasse il momento, ahimè, così breve, di accompagnare Paolina fino a casa sua.

Vicino alla finestra la mia fidanzata parlava con Montero. Quando la guardai, alzò gli occhi e rivolse verso di me il suo viso perfetto. Sentii che la tenerezza di Paolina era un rifugio inviolabile, dove eravamo soli. Come anelai di dirle che l'amavo! Presi la ferma decisione di abbandonare quella notte la mia puerile ed assurda vergogna di parlarle d'amore. "Se ora potessi" sospirai "comunicarle il mio pensiero!" Nel suo sguardo palpitò una generosa, allegra e sorpresa gratitudine.

Paolina mi domandò in quale poesia un uomo si allontana tanto da una donna che non la saluta quando l'incontra in cielo. Io sapevo che la poesia era di Browning e ricordavo vagamente i versi. Passai il resto del pomeriggio a cercarli nell'edizione di Oxford. Se non mi lasciavano stare con Paolina, era preferibile cercare qualcosa per lei piuttosto che conversare con altre persone; ma mi sentivo con la mente stranamente annebbiata e mi domandai se l'impossibilità di trovare la poesia non nascondesse un presagio. Guardai verso la finestra. Luis Alberto Morgan, il pianista, dovette notare la mia ansia, perché mi disse:

«Paolina sta mostrando la casa a Montero.»

Scrollai le spalle, nascosi appena il fastidio e finsi di interessarmi di nuovo al libro di Browning. Di traverso vidi Morgan entrare nella mia stanza. Pensai: "Va' a chiamarla". Subito dopo riapparve con Paolina e Montero.

Finalmente qualcuno se ne andò; poi, senza troppa preoccupazione e con lentezza, andarono via gli altri. Arrivò un momento in cui restammo soli Paolina, io e Montero. Allora, come temevo, Paolina esclamò:

«È molto tardi. Me ne vado.»

Montero intervenne rapidamente:

«Se mi permette, l'accompagno fino a casa.»

«Ti accompagno anch'io» risposi. Parlai a Paolina, ma guardai Montero. Feci in modo che i miei occhi gli comunicassero il mio disprezzo e il mio odio.

Arrivati giù, notai che Paolina non aveva con sé il cavallino cinese. Le dissi:

«Hai dimenticato il mio regalo.»

Salii nell'appartamento e tornai con la statuetta. Li trovai appoggiati al portone di vetro a guardare il giardino. Presi sottobraccio Paolina e non permisi che Montero le si avvicinasse dall'altro lato. Nella conversazione esclusi apertamente Montero. Non si offese. Quando salutammo Paolina, insistette per riaccompagnarmi a casa. Durante il tragitto parlò di letteratura, probabilmente con sincerità e fervore. Mi dissi: "Lui è il letterato, io sono un uomo stanco, frivolamente preoccupato per una donna". Considerai l'incongruenza che c'era tra il suo vigore fisico e la sua debolezza letteraria. Pensai: "Una corazza lo protegge: quello che sente il suo interlocutore non arriva fino a lui". Guardai con odio i suoi occhi svegli, i baffi irsuti, il collo robusto.

Quella settimana non vidi Paolina quasi per niente. Studiai molto. Dopo l'ultimo esame, la chiamai per telefono. Si complimentò con me con un'insistenza che non pareva naturale e alla fine disse che verso sera sarebbe venuta a casa.

Schiacciai un pisolino, feci il bagno con calma e aspettai Paolina sfogliando un libro sui Faust di Müller e Lessing.

Non appena la vidi, esclamai:

«Sei cambiata.»

«Sì» rispose. «Come ci conosciamo! Non ho bisogno di parlare perché tu sappia quello che sento.»

Ci guardammo negli occhi, in un'estasi di beatitudine.

«Grazie» risposi.

Niente mi commuoveva tanto come la meraviglia di Paolina per la profonda somiglianza delle nostre anime. Mi abbandonai fiducioso a questa lusinga. Non so quando mi domandai (incredulo) se le parole di Paolina non nascondevano un altro significato. Prima che io considerassi questa possibilità, Paolina cominciò una confusa spiegazione. Improvvisamente udii:

«Da quella sera eravamo già perdutamente innamorati.»

Mi domandai chi fosse innamorato.

Paolina seguitò:

«È molto geloso. Non si oppone alla nostra amicizia, ma gli ho giurato che per un certo periodo di tempo non ti avrei più visto.» Io speravo ancora nell'impossibile chiarimento che mi tranquillizzasse.

Non sapevo se Paolina parlava per scherzo o sul serio. Non sapevo che espressione avesse il mio viso. Non sapevo quanto fosse straziante la mia angoscia. Paolina aggiunse:

«Me ne vado. Giulio mi sta aspettando. Non è salito per non disturbarci.»

«Chi?» domandai.

Subito temetti – come se non fosse successo niente – che Paolina scoprisse che io ero un impostore e che le nostre anime non erano così unite.

Paolina rispose con naturalezza:

«Giulio Montero.»

La risposta non poteva sorprendermi. Tuttavia, quella sera orribile niente mi turbò tanto come quelle due parole. Per la prima volta mi sentii lontano da Paolina. Quasi con disprezzo le domandai: «Vi sposerete?».

Non ricordo cosa mi rispose. Credo che mi invitasse al suo matrimonio.

Poi rimasi solo. Tutto era assurdo. Non c'era una persona che più di Montero fosse incompatibile con Paolina (e con me). O mi sbagliavo? Se Paolina amava quell'uomo, forse non mi era mai assomigliata. Un'abiura non mi bastò; scoprii di avere intravisto molte volte quella spaventosa verità.

Ero molto triste, ma non credo che provassi gelosia. Mi gettai bocconi sul letto. Allungando una mano trovai il libro che avevo letto un minuto prima. Lo gettai disgustato lontano da me.

Uscii a fare due passi. Ad un angolo di strada vidi una giostra. Mi sembrava impossibile continuare a vivere quella giornata.

Per anni la ricordai e, poiché preferivo i dolorosi momenti della rottura (avendoli passati con Paolina) alla successiva solitudine, li ripercorrevo nella memoria, li esaminavo minuziosamente e li vivevo di nuovo. In questo angoscioso cavillare credevo di scoprire nuove interpretazioni dei fatti. Così, per esempio, nella voce di Paolina, che mi rivelava il nome dell'uomo amato, sorpresi una tenerezza che inizialmente mi emozionò. Pensai che la ragazza sentiva compassione per me e la sua bontà mi commosse come prima mi commuoveva il suo amore. Poi, ripensandoci, ne dedussi che quella tenerezza non era diretta a me, ma al nome che pronunciava.

Accettai la borsa di studio e in silenzio mi occupai dei preparativi del viaggio. Ciò nonostante, la notizia trapelò. L'ultimo giorno Paolina mi fece visita.

Mi sentivo lontano da lei, ma quando la vidi mi innamorai di nuovo. Senza che Paolina lo dicesse, compresi che la sua apparizione era furtiva.

Le presi le mani, tremante di gratitudine. Paolina esclamò:

«Ti amerò sempre. In qualche modo ti amerò sempre più di qualunque altro.»

Forse credette di aver commesso un tradimento. Sapeva che io non dubitavo della sua lealtà nei confronti di Montero, ma come dispiaciuta di aver pronunciato parole che contenevano – se non per me, per un testimone immaginario – un'intenzione sleale, aggiunse rapidamente:

«Certo, quello che sento per te non conta. Sono innamorata di Giulio.»

Tutto il resto, disse, non aveva importanza.

Il passato era una regione deserta in cui lei aveva atteso Montero. Del nostro amore, o della nostra amicizia, non si ricordava più. Poi parlammo poco. Io provavo un forte risentimento e finsi di avere fretta. L'accompagnai all'ascensore. Aprendo la porta sentimmo scrosciare d'improvviso la pioggia.

«Cercherò un taxi» disse.

Con una subitanea emozione nella voce, Paolina mi gridò:

«Addio, caro!»

Attraversò la via correndo e scomparve lontano. Tornai triste sui miei passi. Alzando gli occhi vidi un uomo rannicchiato nel giardino. L'uomo si alzò e appoggiò le mani e la faccia contro il portone di vetro. Era Montero.

Raggi di luce violetta ed arancione si incrociavano su di uno sfondo verde, con una scura boscaglia. La faccia di Montero, premuta contro il vetro bagnato, sembrava biancastra e deforme.

Pensai a degli acquari, a dei pesci in acquario. Poi, con frivola amarezza, mi dissi che la faccia di Montero suggeriva altri mostri: i pesci deformati dalla pressione dell'acqua, che abitano i fondali marini.

Il giorno dopo, di mattina, mi imbarcai. Durante il

viaggio non uscii quasi per niente dalla cabina. Scrissi e studiai molto.

Volevo dimenticare Paolina. Nei miei due anni in Inghilterra, evitai tutto ciò che poteva ricordarmela: dagli incontri con altri argentini ai pochi dispacci da Buenos Aires pubblicati dai giornali.

Veramente mi appariva in sogno, con una vivezza così persuasiva e così reale che mi domandai se la mia anima non reagisse di notte alle privazioni che le imponevo di giorno. Elusi ostinatamente il suo ricordo. Verso la fine del primo anno riuscii ad escluderla dalle mie notti e quasi a dimenticarla.

Il pomeriggio in cui arrivai dall'Europa tornai a pensare a Paolina. Mi domandai se a casa i ricordi non sarebbero stati troppo vivi. Quando entrai nella mia stanza sentii una certa emozione e mi soffermai rispettosamente a commemorare il passato e i culmini di gioia e di angoscia che avevo conosciuto. Allora ebbi una rivelazione vergognosa. Non ero commosso dalle segrete testimonianze del nostro amore, repentinamente emerse dalla mia più intima memoria; ero commosso dall'enfatica luce che entrava dalla finestra, la luce di Buenos Aires.

Verso le quattro scesi a comprare un chilo di caffè. Nella panetteria il padrone mi riconobbe, mi salutò con chiassosa cordialità e mi fece notare che da molto tempo – perlomeno sei mesi – io non lo onoravo delle mie compere. Dopo queste gentilezze gli chiesi, timido e rassegnato, mezzo chilo di pane. Mi domandò come sempre:

«Bianco o nero?»

Gli risposi, come sempre: «Bianco».

Tornai a casa. Era un giorno chiaro come un cristallo e freddissimo.

Mentre preparavo il caffè, pensai a Paolina. Verso la fine del pomeriggio eravamo soliti prendere una tazza di caffè nero.

Come in un sogno, passai da un'affabile ed equanime indifferenza all'emozione, alla follia che mi produsse l'apparizione di Paolina. Al vederla caddi in ginocchio, affondai il viso tra le sue mani e piansi per la prima volta tutto il dolore di averla perduta.

Il suo arrivo fu così: risuonarono tre colpi alla porta; mi domandai chi poteva essere l'intruso; pensai che per colpa sua il caffè si sarebbe raffreddato; aprii distrattamente la porta.

Poi – ignoro se il tempo trascorso fosse molto lungo o molto breve – Paolina mi ordinò di seguirla. Capii che con la forza di persuasione dei fatti ella stava correggendo i vecchi errori della nostra condotta. Mi sembra (ma, oltre a ricadere negli stessi errori, sono infedele a quel pomeriggio) che li correggesse con eccessiva determinazione. Quando mi chiese di prenderla per mano («La mano!» mi disse. «Ora!») mi abbandonai alla gioia. Ci guardammo negli occhi e, come due fiumi confluenti, anche le nostre anime si unirono. Fuori, sul tetto, contro le pareti, pioveva. Interpretai quella pioggia – che era il mondo intero rinascente – come una panica espansione del nostro amore.

Tuttavia l'emozione non mi impedì di scoprire che Montero aveva contaminato la conversazione di Paolina. A momenti, quando parlava, io avevo la sgradevole impressione di sentire il mio rivale. Riconobbi la caratteristica pesantezza delle frasi, gli ingenui e laboriosi tentativi di trovare il termine esatto, l'inconfondibile volgarità che rispuntava ancora vergognosamente.

Riuscii a controllarmi con uno sforzo. Guardai il viso, il sorriso, gli occhi. Paolina era lì, perfetta ed essenziale. Lì non me l'avevano cambiata.

Allora, mentre la contemplavo nella penombra mercuriale dello specchio, incorniciata da ghirlande, corone ed angeli neri, mi sembrò diversa. Fu come se scoprissi un'altra versione di Paolina, come se la vedessi in modo nuovo. Resi grazie alla separazione, che mi aveva interrotto l'abitudine di vederla, ma che me la restituiva più bella.

Paolina disse:

«Me ne vado. Giulio mi aspetta.»

Notai nella sua voce una strana mescolanza di disprezzo e di angoscia, che mi sconcertò. Pensai malinconicamente: "In altri tempi Paolina non avrebbe tradito nessuno". Quando alzai gli occhi, se n'era andata.

Dopo un attimo di esitazione la chiamai. Tornai a chiamarla di nuovo, scesi all'ingresso, corsi per la strada. Non la trovai. Di ritorno, sentii freddo. Mi dissi: "È venuta una bella rinfrescata, anche se è stato un semplice acquazzone". La strada era asciutta.

Quando arrivai a casa vidi che erano le nove. Non avevo voglia di uscire a mangiare. La possibilità di incontrare qualche persona conosciuta mi scoraggiava. Preparai un po' di caffè. Ne presi due o tre tazze e assaggiai un po' di pane.

Non sapevo neppure quando saremmo tornati a vederci. Volevo parlare con Paolina. Volevo chiederle che mi chiarisse dei dubbi (dei dubbi che mi tormentavano e che lei avrebbe chiarito senza difficoltà). Improvvisamente la mia ingratitudine mi spaventò. Il destino mi concedeva tutta la felicità e non ero contento. Quella sera era il culmine delle nostre esistenze. Paolina lo aveva inteso così. Io stesso lo avevo compreso. Perciò non avevamo parlato quasi per niente (parlare, fare domande avrebbe significato, in certo qual modo, differenziarci). Mi pareva impossibile dover aspettare fino al giorno seguente per vedere Paolina.

Con frettoloso sollievo decisi che quella stessa notte sarei andato a casa di Montero. Desistetti ben presto. Senza parlare prima con Paolina non potevo andare a trovarli. Decisi di cercare un amico – Luis Alberto Morgan mi parve il più indicato – e chiedergli di raccontarmi tutto quello che sapeva della vita di Paolina durante la mia assenza.

Poi pensai che la cosa migliore era coricarmi e dormire. Riposato, avrei visto tutto con più comprensione. D'altra parte non ero disposto a sentir parlare di Paolina in maniera frivola. Mettendomi a letto ebbi l'impressione di entrare in una camera di tortura (forse ricordai delle notti di insonnia in cui si resta a letto per non ammettere di essere svegli). Spensi la luce.

Non avrei più cavillato sulla condotta di Paolina. Sapevo troppo poco per capire la situazione. Giacché non potevo fare un vuoto nella mente e smettere di pensare, mi sarei rifugiato nel ricordo di quella sera.

Avrei continuato ad amare il volto di Paolina anche se avessi trovato nei suoi atti qualcosa di strano ed ostile che mi allontanasse da lei. Il volto era quello di sempre, quel volto puro e meraviglioso che mi aveva amato prima dell'abominevole apparizione di Montero. Mi dissi: "Nei volti c'è una fedeltà che forse le anime non condividono".

O era tutto un inganno? Ero forse innamorato di una cieca proiezione delle mie preferenze e delle mie repulsioni? Avevo mai conosciuto veramente Paolina?

Scelsi un'immagine di quella sera – Paolina davanti all'oscura e tersa profondità dello specchio – e cercai di evocarla. Quando la intravidi, ebbi una rivelazione istantanea: dubitavo perché mi dimenticavo di Paolina. Volli consacrarmi alla contemplazione della sua immagine. La fantasia e la memoria sono facoltà capricciose: evocavo i capelli spettinati, una piega del vestito, la vaga penombra circostante, ma la mia amata svaniva.

Molte immagini, animate da un'irresistibile energia, passavano davanti ai miei occhi. Improvvisamente feci una scoperta. Come all'oscuro margine di un abisso, in un angolo dello specchio, alla destra di Paolina, apparve il cavallino di pietra verde. La visione, quando si produsse, non mi stupì; solo dopo qualche minuto ricordai che la statuetta non era in casa. L'avevo regalata a Paolina due anni prima.

Mi dissi che si trattava di una sovrapposizione di ricordi anacronici (il più antico quello del cavallino, il più recente di Paolina). Così la questione era risolta, io ero tranquillo e dovevo addormentarmi. Feci allora una riflessione vergognosa e, alla luce di ciò che avrei appurato dopo, patetica: "Se non mi addormento presto," pensai "domani avrò il viso stanco e non piacerò a Paolina".

All'istante mi resi conto che il mio ricordo della statuetta nello specchio della camera da letto non era giustificabile. Non l'avevo mai messa nella camera da letto. In casa l'avevo vista solo nell'altra stanza (sullo scaffale, nelle mani di Paolina o nelle mie).

Atterrito, volli contemplare di nuovo quei ricordi. Riapparve lo specchio, circondato da angeli e ghirlande di legno, con Paolina al centro e il cavallino alla destra. Non ero sicuro che riflettesse la stanza. Forse la rifletteva, ma in modo vago e sommario. Invece il cavallino si impennava nitidamente sullo scaffale della biblioteca. La biblioteca abbracciava tutto lo sfondo e nell'oscurità laterale si muoveva un nuovo personaggio, che non riconobbi al primo istante. Poi con scarso interesse notai che quel personaggio ero io. Vidi il volto di Paolina, lo vidi intero (non in parte) come proiettato verso di me dall'estrema intensità della sua bellezza e della sua tristezza. Mi svegliai piangendo.

Non so da quando dormissi. So che il sonno non fu inventivo. Continuai, insensibilmente, le mie immaginazioni e riprodussi con fedeltà le scene del pomeriggio.

Guardai l'orologio. Erano le cinque. Mi sarei alzato presto e, anche a rischio di irritare Paolina, sarei andato a casa sua. Questa decisione non mitigò la mia angoscia.

Mi alzai alle sette e mezza, feci un lungo bagno e mi vestii lentamente.

Non sapevo dove vivesse Paolina. Il portinaio mi prestò la guida telefonica e le «Pagine Gialle». Nessuna delle due registrava l'indirizzo di Montero. Cercai il nome di Paolina; non vi figurava neppure. Constatai, similmente, che nella vecchia casa di Montero abitava un'altra persona. Pensai di chiedere l'indirizzo ai genitori di Paolina.

Non li vedevo da molto tempo (da quando avevo saputo dell'amore di Paolina per Montero, avevo interrotto ogni rapporto con loro). Ora, per scusarmi, avrei dovuto rifare la storia delle mie pene. Mi mancò il coraggio.

Decisi di parlare con Luis Alberto Morgan. Non potevo presentarmi a casa sua prima delle undici. Vagai per le strade, senza vedere nulla, oppure rivolgendo la mia momentanea attenzione alla modanatura di una parete o al significato di una parola udita per caso. Ricordo che in piazza Indipendenza una donna passeggiava scalza sull'erba umida, con le scarpe in una mano e un libro nell'altra. Morgan mi ricevette mentre era ancora a letto, davanti a un'enorme tazza che teneva con entrambe le mani. Intravidi un liquido biancastro e qualche pezzo di pane galleggiante.

«Dove abita Montero?» gli domandai.

Aveva già bevuto tutto il latte. Ora tirava fuori dal fondo della tazza i pezzi di pane.

«Montero è in carcere» rispose.

Non potei nascondere il mio stupore. Morgan continuò:

«Come? Non lo sai?»

Immaginò, senza dubbio, che io ignoravo solo quel particolare, ma, per il gusto di parlare, riferì tutto l'accaduto. Credetti di perdere conoscenza, di cadere in un repentino precipizio; ma anche lì giungeva quella voce cerimoniosa, implacabile e nitida, che riferiva fatti incomprensibili, con la mostruosa e persuasiva convinzione che fossero familiari.

Morgan mi comunicò quanto segue: sospettando che Paolina mi avrebbe fatto visita, Montero si nascose nel giardino di casa. La vide uscire; la seguì, la interpellò per strada. Quando si riunirono dei curiosi, la fece salire su un'auto a nolo. Girarono tutta la notte per la Costanera e i laghi, e all'alba, in un albergo del Tigre, la uccise con un colpo di pistola. Questo non era accaduto la notte precedente quella mattina; era accaduto la notte precedente il mio viaggio in Europa; era accaduto due anni prima.

Nei momenti più terribili della vita capita di cadere in una specie di protettiva irresponsabilità e, invece di pensare a quello che ci accade, rivolgiamo l'attenzione a delle futilità. In quel momento domandai a Morgan:

«Ti ricordi l'ultima riunione, a casa, prima del mio viaggio?»

Morgan se ne ricordava. Continuai:

«Quando notasti che io ero preoccupato e andasti in camera mia a cercare Paolina, che faceva Montero?»

«Niente» risposte Morgan, con una certa vivacità. «Niente. O meglio, ora che lo ricordo, si guardava allo specchio.»

Tornai a casa. All'ingresso mi imbattei nel portiere. Affettando indifferenza gli domandai:

«Sa che è morta la signorina Paolina?»

«E come farei a non saperlo?» rispose. «Tutti i giornali parlarono dell'assassinio ed io andai a testimoniare alla polizia.»

L'uomo mi rivolse uno sguardo inquisitorio.

«Le succede qualcosa?» disse, avvicinandosi molto. «Vuole che l'accompagni?»

Lo ringraziai e scappai di sopra. Ho un vago ricordo di aver armeggiato con una chiave, di aver raccolto delle lettere, dall'altro lato della porta, di essere rimasto con gli occhi chiusi, steso bocconi sul letto. Dopo mi ritrovai davanti allo specchio pensando: "La cosa certa è che Paolina ieri notte è venuta a trovarmi. È morta sapendo che il matrimonio con Montero era stato un errore – un atroce errore – e che noi due eravamo la verità. È tornata dalla morte per compiere il suo destino, il nostro destino". Ricordai una frase che Paolina aveva scritto anni prima in un libro: «*Le nostre anime si sono già ricongiunte*». Seguitai a pensare: "Ieri notte, finalmente. Nel momento in cui l'ho presa per mano". Poi mi dissi: "Sono indegno di lei: ho dubitato, ho provato gelosia. È tornata dalla morte per amarmi".

Paolina mi aveva perdonato. Non ci eravamo mai tanto amati. Non eravamo mai stati così vicini.

Io mi dibattevo in questa ebbrezza, vittoriosa e triste, quando mi domandai – o, per meglio dire, quando il mio cervello, spinto dalla semplice abitudine di proporre alternative, si domandò – se non esisteva un'altra spiegazione per la visita di quella notte. Allora, come una folgorazione, arrivai alla verità.

Vorrei ora scoprire nuovamente di sbagliarmi. Disgraziatamente, come sempre accade quando si affaccia la verità, la mia orribile spiegazione chiarisce i fatti che sembravano misteriosi. Questi, da parte loro, confermano quella verità.

Il nostro povero amore non aveva strappato Paolina dalla tomba. Non c'era mai stato un fantasma di Paolina. Io avevo abbracciato un mostruoso fantasma creato dalla gelosia del mio rivale.

La chiave dell'accaduto è nascosta nella visita che mi aveva fatto Paolina alla vigilia del mio viaggio. Montero l'aveva seguita e l'aveva aspettata nel giardino. Litigò con lei tutta la notte e, non credendo alle sue spiegazioni – come poteva quell'uomo capire la purezza di Paolina? –, all'alba la uccise.

Lo immaginai in carcere a cavillare su quella visita, rappresentandosela con la crudele ostinazione della gelosia.

L'immagine che entrò in casa, quello che poi vi accadde, furono una proiezione dell'orrenda fantasia di Montero. Non lo scoprii allora, perché ero così commosso e felice che la mia unica volontà era obbedire a Paolina. Tuttavia gli indizi non mancarono. Per esempio la pioggia. Durante la visita della vera Paolina – alla vigilia del mio viaggio – non sentii la pioggia. Montero, che era nel giardino, l'aveva invece sentita direttamente sul suo corpo. Nell'immaginarci, credette che l'avessimo udita. Perciò quella notte avevo sentito piovere. Poi avevo trovato la strada asciutta.

Altro indizio era la statuetta. L'avevo avuta in casa un solo giorno, quello del ricevimento. Per Montero era rimasta come un simbolo del luogo. Perciò apparve quella notte.

Non mi ero ravvisato nello specchio, perché Montero non mi aveva immaginato chiaramente. Non aveva immaginato con esattezza neppure la camera. E non conosceva Paolina. L'immagine che lui aveva proiettato si era comportata in un modo che non era di Paolina. Inoltre parlava come lui.

Ordire questa fantasia è il tormento di Montero. Il mio è più reale. È la convinzione che Paolina non è tornata perché delusa dal suo amore. È la convinzione che non sono mai stato il suo amore. È la convinzione che Montero non ignorava aspetti della sua vita da me conosciuti solo indirettamente. È la convinzione che prendendola per mano – nel presunto momento del ricongiungimento delle nostre anime – obbedii ad una preghiera di Paolina che lei non mi aveva mai rivolto e che il mio rivale aveva udito molte volte.

IL DIARIO DI PORFIRIA BERNAL

(Racconto di miss Antonia Fielding)

di Silvina Ocampo

Poche persone crederanno a questo racconto. A volte bisognerebbe mentire perché la gente ammetta la verità. Facevo questa triste riflessione nell'infanzia per ragioni futili che ormai ho dimenticato. Ora la faccio per ragioni importanti. Le persone considerate oneste sono molte volte quelle insensibili, quelle che non si commuovono di fronte ad un destino complesso o quelle che sanno mentire con estremo sacrificio o estrema abilità per farsi rispettare. Non mi riconosco in nessuna di queste categorie. Sono modestamente, goffamente onesta. Se sono arrivata sull'orlo del delitto, non è stato per mia colpa: non averlo commesso non mi rende meno sventurata.

Scrivo per Ruth, mia sorella, e per Lilian, la mia sorella di latte, il cui affetto dell'infanzia dura negli anni. Scrivo anche per la nota *Society for Psychical Research*: forse nelle pagine seguenti c'è qualcosa che può interessarla, visto che essa fa ricerche sui fatti soprannaturali. Il primo presidente di questa società, il professor Henry Sidwick, è stato uno dei migliori amici di mio nonno. Ricordo di aver sentito nella mia infanzia molte fiabe, ma nessun racconto mi parve tanto misterioso come la conversazione fra mio nonno e Henry Sidwick, quando parlarono di Eusapia Palladino e Alexandre Aksakov, dopo un pranzo estivo, nel bel giardinetto della nostra casa. Scrivo soprattutto per me stessa, per un dovere di coscienza.

Non voglio soffermarmi su piccoli aneddoti della mia infanzia, indubbiamente superflui. Ruth e Lilian li conoscono, la prima perché è mia sorella e la seconda perché è la mia amica prediletta. Mi limiterò a dichiarare il mio rispetto per la *Society for Psychical Research* e a dedicarle questo lavoro che racchiude il frutto di un'amara esperienza. Chiedo scusa per la scorrettezza dello stile e per la fondamentale mancanza di chiarezza. Non ho mai saputo scrivere e ora che il tempo mi incalza, rabbrividisco al pensiero degli errori che lascerò registrati in queste pagine, che non rileggerò mai.

Mi chiamo Antonia Fielding, ho trent'anni, sono inglese ed il molto tempo passato in Argentina non ha modificato il profumo di lavanda dei miei fazzoletti, la mia scorretta pronuncia spagnola, il mio carattere riservato, la mia abilità per i lavori manuali (il disegno e l'acquerello) e quella tendenza che ho ad arrossire facilmente, come se mi sentissi colpevole Dio sa di quali mancanze che non ho commesso (più che alla timidezza ciò si deve ad una trasparenza eccessiva della pelle, che molte amiche mi hanno invidiato). Fra i doni che il cielo mi ha dispensato ci sono la salute e l'ottimismo, che hanno brillato nei miei occhi per lunghi periodi della giovinezza. Sono taciturna e forse per questo motivo non sembro allegra come in realtà sono, o piuttosto sono stata. Per chi mi vede da lontano sono bella: allo specchio apprezzo la necessità della distanza per abbellire l'asimmetria di un volto. Davanti a uno specchio, nell'infanzia, ho deplorato, piangendo, la mia bruttezza.

Non è necessario né possibile raccontare tutti i particolari della mia vita. Conosco questo paese come se fosse il mio, perché lo amo e perché ho letto, per conoscerlo meglio, i libri di Hudson. Sin da quando sono arrivata in Argentina mi sono sentita attratta da questo paesaggio, da questa musica folcloristica, così spagnola, da questa vita rurale e da questa gente languida e turbolenta nello stesso tempo. Ho avuto la fortuna di poter viaggiare per le province prima di vedermi obbligata a lavorare come istitutrice (il Giardino della Repubblica e le cascate di Iguazú mi hanno vivamente impressionato).

Non ho sofferto per la mia difficile situazione finanziaria, né per il mio lavoro, che all'inizio mi sembrò, devo confessarlo, altamente romantico: ho sempre amato i bambini, non con un sentimento materno, ma piuttosto con un sentimento d'amicizia (come se io e i bambini avessimo la stessa età e gli stessi gusti).

Il primo giorno che svolsi il mio lavoro di istitutrice pensai con gioia che la vita mi premiava, obbligandomi in modo inaspettato a educare delle bambine secondo i miei più intimi ideali. Non supponevo che i bambini fossero capaci di infliggere delusioni più amare delle persone adulte.

Non racconterò le diverse tappe della mia vita di istitutrice. Forse troppo disillusa, e tuttavia con la stessa timidezza, arrivai in questa casa dalle cui finestre strette ed alte scorgo piazza San Martín con il suo monumento. Qui, in questa casa di via Esmeralda, scrivo queste righe che saranno le ultime.

Ricordo come fosse oggi la calda luce di giugno che brillava sul battente d'ottone a forma di mano. Quel giorno avevo messo per la prima volta un vestito a fiori, che mi rendeva felice, di quella felicità esagerata che proviamo noi donne davanti a un indumento che ci abbellisce.

Era da tempo che desideravo avere un vestito di quel colore, celeste turchese, con quegli stessi fiori, che mi ricordavano insieme un giardino e una tazza da the, nel giorno del mio compleanno. La subitanea apparizione del battente sul portone offuscò per un istante la mia gioia. Negli oggetti leggiamo le nostre future disgrazie. La mano d'ottone, con una vipera attorcigliata al polso affusolato, era imperiosa e brillava come un gioiello sul legno della porta. Un portiere in livrea verde mi condusse all'ascensore. Io ero nervosa perché non sapevo, o supponevo di non saper pronunciare un nome e un cognome che adesso mi sembrano familiari: il nome della padrona di casa. I momenti in cui ci crediamo più turbati, distratti o assorti, sono quelli in cui osserviamo meglio. Quando mio padre morì, scoprii fra le lacrime la vera forma dei suoi sopraccigli e un neo che offuscava la parte inferiore della sua mandibola; scoprii con passione la forma esatta di un mobile di mogano, dell'epoca vittoriana, dove mio padre custodiva gli occhiali e gli schedari, che io avevo visto per tutta una vita, ma distrattamente.

Ricordo l'intenso odore del pavimento appena lucidato, il tappeto della scalinata, rosso e consumato, con i bordi più scuri. Ricordo nel vestibolo il tramonto raffigurato con tutte le sue nubi nel quadro ad olio dove una donna seminuda (sotto una pioggia di rose bianche) dava da mangiare a quattro colombe dalle piume iridate. Ricordo i lucernai con vetri di vari colori, le tonalità verdi, rosse, violette predominanti, le ghirlande complicate, un fiore che sembrava un uccello fatto prigioniero nel suo eterno volo. Ricordo un pianoforte vicino, la cui musica malinconica mi perseguitava.

Senza dubbio Anna Maria Bernal (questo è il nome della padrona di casa) aveva finito proprio allora di farsi il bagno e vestirsi. Una fragranza di ciprie, creme e profumi delicati l'avvolgeva nel suo nimbo o meglio l'alimentava, come l'acqua alimenta certi fiori di lusso. La immaginai avvolta nel tulle, come una ballerina spagnola inseguita da un riflesso dorato: un raggio di sole la illuminava ed un pubblico invisibile assisteva alla scena, quell'orribile pubblico incantato che si trova, a volte, raffigurato sui mobili tappezzati, sulle scatole di cioccolatini raffinati, sui cestini da lavoro e sui vecchi astucci d'avorio.

Non ho mai potuto sapere, né allora né dopo, l'età di Anna Maria Bernal: ho saputo soltanto che la sua età dipendeva dalle gioie o dalle disgrazie che le portava ogni momento. Nella stessa giornata poteva essere giovane e invecchiare con eleganza, come se la vecchiaia e la gioventù fossero frivolezze per lei, semplici abiti intercambiabili secondo le necessità del momento. Ricordo il profumo acuto della sua camicetta ricamata, il disegno di madreperla del suo fermaglio, la falsa e magnifica malinconia dei suoi occhi castani. Sembrava una regina egizia del British Museum, di quelle che mi spaventarono nell'infanzia e che ammirai più tardi, quando imparai che ci sono bellezze molto sgradevoli.

Anche allora, occupata com'ero a studiare quel viso nuovo e stupendo, anche allora mi sembrò di decifrare il lugubre linguaggio di quella casa, come se ogni oggetto, ogni ornamento fosse un simbolo diligente, un annuncio delle mie future sofferenze.

Di fronte a questa sconosciuta donna argentina mi sentii indifesa. Mi sentii trasparente, di una trasparenza decisamente dolorosa e oscura. Il colore diafano della mia pelle, l'oro sbiadito dei miei capelli (che vedevo riflessi nei vetri della finestra) in quell'istante mi parvero non soltanto le spoglie della mia personalità, ma anche un'inspiegabile maledizione. Il colore scuro della pelle di solito dà agli esseri un rango, un potere occulto, che ammiro, disprezzo e temo segretamente: ciò mi faceva dire durante la mia infanzia: «Potrei innamorarmi di un uomo dalla carnagione scura, ma non lo sposerei mai, perché ne avrei paura».

Incapace di nascondere le mie lacune di erudizione ad Anna Maria Bernal, erroneamente mi credevo inferiore a lei. Arrossivo e lei, all'ombra dei suoi occhi, come dietro una maschera, serenamente, seguiva i sotterfugi dei miei movimenti.

«Non credevo che fosse così giovane» disse, invitandomi a sedere in una poltrona tappezzata di damasco giallo. «Mia suocera mi ha parlato di lei. Si occupa del personale della casa. È una signora di ottant'anni, ma conserva la sua agilità e la sua memoria. Io non ho il carattere per queste cose.»

Annuii.

«Non sapevo che fosse così giovane» ripeté con dolcezza.

«Non sono tanto giovane» le dissi con una certa impazienza. «Ho trent'anni.»

Un sorriso svogliato passò sulle sue labbra.

«È vero che l'età a volte non significa nulla. Peraltro l'età delle inglesi non si sa mai. Lei sembra timida, forse senza carattere: per questo probabilmente sembra più giovane di quello che è.»

«Signora, non bisogna giudicare dalle apparenze. Io sono stata come una madre per i miei fratelli. Quando avevo quindici anni, rimanemmo orfani ed io sola governavo la casa.»

«Interessante!» disse Anna Maria Bernal, incrociando le gambe e posando in grembo le mani coperte di anelli. «La vostra vita è così diversa dalla nostra! Sono sicura che la sua vita sarà come un romanzo molto romantico, come i romanzi di Henry James. Henry James o Francis James? Li confondo sempre. All'esterno non trapela niente. Lei sembra una bambina timida, senza esperienza e senza carattere.»

Anna Maria sospirò soavemente.

«Le raccomando molta serietà con mia figlia. Non le dia confidenza. Sia severa con lei. Porfiria è figlia del rigore. Sa che cosa significa essere figlia del rigore? È testarda. Quest'anno non la manderemo a scuola, perché ha avuto una pleurite ed è delicata di salute. Lei dovrà educarla e istruirla, facendola divertire. Quando saremo in riva al mare (lei sa che passiamo l'estate al mare) i suoi bagni non dovranno superare i cinque minuti: lei dovrà aspettarla sulla riva con orologio e asciugamano, come faceva mia nonna con mia madre quando mia madre era piccola. Mia figlia deve nutrirsi bene e mangiare lentamente, lo ha detto il medico; deve masticare molto. Spero che lei si faccia obbedire e non abbia debolezze.»

Su un foglio di taccuino Anna Maria Bernal annotò con una matita il regime alimentare di Porfiria e poi me lo consegnò con un gesto grossolano, masticando le sillabe della sua ultima frase:

«Non le dia cioccolato, anche se glielo chiede.»

Quando Porfiria Bernal venne a salutarmi mi stupì che fosse così diversa dall'immagine che mi ero fatta di lei. Il suo nome, che mi ricordava un'appassionata poesia di Byron, e la conversazione avuta con la madre avevano creato in me un'immagine splendente e molto diversa. Pallida e magra, si avvicinò con modestia per farsi baciare la fronte.

Porfiria non era bella, non assomigliava a sua madre, ma c'è negli esseri una bellezza quasi segreta, che difficilmente indoviniamo, se non siamo abbastanza sottili: una bellezza che appare e scompare e che li rende più attraenti. Porfiria aveva quella modesta e riservata bellezza che vediamo in certi quadri di Botticelli, e quell'apparente docilità che tanto mi ingannò all'inizio.

Questa casa mi sembra la dimora di tutti i miei ricordi. L'inferno deve essere meno minuzioso, meno rigorosamente tormentoso, nell'elaborazione dei suoi dettagli. Potrei descrivere i rumori uno per uno, i pasti, la luce essenziale dei silenzi e delle finestre. Potrei descrivere il giorno di ogni settimana con un cielo adeguato. Potrei enumerare i quadri, le fotografie, le macchie di umidità di certi quadri. Potrei enumerare le statuine di porcellana, con gruppi di gatti, e le miniature con ritratti di antenati. Potrei ripetere le lezioni, i dettati, le letture che infliggevo a Porfiria il lunedì, il giovedì e il sabato mattina. Forse morirò senza riuscire a cancellare dalla mia memoria la vivida e strana precisione di questi ricordi.

La vita mi spaventa, eppure quell'albero che vedo dalla mia finestra mi chiama e tuttora mi attrae con i suoi rami verdi. Vorrei essere ancora la donna che sono stata. Piazza San Martín è allegra, con piante tropicali e un grande monumento, nero e rosa. Non respirerò più l'odore casalingo delle tumberge? Non tornerò a scoprire l'intimità argentina delle panchine sotto gli alberi di caucciù? Chi potrà credere alla mia innocenza? Come fare per seguitare a vivere nell'umile felicità che possiedo ancora, quella di essere come sono?

Il fratello di Porfiria si chiamava Miguel. Cinque anni più grande di lei, questo adolescente era di una straordinaria bellezza: pelle scura, lineamenti perfetti, occhi neri, che brillavano senza malinconia. Un soave sorriso contraddiceva la durezza dello sguardo ed a volte gli illuminava il viso; altre volte un sorriso crudele glielo adombrava. I suoi capelli crescevano appassionatamente come le piante. Porfiria, ripeto, non era figlia unica, ma suo padre la viziava come se lo fosse. Mario Bernal era un uomo tranquillo e benevolo ed aveva per sua figlia una tenerezza quasi materna, una tenerezza simile a quella che sentiva per sua madre, che lo ammirava e lo aveva sempre preferito.

Feci quanto potei per migliorare l'educazione di Porfiria. Lessi molta geografia, molta storia: devo confessare che avevo dimenticato quasi tutte le date e gli avvenimenti storici più importanti. Mio padre diceva sempre: insegnare è il modo migliore, forse l'unico, di imparare. Per poter istruire Porfiria istruivo me stessa. Non ho mai studiato con tanto fervore. Non mi sono mai sentita così incoraggiata da un'intera famiglia. Perfino la nonna di Porfiria, quella vecchietta di ottant'anni che cercava invano da due anni di finire di lavorare a maglia una mantellina di lana lilla, si interessava dei miei metodi di insegnamento e mi dava consigli.

Porfiria era straordinariamente intelligente. Si interessava alla letteratura direi quasi con passione. Certe sue composizioni erano veramente notevoli: *I piccoli prìncipi nella torre*, *La morte di un albero*, *Un giorno di pioggia*, *Una passeggiata al Tigre*, *I gatti abbandonati*, mi sorpresero e mi commossero. Io le lasciavo scegliere i temi. Fui io, Dio mi perdoni, a darle l'idea di scrivere un diario. Passava molte ore a scrivere come un angelo, china sul quaderno, con gli occhi illuminati. (Allora la vedevo ispirata come un angelo!)

«Le bambine inglesi tengono sempre un diario» le dissi una mattina in un treno che, fuggendo dal calore soffocante della città, ci portava alle spiagge del sud.

«E si deve dire la verità?» mi domandò Porfiria.

«Altrimenti a che serve un diario?» le risposi senza pensare al significato che potevano avere per lei le mie parole.

Dal finestrino del treno vedevo tutta la campagna incendiata dal tramonto: non la interrompeva neppure un albero, gli animali sembravano giocattoli appena dipinti. Di tanto in tanto passava un campo di fiori violetti o di lino. Ho sempre venerato la natura: le sue diverse manifestazioni mi riportano alla memoria versi, frasi intere di alcuni romanzi, belle miniature che si trovavano nella sala della nostra casa, in Inghilterra, riproduzioni di quadri ad olio di Turner, le cui bellezze mi fanno fremere, certe canzoni di Purcell (canzoni di pastori), che sentivo cantare da mia madre, di sera, quando era vestita con un meraviglioso abito rosa, con nastri verdi annodati per accompagnare la pettinatura. Certi cieli simili ai cieli di quella sera mi riportano un ricordo di profumi di eliotropio: in quei profumi ci sono la mia patria e il mio romanticismo.

«Ma io tengo *già* un diario» disse Porfiria con una voce aspra, che non le conoscevo. «Lei stessa, Miss Fielding, mi ha dato l'idea di farlo, il giorno in cui mi ha raccontato di avere scritto un diario a dodici anni. Non ricorda?»

Io non ricordavo di averle detto nulla di quel diario della mia infanzia, ma, guardando i suoi occhi, sentii che diceva la verità. Quelle parole che le avevo detto così distrattamente l'avevano senza dubbio impressionata. Continuò a parlare con quella vocetta aspra e sgradevole, accentuata dal rumore del treno, che la costringeva a parlare più forte.

«Il mio diario è un diario molto speciale. Forse un

giorno glielo farò leggere. Ma lo darò solo a lei. La mamma non deve vederlo perché le sembrerebbe immorale.»

La guardai con stupore. Come osava parlarmi così?

«Perché a sua madre sembrerebbe immorale e a me no?» le domandai con malcelata ansietà.

«Perché lei, Miss Fielding, è intelligente e soprattutto perché lei non è mia madre. Le madri smettono facilmente di essere intelligenti.»

Sentii molta inquietudine a queste parole. Cosa aveva voluto dire Porfiria? In quel momento la signora Bernal, che viaggiava in un'altra carrozza, si avvicinò per invitarci a mangiare. La responsabilità di essere un'istitutrice già cominciava a pesarmi.

Cominciava a far freddo, scendeva la notte e per la prima volta mi invase una tristezza indicibile, immotivata, al ricordo delle villeggiature natìe e dei diversi treni che mi avevano portato ad altre spiagge. Mi contemplai discretamente in uno specchio, per lisciarmi i capelli. Scoprii sul mio viso, agli angoli della bocca, una nuova ruga, una ruga che non avevo mai visto. Porfiria si appoggiava a me, mi prendeva sottobraccio, faceva atto di baciarmi. Mi sembrava che ormai ci unisse un segreto: un segreto pericoloso, indissolubile, inevitabile.

Per molti mesi Porfiria mi minacciò con la lettura del suo diario. Ogni tanto mi ricordava l'urgenza che aveva di farmelo leggere, ma, vedendo la mia indifferenza, forse si stancò di insistere.

Passò l'inverno e poi la primavera. Arrivò l'estate. Allora Porfiria riuscì, con mille stratagemmi, a parlarmi di nuovo del diario. Sapeva che l'argomento non mi piaceva. Voleva vincere la mia ripugnanza.

Eravamo nel settembre del millenovecentotrenta. Tardai qualche giorno ad aprire il diario di Porfiria ed a scorrerne superficialmente le pagine. L'idea di leggerlo mi ripugnava, mi sembrava, ripeto, che quel diario potesse ferirci, che fosse una specie di legame segreto, un oggetto clandestino, che mi avrebbe procurato dispiaceri; ma Porfiria insistette tanto che non potei rifiutarmi ancora. In quali abissi dell'anima infantile, in quale candido inferno di perversione mi avrebbero portato quelle pagine la cui tremula scrittura, in inchiostro verde, cercava di imitare la mia? Com'ero lontana dall'immaginare la verità!

Non posso soffermarmi sui dettagli di questa storia. Le mie risorse letterarie sono nulle. Sospetto che le parole che ho scritto non mi procureranno sollievo, ma una profonda sofferenza.

Porfiria è stata la mia prima, la mia ultima discepola. È stata l'unica per cui ho avuto un vero affetto, per cui ho sofferto come una madre può soffrire per una figlia, per cui ho patito le pene più profonde che una persona adulta abbia mai sofferto per una bambina. La verità è che questa creatura ha influito su di me come può influire soltanto un'amica cattiva.

Con una certa ripugnanza, con una certa curiosità mista a vergogna, intrapresi la lettura del diario. Che significato aveva per Porfiria la parola immorale? Niente di tanto terribile come avevo immaginato? Quali segreti familiari mi avrebbero rivelato quelle pagine? Avrebbe parlato in modo irrispettoso della nonna, della madre, del padre, del fratello Miguel? La lettura di quel diario non mi avrebbe procurato problemi di coscienza, dispiaceri di varia natura? Tutte queste riflessioni mi sembrarono basse, egoistiche, insignificanti, poco intelligenti.

Commossa e riconfortata dalla mia decisione, lessi le prime pagine.

Diario di Porfiria

3 gennaio 1931
Ho otto anni compiuti. Mi chiamo Porfiria e Miguel è il mio unico fratello. Miguel ha un cane grosso come una

pecora. Per molti anni ho sperato di avere un fratello migliore e minore, ma ormai ci ho rinunciato: non amo la mia famiglia. Miss Fielding pensa che non sono bella, ma che ho un'espressione fuggevolmente bella. «È l'espressione dell'intelligenza» mi ha detto. «È l'unica cosa importante.» Assomiglio agli angeli di Botticelli che portano colletti ricamati ed hanno «il viso invecchiato per il troppo pensare a Dio», come dice Miss Fielding. Io penso a Dio solo di notte, quando nessuno vede la mia faccia. Allora gli chiedo molte cose e gli faccio promesse che non mantengo. La notte ha grandi fronde con fiori e uccelli dove mi nascondo per essere felice, a volte per essere molto infelice, perché se è facile essere audaci in quelle ore, è anche facile morire di paura o disperazione. In quelle ore potrei scappare di casa, uccidere qualcuno, rubare una collana di brillanti, essere una stella del cinema.

Ho studiato negli specchi grandi e in quelli piccoli tutte le espressioni del mio viso. Ho visto i quadri di Botticelli nella collana dei Pittori Celebri.

Non ho l'ambizione di diventare come mia madre o come Miss Fielding, o come mia cugina Elvira, quando sarò grande. Mi sembra che non diventerò mai ragazza: questa idea non mi rattrista, mi dà una sensazione di immortalità che molte bambine della mia età sicuramente non hanno.

10 gennaio

Miss Fielding mi ha dato l'idea di scrivere questo diario. Prima di conoscerla non mi sarebbe venuto in mente: prima di conoscerla non mi sarebbe venuto in mente di contemplare gli angeli di Botticelli né il mio viso in tanti specchi, perché ho sempre creduto di essere orribile e che guardarmi in uno specchio fosse peccato. In una catenina d'oro fra due medagliette ho una chiave: è la chiave del cassetto dove custodisco il mio diario. Il cassetto e la chiave suscitano la curiosità dei domestici e di mia madre, che è furba.

Solo lei, Miss Fielding, potrà leggere queste pagine; lei e forse Miguel, che sa l'ortografia.

Il mio nome è Porfiria Bernal: mi stupisce, mi contraria continuamente, mi cambia il colore degli occhi, la forma della bocca e delle braccia e perfino l'affetto che sento per mia madre. Mia madre! A volte la vedo come una straniera, come un'intrusa che mi accarezza i capelli quando le do la buonanotte. Mio padre ha la faccia del patrizio, mi è familiare come le miniature che custodisce nella vetrina. Baciarlo mi dà vergogna.

Sono schiava del mio nome.

«È tutta questione di abitudine. Quando sarai grande il tuo nome ti piacerà, perché è originale» mi ha detto mia madre.

«Preferirei chiamarmi Miguel. Miguel è un nome maschile ed è comune.»

15 gennaio
Mi sono arrabbiata con Miss Fielding: non voleva che salutassi i gatti nel parco di Palermo.

20 febbraio
Oggi siamo arrivati al mare. I viaggi in treno sono troppo corti: avevo tante cose cui pensare e solo il treno mi permette di pensare. Gli esercizi fisici mi tolgono i pensieri: così anche la gente e l'aritmetica.

28 febbraio
La sabbia è fatta di pietre, conchiglie, ossi, capelli, unghie di naufraghi e pezzettini di animali che si sono avventurati nel mare e vi hanno lasciato i loro scheletri: l'ho guardata da vicino con la mia lente di ingrandimento.

Mia madre conversa con un signore i cui occhi azzurri sono del colore di certi pesci. È chiaro che parlano di cose molto sgradevoli, di parenti o affari, perché mia madre aggrotta le sopracciglia e guarda il suo orologio, mentre il signore, che ha un anello d'oro, guarda il mare con odio e si appoggia alla tenda, fumando come se fosse molto stanco. La sabbia si attacca fra le dita dei piedi; cerco di toglierla, ma non posso. Miss Fielding guarda di sottecchi il signore dall'anello d'oro. Che penserà Miss Fielding? Non pensa. Va a nuotare: seguo la sua cuffia verde sul mare, la seguo finché non torna.

Quanti ombelichi ha la sabbia!

Mi hanno regalato una madonna che serve da lampada da notte: sono le più pratiche.

1° marzo
Sono malata. Miss Fielding non mi lascia pensare: legge, con la sua monotona voce di gatto, *Robinson Crusoe*. Ma che interesse può avere per me un libro come questo? Mi piacciono i libri d'amore o di delitti. Mi piacciono i libri di pensieri. Non aspetto altro che l'ora di pranzo, che non mi porta nulla. Morirò prima dei quindici anni? Ho contato le ore in cui Miss Fielding non mi ha lasciato pensare da quando sono a letto: cinque ore oggi, ieri tre, l'altrieri otto: sedici in tutto. Se muoio prima dei quindici anni, non glielo perdonerò.

10 marzo
Ho salutato il mare: è stato difficile baciarlo, mi è stato più facile baciare la sabbia, che era umida. Non tornerò fino all'anno venturo (ma non sarà lo stesso, avrò un anno di più, non sarò più la stessa).

Andremo a passare qualche giorno in una tenuta di mio nonno, ad Arrecifes.

12 marzo
La tenuta si chiama *L'Addormentata*.

«Sicuramente *La bella addormentata nel bosco* era uno dei racconti preferiti dalle figlie del vecchio proprietario della tenuta e perciò le hanno messo questo nome» mi ha detto Miss Fielding la sera che siamo arrivate.

Ho dovuto spiegarle che non si chiamava *La bella addormentata nel bosco* ma *L'Addormentata*, il che era diverso. Mi ha risposto come se mi fornisse un dato storico:

«Sicuramente hanno voluto abbreviare il nome perché era un po' lungo.»

14 marzo
La tenuta si chiama *L'Addormentata* perché il vecchio proprietario aveva una figlia più taciturna, molto più taciturna e timida di me. Quando arrivavano visite, il padrone di casa, che aveva una barba metà nera e metà

rossa, per lodare o chiamare la figlia mentre serviva le paste preparate da lei stessa, diceva a voce alta:

«Non è addormentata. Non è addormentata mia figlia.»

Gli ospiti, che erano tutte vecchie signore in lutto, golose come maiali, presero l'abitudine, arrivando alla tenuta, di chiedere di quella che «non era addormentata» e alla fine, per abbreviare un po', dell'«addormentata», pensando alle paste caserecce che per via dei ricami di meringa sembravano paste di una grande pasticceria. A poco a poco *L'Addormentata* divenne famosa. «Dov'è l'Addormentata? Come sta l'Addormentata? Che fa l'Addormentata?»: erano le frasi che si udivano quando la gente voleva le paste. La tenuta finì col chiamarsi l'Addormentata.

Ma ora nessuno potrà mai convincere Miss Fielding che *La bella addormentata nel bosco* non è stata responsabile di quel nome.

15 marzo
Miss Fielding ha imparato in un giorno ad andare a cavallo. Tutti si sono congratulati con lei. Non ha paura delle vipere né dei pipistrelli né dei fuochi fatui. Non so se adora o odia i gatti. Li accarezza e dà loro dei pezzettini di carne cruda, che ruba dalla cucina, quando il cuoco fa la siesta, ma dà loro anche dei calci.

Passeggia con Miguel per il parco, di sera. Sento le loro voci finché non mi addormento. Dicono che hanno visto un fantasma e che Miss Fielding è svenuta: erano gli occhi fosforescenti di un gatto che correva sul tetto della casa come un gigante nero.

20 marzo
Quando vedo un raggio di sole sul prato o quando capto l'odore di trifoglio che esce dalla terra o quando mi immagino che una tigre mi divori in pieno giorno, penso che diventerò una grande artista. Dipingerò molti quadri per il Museo Nazionale.

26 marzo
Essere povera, andare scalza, mangiare frutta acerba,

abitare in un tugurio con il tetto rotto a metà, avere paura, devono essere le maggiori felicità del mondo. Ma non potrò mai ambire a questa sorte. Sarò sempre ben pettinata, con queste orribili scarpe e con queste calze corte.

La ricchezza è come una corazza che Miss Fielding ammira e che io detesto.

28 marzo
Ho inventato questa preghiera: «Dio mio, fa che tutto ciò che immagino sia vero e ciò che non posso immaginare non lo diventi mai. Fa che io, come i santi, disprezzi la realtà».

29 marzo
Ho dubitato dell'esistenza di Dio: le persone grandi mentono sempre ed esse mi hanno parlato dell'esistenza di Dio.

1° aprile
Non posso trovare un trifoglio con quattro foglie. Non sarò mai felice, perché essere felice è credere di esserlo.

2 aprile
Dormire e mangiare in treno mi piace. Mi piace anche Buenos Aires oggi, perché è il giorno dell'arrivo e perché c'è odore di naftalina sui tappeti.

4 aprile
Studio il pianoforte senza convinzione. Per suonare bene il piano devo immaginare un teatro pieno di gente, sentire gli applausi. Pago dieci centesimi a Filomena per ogni applauso. Nel salotto di questa casa, quando c'è un ospite, mia madre mi chiede di suonare *Au Couvent* di Borodin: ma detesto quell'ospite e detesterei qualunque teatro con un simile pubblico. Per non piangere devo immaginare di essere in un giardino con roseti e salici e che un giovane scalzo e molto povero mi prenda per mano. Allora la musica si apre come un sentiero per farci passare e la tastiera diventa invisibile.

20 maggio
Paolo Lerena ha mangiato con noi ieri sera. È un cugino di secondo grado di mio padre. Fino a vent'anni è vissuto in Europa: è l'unica cosa che so di lui. Mi ha salutato inchinando la testa profumata. Gli ho risposto appena. Ero caduta dalle scale e mi faceva male il ginocchio.

21 maggio
Sopra le rose, nei vasi da fiori del salone, ho pianto come se fossi grande, ricordando la mia infanzia. Alle sei del pomeriggio in casa non c'era nessuno. Un silenzio intimidatorio come una presenza era dentro le stanze. I corridoi oscuri mi hanno portato nella camera di Miss Fielding. Mi sono fermata un istante prima di aprire il cassetto del comodino: ho trovato un pacchetto di lettere legato con un nastro (sapevo di chi erano quelle lettere), un flaconcino di profumo, una matita e una scatola di fiammiferi. Ho sciolto il nastro. Ho letto le lettere una per una; man mano che le leggevo le riponevo in una tasca, per non rileggere quelle che avevo già letto. Ho sentito un rumore al portone. Ho legato rapidamente le lettere con il nastro. Una mi è rimasta in tasca: la conosco a memoria.

22 maggio
Miss Fielding sa che le manca una lettera. Sa che gliel'ho rubata io e che l'ho mostrata a Miguel. «Sono lettere compromettenti» direbbe mia madre. Ho pianto con la testa nascosta nel grembo di Miss Fielding. Mi ha perdonato perché è intelligente. L'ho raccontato a mia madre.

27 maggio
Rosa, Fernanda e Marcellina sono le mie migliori amiche. Sono ammirata dalla prima, dominata dalla seconda, ignorata dalla terza, che suona benissimo il piano e va in bicicletta come una scimmia. Le amiche si possono dividere in varie categorie: quelle che ascoltano sempre, quelle che ascoltiamo, quelle che amiamo quando sono vicine, quelle che preferiamo quando sono lonta-

ne, quelle che vorremmo avessero opinioni diverse dalle nostre, quelle che ricordiamo quando ascoltiamo una musica, quelle che sono come un giardino, quelle che assomigliano soltanto a se stesse, quelle che sanno ciò che stavamo per dire prima di parlare e lo dicono per farci vergognare, quelle che ci rubano le cose amate amandole, quelle che perfezionano la solitudine, quelle grandi, quelle che non si occupano di noi.

Rosa, Fernanda e Marcellina non sono in realtà le mie migliori amiche: lo dico solo in certe composizioni, come per esempio in quella intitolata *Una passeggiata al Tigre*.

4 giugno

Paolo Lerena mangia quasi tutte le sere da noi. Ha un affare in comune con mio padre. Dopo mangiato Miss Fielding e mia madre fanno dei solitari, mentre mio padre e Paolo Lerena conversano avvolti dal fumo denso dei sigari. Mia nonna lavora a maglia una mantellina. Lavora come una tartaruga con mani di ragno. Sente tutto quello che nessuno riesce a sentire, ma non sente nulla di quello che tutti sentono. A volte sembra mascherata, soprattutto d'inverno, perché si copre molto quando va a messa.

Miss Fielding crede che io mi burli di lei. Non è colpa mia: è così diversa da tutti gli altri con i suoi occhi di gatto d'angora e la sua voce piagnucolosa!

20 giugno

Vedo molto poco mio padre, o piuttosto lo guardo molto poco: ieri ho scoperto che ha gli occhi verdi e il naso aquilino. Avere sempre vicino le persone le allontana: conosco pezzetti di mia madre, conosco i suoi polsi, la densità della sua capigliatura e il posto di una delle sue pieghe preferite, lo scricchiolio dei suoi passi, la sonorità del suo riso. Pablo Lerena invece lo conosco da cima a fondo e non come un busto, come conosco mia nonna, lo conosco tutto intero come in un grande specchio.

21 luglio

Sono stata a Palermo con Miss Fielding. Abbiamo portato della carne cruda per i gatti. Ci siamo sedute vicino al lago, dove si noleggiano le biciclette, per vederli mangiare: facevano le fusa, mi si strofinavano contro. A un tratto Miss Fielding si è messa a tremare; la sua faccia si è trasformata: sembrava orribile, un vero gatto. Gliel'ho detto e lei mi ha coperto di graffi. Sono arrivata a casa con il viso sanguinante.

23 luglio
Mi sono nascosta sul pianerottolo. Non vedevo, ma sentivo tutto quello che dicevano: Miss Fielding parlava con Miguel: sembrava che piangesse. Parlavano male di me. Nelle gabbie del balcone cantavano gli uccelli, come se si baciassero. Sulla parete chiara vedevo agitarsi le ombre, come le figure di una lanterna magica.

30 luglio
È il mio compleanno. Mio padre mi ha regalato un braccialetto d'oro puro, Miss Fielding un libro, mia madre un portamonete, mia nonna cento *pesos*. Paolo Lerena non sapeva che era la mia festa e, quando ha visto sul tavolo il dolce con il mio nome e le candeline accese, si è alzato nel bel mezzo del pranzo per baciarmi. Sono diventata rossa. Mia nonna ha mangiato a tavola, ma non ha assaggiato il dolce, perché conteneva uova.

10 agosto
Ho detto a Miss Fielding:

«Dài che eri un gatto ed io un cane e mi graffiavi.»

Miss Fielding mi ha messo in penitenza.

15 agosto
Mi piacciono i libri d'amore e di delitti, mi piacciono i libri di Rossetti e Tennyson: certi versi li so a memoria e li recito silenziosamente quando sono in chiesa e aspetto che termini la messa.

24 agosto
Durante le lezioni Miss Fielding si ferma, sospira e i suoi occhi si avventurano nel paesaggio della finestra.

Ieri Miguel l'ha chiamata per farsi aiutare a scrivere una lettera: ci hanno messo più di un'ora.

2 settembre
Sono romantica. Miss Fielding me l'ha detto ieri sera mentre mi faceva le trecce. Lei è più romantica perché ha vissuto di più, ma meno intensamente.

Miss Fielding abbraccia Remo e gli conficca le unghie nella pelle; gli dice in inglese: «Lo sai quanto ti voglio bene?». Remo non capisce l'inglese, ma sa che Miss Fielding è identica a un gatto e non l'ama e abbassa le orecchie.

29 settembre
Miss Fielding forse mi vede come un demonio. Prova un orrore profondo per me, perché comincia a capire il significato di questo diario, per cui dovrà seguitare ad arrossire, docile, obbediente al destino che le infliggerò, con un timore che non sento per niente e per nessuno.

5 ottobre
Roberto Cardenas è venuto a mangiare per la prima volta questa sera. Ho riconosciuto subito il signore con gli occhi azzurri che avevo visto durante l'estate, sulla spiaggia, conversare con mia madre. Mi ha salutato amabilmente. Gli ho appena risposto. Miss Fielding è arrossita violentemente.

Remo, il cane di Miguel, è morto in un incidente.

Interrompo questo diario come lo interruppi allora, con stupore, il 5 ottobre, a mezzanotte, constatando che tutto ciò che Porfiria aveva scritto nel suo diario quasi un anno prima si stava verificando.

Roberto Cardenas era venuto a mangiare quella sera per la prima volta. Ed ecco che avevo davanti agli occhi la data incredibile, 5 ottobre, scritta sulla pagina del diario, come una testimonianza magica, infernale. Il quaderno era stato in mio possesso per tutto quel tempo. Ero certa che Porfiria non aveva potuto toccarlo né in tutti quei giorni, né oggi, dopo il pranzo. Quale orribile mistero alimentava quotidianamente le pagine di questo diario! Ricordo che non dormii tutta la notte, in preda a inspiegabili timori.

Il mattino seguente domandai a Porfiria se aveva aggiunto nuove annotazioni al diario. Sapevo troppo bene che non l'aveva toccato! Le feci notare con un vago timore la sua distrazione nell'anticipare le date. Mi guardò con stupore. Aprendo smisuratamente gli occhi, mi disse con inusitata esaltazione:

«Scrivere le cose prima o dopo che succedano è lo stesso: inventare è più facile che ricordare.»

Confesso che l'intelligente, la dolce Porfiria, mi parve preda di qualche demonio. Quel giorno provai orrore per lei e la notte, nella solitudine della mia stanza, lessi le pagine seguenti del diario.

26 ottobre
Roberto Cardenas e mia madre si salutano come se temessero di non vedersi mai più. Quali terribili segreti si dicono nel buio della sala quando passa il tram? Miss Fielding è molto gelosa. I gatti sono gelosi?

Oggi ci hanno chiesto, a Miss Fielding e a me, di suonare il piano a quattro mani. Miss Fielding, tristemente, si è seduta al piano e io al suo fianco, sul sedile. Nel legno lucido del pianoforte vedevo mia madre che piangeva e Roberto Cardenas che le baciava le mani per consolarla.

Mia madre piange frequentemente senza lacrime. Sa che Miss Fielding mi ferisce. Sa che Miss Fielding non è un essere umano, ma non osa licenziarla, perché ne ha paura.

5 novembre
Essere innamorata non significa amare un uomo: si può essere innamorati senza amare nessuno. Una fotografia, un sole calante, un profumo, un angelo o una musica bastano.

20 novembre
Vorrei essere un'acrobata. Vestirmi con un vestito verde

e brillante. L'acrobata assomiglia molto a un angelo; quando salta sui trapezi, un altro angelo lo riceve fra le sue braccia.

4 dicembre
Ho un presentimento. La nostra fine si avvicina. Certe persone hanno una faccia da criminali quando si avvicina a loro la morte; inconsapevolmente assumono l'espressione che immaginano abbia la morte.

Ieri con Miss Fielding ho parlato della morte, del suicidio, del delitto.

Non sono discorsi da fare con i bambini.

5 dicembre
Fa caldo. Miss Fielding è tornata dalla campagna con un gran mazzo di fiori. Li ha sistemati nei vasi della sala da pranzo. Mia madre non li ha graditi, perché è orgogliosa.

Il sole giallo splende ancora sulle strade e sulle case, ed è già tardi.

Miss Fielding è innamorata di Miguel. Così devono essere le istitutrici con i discepoli e non trattarli con durezza, come fa con me. Ma Miguel non è il discepolo di Miss Fielding, è il discepolo di un gatto. Io sono la discepola ed è di me che deve occuparsi invece di graffiarmi come un felino. L'ho detto a mia madre.

8 dicembre
Sono andata a messa con Miguel e Miss Fielding.

Cercherò di dividerli. Non mi importa che mi odino. Quando non si ottiene l'affetto che si chiede, l'odio è un sollievo. L'odio è l'unica cosa che possa sostituire l'amore.

Sono riuscita a farmi picchiare, a farmi di nuovo conficcare le unghie.

Ho trionfato esasperandola.

9 dicembre
Potrei uccidere Miss Fielding senza rimorso. Se ho pianto per la morte di Remo, non piangerei per la sua, come lei non piangerebbe per la mia.

15 dicembre
È come se una voce mi dettasse le parole di questo diario: le sento nella notte, nel buio disperato della mia camera.

Posso essere crudele, ma questa voce può essere infinitamente più crudele di me. Temo il finale, come lo temerà Miss Fielding.

Ho chiuso di nuovo il diario. L'ho messo da parte per due giorni. Ho pensato che, se non lo leggevo, forse il diario avrebbe cessato di esistere; avrei rotto l'incantesimo ignorandolo. Credo superfluo descrivere la mia angoscia, la mia tortura, la mia umiliazione. Leggo in questo diario tutte le cose che mi sono successe.

Ho letto le ultime pagine: non ho potuto evitarlo.

Parlerà per me il diario di Porfiria Bernal. Mi mancano da vivere le ultime pagine.

20 dicembre
Mi sono contemplata lungamente nello specchio per dirmi addio, come se gli specchi del mondo stessero per scomparire per sempre.

Credo di esistere perché mi vedo.

Miss Fielding mi spaventa. Tutti i gatti mi spaventano. Do loro da mangiare per non farmi odiare.

21 dicembre
Quando è cominciata la nostra inimicizia? Il giorno che li ho visti con le teste unite, mentre leggevano un libro di poesia. Miss Fielding mi ha perdonato tutto, meno questo, forse. Serba per me il rancore dei gatti per i cani o dei cattivi discepoli per i loro maestri.

22 dicembre
...Uno desidera, in fondo all'anima, che arrivi presto il giorno della tragedia. Miss Fielding mi ha graffiato tre volte, oggi.

23 dicembre
Siamo state al Tigre. Il cielo copriva l'acqua di riflessi. La

canoa verde scivolava silenziosa. Per un attimo abbiamo dimenticato tutto. Abbiamo fatto merenda sotto i salici. Alle cinque del pomeriggio Miss Fielding mi ha guardato con orrore. Che aveva visto? L'ombra di un gatto. Quando le persone stanno per trasformarsi vedono un'ombra che le insegue, che annuncia loro l'avvenire.

24 dicembre
Miss Fielding mi ha regalato un libro. Io le ho regalato un gatto di porcellana.

Miss Fielding ed io siamo salite in terrazza, come facciamo sempre quando arrivano i giorni di caldo. La ringhiera è esile. L'altezza di una casa di quattro piani non può provocare le vertigini a nessuno. Miss Fielding dice di avere le vertigini in qualunque posto si trovi, da una grande altezza o da una piccola. Tuttavia quando eravamo in campagna saliva sul mulino.

«Dammi la mano» mi ha detto passando sulla parte più stretta della scaletta.

Aveva le mani gelate e tremava. Mi ha graffiato. Mi ha sorpreso di nuovo con la sua faccia di gatto; gliel'ho detto. Siamo arrivate a vedere il fiume. D'un tratto ho perso l'equilibrio. È stata Miss Fielding a spingermi? Cerco di aggrapparmi alle sbarre di ferro.

Non sono caduta fuori; sono caduta sulle mattonelle, svenuta. Ho sentito un grido stridulo, lacerante. Era la sirena del porto, quella che ho sentito sempre a quell'ora del pomeriggio.

26 dicembre
Miss Fielding ha tentato di uccidermi. Non lo dirò a nessuno. Lei crede che dorma. Dalla finestra aperta vedo piazza San Martín, dove fioriscono le prime tumberge. Luccicano le palme e il cielo di Buenos Aires si stende fino al fiume giallo. Sono a letto. Mi permettono di prendere una tazza di cioccolata. Attraverso la porta socchiusa vedo Miss Fielding che mi prepara la cioccolata. Il latte bolle sul fornello. Non potrà più portarmi la tazza. Si è coperta di peli, si è rimpicciolita, si è nascosta; fa un salto dalla finestra aperta e si ferma sul parapetto del balcone. Poi fa un altro salto e si allontana.

Mia madre sarà contenta di non averla più in casa. Mangiava molto, sapeva tutti i segreti della casa. Mi graffiava. Mia madre la temeva più di me. Ora Miss Fielding è inoffensiva e si perderà per le strade di Buenos Aires. Quando la incontrerò, se un giorno la incontrerò, le griderò per burlarmi di lei: "Micia Fielding, Micia Fielding", e lei non se ne darà per inteso, perché è stata sempre ipocrita, come i gatti.

FESTA
di Manuel Peyrou

Era un giorno di primavera, con alberi fioriti e garruli venditori che congestionavano la strada. Ebbi la sensazione che in quel quartiere – perlomeno, in quel settore del quartiere – poteva esistere l'avventura. Ebbi anche la sicurezza – e questo non contraddice l'affermazione precedente – che lì era impossibile conservare un segreto per più di mezz'ora. Non avevamo ancora finito di deporre le valige che già i vicini conoscevano il nome delle mie tre sorelle e del mio fratello maggiore. Di me conoscevano naturalmente solo il soprannome: il Corno, apòcope di Faccia di Corno. I mobili erano arrivati la mattina su due carri della «Veloce di Barracas del Sud».

C'erano eccellenti motivi perché mio padre affittasse quella casa. Uno era il suo nuovo posto di reggente della Grande Tipografia e Legatoria «Il secolo» in via California, a pochi isolati di distanza. L'altro era che il proprietario l'affittava con uno sconto apprezzabile per il fatto che si riservava una specie di scantinato, che occupava la parte di fronte, dove aveva la sua abitazione e la sua bottega per la riparazione delle scarpe. In questo scantinato si entrava da una porticina del vestibolo, a fianco della breve scalinata che conduceva al cancello. Aiutammo a scendere mia madre, che doveva restare a letto a causa della sua recente frattura alla gamba destra; salimmo con lei i pochi gradini e la facemmo sedere in un seggiolone di vimini del vestibolo, mentre le mie sorelle preparavano il letto. In due o tre giorni la casa fu in ordine. Nella parte di fronte, sopra lo scantinato, c'erano due stanze: il salotto e la sala da pranzo, che avevano la porta sul vestibolo. Questo aveva grandi piastrelle bianche e nere, come una scacchiera. (È vero che quando volli imitare una giocata utilizzando due o tre sedie, ricevetti uno scappellotto da mio padre, a parte il fatto che quando ordinai al mio cane Pallino di rimpiazzare un alfiere, si mosse per proprio conto.) Dopo veniva il primo cortile, anch'esso con piastrelle bianche e nere, ma più piccole di quelle del vestibolo. Nella parte anteriore del cortile c'era una scalinata verso il basso, che comunicava con lo scantinato, da dove ogni tanto emergeva il calzolaio quando doveva andare al bagno giù in fondo. Le camere da letto erano quattro, in fila, e tra la seconda e la terza c'era uno dei bagni, di fronte al corridoio dove era stato collocato il telefono.

Avevamo traslocato il lunedì e non accadde niente di importante fino al venerdì. In questo giorno, quando alle dodici e mezza tornai da scuola, trovai nel vestibolo una tavola apparecchiata e quattro persone che mangiavano avidamente qualcosa che identificai come tagliatelle. Presiedeva alla riunione il calzolaio, che pareva più loquace del solito. Nella sala da pranzo ortodossa, dove entrai meravigliato, mia sorella minore mi comunicò, in una sorta di vibrante segreto, che il calzolaio aveva i figli a pranzo e che erano usciti nel vestibolo perché era più fresco dello scantinato. Quando andai nella mia stanza dopo aver pranzato, osservai che uno dei commensali stava parlando al telefono nel breve corridoio a cui ho accennato sopra. Mi coricai a fare la siesta, perché mi ero svegliato alle cinque per arrivare in orario a scuola, e improvvisamente il mio sonno fu interrotto dalla presenza di un uomo nella stanza. Accesi la lampada del comodino e l'uomo mi chiese cortesemente un quotidiano del mattino. Mi vestii sempre più allarmato, perché avevo udito un rumore di conversazione e avevo notato che il bagno era occupato e un uomo parlava al telefono, mentre altri due aspettavano il loro turno. Corsi nella stanza di mia madre e notai il suo sguardo costernato: una donna e due uomini conversavano con voce tranquilla, né alta né bassa, seduti su delle sedie. La donna si alzò e si aggiustò i capelli allo specchio.

Il senso di responsabilità, che era già sveglio nel mio animo nonostante i miei pochi anni, mi spinse a chiamare mio padre. Corsi al telefono, ma il numero di quelli che aspettavano il turno era aumentato: ora formavano una fila che entrava nella mia stanza e poi usciva nel cortile. Mi fu indicato gentilmente di mettermi in fila, ma dopo un'ora ero andato avanti di tre metri scarsi. Allora uscii in strada e andai all'angolo, dove c'era un bar: anche lì c'era la fila. Aspettai mezz'ora e tornai a casa con la speranza che avessero terminato di parlare; fui seccamente informato di aver perso il mio turno e mi fu indicato di scorrere verso la parete di fondo, dove si trovavano gli ultimi. La mia rabbia, tuttavia, non mi accecava, cosicché, mentre aspettavo, osservai che due o tre garzoni collocavano dei tavoli in quel cortile posteriore, li coprivano con tovaglie e li adornavano con rametti portati da un fondo – un terreno abbastanza ampio – che apparteneva alla casa. Passai il pomeriggio senza poter parlare con mio padre e all'imbrunire cominciarono ad arrivare uomini e donne che si disposero per la cena. I garzoni entravano e uscivano dalla cucina, situata nella parte anteriore del cortile, e il calzolaio dava ordini ad un uomo con un lindo grembiule, sulla cui testa dondolava un alto copricapo bianco. Entrarono due ufficiali del primo commissariato – cosa che mi stupì, perché eravamo a Barracas – e chiesero dodici milanesi, tre bottiglie di vermut, una di Fernet e sei di vino da tre quarti. Il calzolaio disse che per evitare commenti e sospetti avrebbe fatto una ricevuta, e che fra mezz'ora mandassero un uomo in borghese a ritirare quanto richiesto.

In quel momento apparve un signore con due aiutanti ed un microfono e cominciò a cercare un luogo appropriato per trasmettere quella che designò come «festa». Veramente io collaborai e gli dissi che il posto migliore era il centro del cortile. Improvvisamente mi venne in mente che il telefono poteva essere libero e corsi in corridoio. Non c'era nessuno e cominciai a fare il numero prima che arrivassero due donne che parlavano tra loro con molto entusiasmo, dicendo di chiamare subito la «Piccoletta». Alla tipografia mi dissero che mio padre era in giro nella sezione linotipi, cosicché tardò un po' ad arrivare. Gli esposi la situazione e mi rispose che il contratto di locazione, dove si stabiliva specificamente che il calzolaio si riservava soltanto lo scantinato, era in possesso del notaio Casanovas. Mi ordinò di chiamarlo subito e mi diede il numero di telefono. Quando riattaccai dovetti far posto a una delle donne, che pareva aver fretta, e, nel momento in cui cercavo di memorizzare il numero, arrivarono tre uomini e si misero in fila. Uscii in strada ripetendomi mentalmente il numero 3871, non mi ricordo di quale zona (o distretto, come si chiama ora) e andai al bar dell'angolo. Lì ebbi fortuna, cioè a dire fortuna a metà. Il notaio era a casa, ma mi disse che proprio in quell'istante stava uscendo per andare a Retiro, perché partiva per Rosario (lui disse «per il Rosario») e non voleva perdere il treno. Mi dichiarò che il contratto si trovava nella sua cassaforte e che consigliava mio padre di andare al commissariato e rendere noto questo dato, al fine di ottenere aiuto per sloggiare quella gente. Riattaccai e chiamai di nuovo mio padre, il quale mi ordinò di aspettarlo alla porta sulla strada.

Un'ora dopo, mio padre arrivò e gli raccontai quello che era successo. Mentre mi ascoltava, si fermò una vettura di piazza, dalla quale scese un uomo con cilindro, pallido e asciutto, con baffi sottili, neri e brillanti, vestito con un frac e coperto da un ampio mantello. Pagò e, nel riporre il portafogli, con gesto elegante buttò indietro il mantello ed io notai che la fodera era di seta rossa. Prima di andare avanti, l'uomo aspirò un corto sigaro di tabacco in foglia, che palpitò intensamente nell'ombra e poi descrisse una splendente parabola quando fu gettato in strada. Sulla porta uscì a riceverlo il calzolaio e l'uomo disse: «Il resto della commissione arriverà subito». Restammo un istante sorpresi e poi mio padre mi disse che saremmo andati direttamente al commissariato. Si trovava vicino a casa, in un vecchio edificio di un piano. Nel primo cortile c'erano tre stanze e noi entrammo nella prima. Mio padre domandò del commissario e gli fu risposto che non c'era; ci avrebbe ascoltato l'ufficiale di guardia. Apparve subito: un giovane pallido, con baffetti, bocca piccola, fronte ampia e forse sproporzionata. Mi ricordo del dialogo come se lo stessi ascoltando ora:

«Signor ufficiale, la disturbo perché ho constatato di avere degli intrusi in casa mia... cioè in quella che ho in affitto...»

L'ufficiale si grattò i baffetti con il dito indice e disse:

«Intrusi nella casa che ha in affitto? E chi è l'intruso?»

Mio padre vacillò, o perlomeno rifletté un po':

«Non conosco tutti, ma ho l'impressione che siano stati convocati dal proprietario. Perlomeno, un momento fa l'ho visto uscire a dare il benvenuto a qualcuno.»

L'ufficiale si grattò nuovamente i baffetti e disse:

«L'intruso è il proprietario? Hum... C'è un principio di contraddizione. Bisogna fare un esame approfondito ed esauriente su base di equità.»

«Io ho il contratto» tagliò corto mio padre. «Lì sono stabiliti i diritti delle parti.»

«Ce l'ha?»

«Cioè, è depositato nella cassaforte del notaio Casanovas, che lei sicuramente conosce.»

L'ufficiale volle allontanare ogni possibile sospetto.

«Qui non conosciamo nessuno. Facciamo rispettare a tutti le leggi e i regolamenti.»

«Mi scusi» disse mio padre. «Volevo semplicemente dar valore di serietà alla mia dichiarazione. Se nomino il notaio Casanovas, nessuno può pensare che sto inventando l'esistenza di un contratto di locazione.»

Seccamente, come uno sparo o una breve raffica, l'ufficiale replicò: «Può portarlo?».

«Non oggi, perché il notaio è partito per Rosario e il contratto si trova nella sua cassaforte.»

La riflessione rannuvolò per qualche secondo il cipiglio dell'ufficiale e nello stesso istante in cui stava per emettere la sua sentenza entrò un uomo in borghese con un grosso pacchetto di carta straccia.

«Ecco le milanesi e tutto il resto» disse.

L'ufficiale lo fulminò con lo sguardo e l'uomo ci osservò fugacemente, prima di scivolare con il pacchetto attraverso una porta interna. Mi parve che il brutto momento avesse fatto dimenticare all'ufficiale la nostra faccenda. Solo un istante dopo, davanti allo sguardo interrogativo di mio padre, disse:

«Può portarlo o no?»

«Le ho già detto che si trova nella cassaforte del notaio e che il notaio è partito per...»

L'ufficiale era stanco e irritato.

«Bene... Che ne so? Se l'intruso è lo stesso padrone di casa non so che cosa si possa fare. Lei non ha il contratto...»

«Ma io non accetto questa massa di gente in casa mia. Se ricorro a voi è perché...»

«Vede, non so...» l'ufficiale era stanco. «Se lei portasse dei testimoni...»

Il volto di mio padre si illuminò.

«Posso portarli! Posso portare Abraham Timerman, l'impiegato di Casanovas, due uomini della tipografia a cui ho detto di aver firmato il contratto, don Filemone, che mi ha trovato la casa che io cercavo e mi ha accompagnato a visitarla...»

L'ufficiale sbadigliò con la sua piccola bocca e i baffetti gli si stirarono come vermi: era stanco.

Don Filemone era il capoccia del rione. Viveva a due isolati di distanza, dalla parte del fiume. Arrivammo a casa sua e una ragazza abbastanza bruna, che gli serviva il *mate* fino alle ore tarde della notte, ci fece passare in un'umile saletta. Don Filemone riceveva contemporaneamente tutti i suoi correligionari, ma parlava con loro a turno. Lui stava in fondo al salone grande, dietro un vecchio scrittoio, e c'era una fila di sedie che si prolungava fino alla porta. Quelli che arrivavano si sedevano su queste sedie, cambiavano di posto e si avvicinavano man mano che gli altri venivano ascoltati da don Filemone e si congedavano. Noi avanzavamo di sedia in sedia, mentre ascoltavamo le frasi sentenziose con cui don Filemone rispondeva alle richieste o alle lamentele che gli facevano i suoi visitatori. A un certo momento sentii: «Sono partigiano della comprensione»; in un altro istante, ormai su una sedia più vicina: «Bisogna aiutare il progresso»; poi: «Non bisogna affrettarsi, perché molti popoli che si sono affrettati hanno sovvertito l'edificio della legalità». L'ultima cosa che udii, mentre già mio padre stava per parlargli, fu: «Questo sì: dobbiamo dare carattere di storia alle nostre faccende cittadine». Quando mio padre gli chiese di andare al commissariato a dichiarare che eravamo inquilini per contratto, cosa che gli era nota, rispose:

«Sono d'accordo in linea di principio. Tutti dobbiamo assumere la verticale della nostra responsabilità.» Bevve un sorso di *mate*. «Lei ha detto "dichiarazione"?»

«Sì» rispose mio padre. «Ho bisogno che lei dichiari, come amico del notaio, che era alla scrivania quando firmammo, che io sono l'inquilino.»

Don Filemone aveva baffi bassi e brizzolati. Si accarezzò lentamente una delle punte e disse:

«È vero che io ero a casa di Casanovas quella mattina, ma mi sembra imprudente fare dichiarazioni su qualcosa che non mi compete. Se ci fosse una dichiarazione di varie persone io firmerei, perché in tal caso sarebbe un atteggiamento generale in cui la responsabilità non è così strettamente personale.»

«Bene» disse mio padre. «Vado a vedere se trovo questa sera stessa Timerman, Nuñez e Chierico. Li convocherò in commissariato per le undici. Se lei può venire, le parlerei alle undici meno dieci.»

Don Filemone annuì e uscimmo. Dal bar, dove per giustificare la sua permanenza mio padre chiese un vermut con Fernet, chiamò Timerman. Questi si fece ripetere la richiesta e improvvisamente la comunicazione si interruppe. Quando mio padre chiamò di nuovo, una voce di donna disse che Timerman era uscito proprio allora per un caso urgente. Allora chiamò Nuñez, che, ricevuta la richiesta, disse di essere ammalato. Un minuto dopo aver bevuto il vermut chiamò Chierico. Rispose che lui riconosceva personalmente il fatto del contratto, ma che non gli chiedesse di affermarlo in pubblico. Tornammo a sederci ed io vidi la desolazione sul volto di mio padre.

«Don Filemone è molto importante. Se lo convincessimo a venire da solo, la sua dichiarazione basterebbe.»

Poiché erano le undici meno dieci, mio padre tornò al telefono, riappese quasi subito e tornò al tavolo.

«La ragazza dice che sta dormendo.»

Tornammo a casa costernati e in silenzio. Era la mia prima constatazione dell'abitudine nazionale di non compromettersi e di restare in buoni rapporti con tutti. Il modo di prosperare evitando definizioni: la timorosa alleanza latina tra coloro che non si arrischiano. Entrammo incrociando numerosa gente sconosciuta. Io arrivai al secondo cortile e aprii la porta della mia stanza. Per qualche motivo, che presi come un miracolo, era vuota. Poiché cadevo dal sonno, mi svestii e mi coricai. Mi ero appena coperto con la coltre, credo, che i rumori cessarono e caddi in un sonno profondo.

Non ricordo che ora era quando il giorno seguente mi svegliai; mi vestii e uscii nel cortile. Mi trovai di fronte ad un silenzio completo, allarmante come l'imminenza di uno scoppio. Non c'era nessuno: nel primo cortile la ragazza assunta da mia madre due giorni prima spazzava gli ultimi resti della veglia. Tornai nel cortile posteriore e mi decisi a visitare il terreno. C'erano aiuole con piante ed alquanti alberi. Nella piena luce una sensazione di libertà morale e fisica si impossessò di me. Due passeri caddero come pietre sull'erba; lì camminarono con saltelli meccanici. Mi avvicinai ad uno degli alberi, che non era alto più di due metri, e misteriosamente lo riconobbi, come se le foglie e il vento avessero pronunciato il suo nome: arancio. Mi avvicinai un po' di più, scostai un ramo e scoprii una sola arancia, ancora verde. Mi ripromisi di mangiarla quando fosse matura. Poi corsi in mezzo all'erba, seguito dal mio cane Pallino. Gli gettai un pezzo di legno e lui andò a cercarlo. Ricordo ancora la curva perfetta che descriveva al bordo di un'aiuola quando veniva a consegnarmelo. Era un «pelo duro», con la testa bianca e nera.

A sera commentai con mio padre gli avvenimenti. Interruppe brevemente la sua cena e mi disse che io avevo la curiosa abitudine di comprimere – se è lecito il termine – numerosi fatti e giorni in un solo momento. Aggiunse che sebbene le molestie e le delusioni della vita siano infinite, impiegano molto tempo a prodursi e non c'è nessuna ragione per sovrapporle in una sola notte.

IL FANTASMA
di Enrique Anderson Imbert

Si rese conto che era morto quando vide che il suo proprio corpo, come se non fosse il suo ma quello di un doppio, stramazzava sulla sedia e la trascinava nella caduta. Cadavere e sedia rimasero distesi sul tappeto, in mezzo alla stanza.

Era questa la morte?

Che delusione! Aveva voluto sperimentare com'era il transito nell'altro mondo ed ora veniva fuori che non c'era nessun altro mondo! La stessa opacità dei muri, la stessa distanza fra mobile e mobile, lo stesso picchiare della pioggia sul tetto... E soprattutto come immutabili, indifferenti alla sua morte erano gli oggetti che lui aveva sempre creduto amici: la lampada accesa, il cappello sull'attaccapanni... Tutto, tutto era eguale. Solo la sedia rovesciata e il suo stesso cadavere con la faccia rivolta al soffitto.

Si chinò e si guardò nel suo cadavere come prima si guardava allo specchio. Com'era invecchiato! E quegli involucri di carne sciupata!

"Se potessi alzargli le palpebre forse la luce azzurra dei miei occhi nobiliterebbe ancora il corpo" pensò.

Perché così, senza lo sguardo, quelle mascelle e quelle rughe, la curva pelosa delle narici e i denti gialli, che mordevano le labbra esangui, gli rivelavano la sua odiosa condizione di mammifero.

"Ora che so che dall'altra parte non ci sono né angeli né abissi, me ne torno nella mia umile dimora."

È di buon umore si avvicinò al suo cadavere – gabbia vuota – e fece per entrare ad animarlo un'altra volta.

Era tanto facile! Ma non poté. Non poté perché in quello stesso istante si aprì la porta e si intromise sua moglie, allarmata dal rumore della sedia e del corpo caduti.

«Non entrare!» gridò, ma senza voce.

Era troppo tardi. La donna si gettò sul marito e, sentendolo esanime, pianse e pianse.

«Sta' zitta! Hai rovinato tutto!» gridava, ma senza voce.

Che sfortuna! Perché non gli era venuto in mente di chiudersi a chiave durante l'esperimento? Ora, con un testimone, non poteva più resuscitare: era morto, morto definitivamente. Che sfortuna! Spiò sua moglie, quasi svenuta sul suo cadavere, e il suo stesso cadavere, con il naso come una prua fra le onde dei capelli di sua moglie. Le sue tre bambine irruppero di corsa come se si disputassero un dolce, frenarono di colpo, a poco a poco si avvicinarono e dopo un po' tutte piangevano, l'una sull'altra. Anche lui piangeva vedendosi lì al suolo, perché comprese che essere morti è come essere vivi, ma soli, molto soli.

Uscì tristemente dalla stanza.

Dove sarebbe andato?

Non ebbe più speranza in una vita soprannaturale. No. Non c'era nessun mistero.

E cominciò a scendere, scala su scala, con grande afflizione.

Si fermò sul pianerottolo. Notò che, bell'e morto, aveva continuato a credere di muoversi come se avesse gambe e braccia. Scelse come prospettiva l'altura dove prima rivolgeva i suoi occhi fisici! Pura abitudine. Volle provare allora i nuovi vantaggi e si mise a volare sulle curve dell'aria. L'unica cosa che non poté fare fu attraversare i corpi solidi, opachi e incorruttibili come sempre. Urtava contro di loro. Non è che gli facesse male; semplicemente non poteva attraversarli. Porte, finestre, corridoi, tutti i canali che l'uomo apre alla sua attività, seguitavano ad imporre direzioni ai suoi volteggi. Poté insinuarsi nel buco di una serratura, ma a malapena. Lui, morto, non era una specie di virus filtrante che trova sempre varchi; poteva solo penetrare attraverso le fessure che gli uomini distinguono a vista. Allora aveva le dimensioni della pupilla di un occhio? Tuttavia, si sentiva come vivo, invisibile, ma non incorporeo. Non volle più volare e scese a riprendere al suolo la sua statura di uomo. Conservava la memoria del corpo assente, delle posizioni che prima aveva assunto in ogni caso, delle distanze precise dove sarebbero state la sua pelle, i suoi capelli, le sue membra. Evocava così intorno a sé la sua stessa figura; e si inserì dove prima aveva avuto le pupille.

Quella notte vegliò accanto al suo cadavere, insieme con sua moglie. Si avvicinò anche ai suoi amici e udì le loro conversazioni. Vide tutto. Fino all'ultimo istante in cui le zolle del camposanto risuonarono lugubri sulla cassa e lo coprirono.

Per tutta la sua vita era stato un uomo casalingo. Dall'ufficio a casa, e da casa in ufficio. E nient'altro, all'infuori della moglie e delle figlie. Non ebbe, quindi, la tentazione di viaggiare nel ventre della balena o di percorrere il grande formicaio. Preferì sedersi sul vecchio seggiolone e godersi la pace dei suoi.

Ben presto si rassegnò a non poter comunicare loro nessun segno della sua presenza. Gli bastava che sua moglie alzasse gli occhi e guardasse il suo ritratto in alto sulla parete.

A volte si lamentava di non incontrare nelle sue passeggiate neppure un altro morto con cui scambiare impressioni. Ma non si annoiava. Accompagnava sua moglie da tutte le parti e andava al cinema con le bambine.

Durante l'inverno sua moglie si ammalò e lui desiderò che morisse. Aveva la speranza che, morendo, la sua anima venisse a fargli compagnia. E sua moglie morì, ma la sua anima fu invisibile per lui come per le orfane.

Restò un'altra volta solo, più solo ancora, dato che non poté più vedere sua moglie. Si consolò con il presentimento che l'anima di lei era al suo fianco, a contemplare le figlie avute insieme... Si sarebbe resa conto sua moglie che lui era lì? Sì... Certo!... Che dubbio c'era?... Era così naturale!

Finché un giorno, per la prima volta da quando era morto, ebbe quella sensazione di aldilà, di mistero, che lo aveva colto tante volte, quand'era vivo. E se tutta la casa fosse stata popolata di ombre di lontani parenti, di amici dimenticati, di ficcanasi, che passavano la loro eternità a spiare le orfane?

Rabbrividì di disgusto, come se avesse messo la mano in un nido di vermi. Anime, anime, centinaia di anime estranee, che scivolavano le une sulle altre, cieche fra loro ma con i loro maliziosi occhi aperti all'aria che respiravano le figlie!

Non poté mai allontanare quel sospetto, anche se col tempo riuscì a disinteressarsene. Che poteva fare?

Sua cognata aveva accolto le orfane. Lì si sentì un'altra volta a casa sua. E passarono gli anni. E vide morire, zitelle, l'una dopo l'altra, le tre figlie. Si spense così, per sempre, quel fuoco della carne che in altre famiglie più numerose si estende come un incendio nella campagna. Ma lui sapeva che nell'invisibilità della morte la sua famiglia continuava a trionfare, che tutti, per il piacere di indovinarsi insieme, abitavano la stessa casa, attaccati alla cognata come naufraghi all'ultimo legno.

Anche la cognata morì.

Si avvicinò al feretro dove la vegliavano, guardò il suo viso, che si offriva ancora come uno specchio al mistero, e pianse, solo, proprio solo! Non c'era più nessuno nel mondo dei vivi che potesse attirare tutti con la forza dell'affetto. Non c'era più la possibilità di darsi appuntamento in un punto dell'universo. Non c'erano più speranze. Là, fra i ceri accesi, dovevano trovarsi le anime di sua moglie e delle figlie. Disse loro «Addio!», sapendo che non potevano sentirlo, uscì nel cortile e volò nella notte.

QUELLA COSA

di Adolfo L. Pérez Zelaschi

I

Di notte mi piace restarmene solo in questa casa infinita. Chiuse porte e finestre, trovo, paradossalmente, la libertà. So di non spiegarmi; voglio dire che basta la presenza dei miei simili per limitarmela. In mezzo a loro, il libero arbitrio si scontra con i costumi, gli usi, le convenzioni e le leggi che ostacolano quell'intima, indiscutibile libertà consistente nella disponibilità del tempo futuro.

Per questo, cercarla fuori da queste pareti significa condannarmi in anticipo a possedere una finzione. Non si possono oltrepassare i limiti che ci vengono imposti dalla convivenza e, poiché ciò è vero, che resta, allora, della libertà?

Invece solo qui dispongo di me. Posso fare un movimento o l'altro, immaginarne tanti per sceglierne uno ed anche in questo minimo atto non percepisco il puro concetto di libertà, ma la *mia* libertà, intrasferibile, personale, e la gioia di goderne mi trascina come un'onda. Così in questa casa sento l'ebbrezza delle possibilità assolute, perché la notte e il mattino seguente, che si aprono davanti a me, sono una totale disponibilità di futuro.

Posso girare per le stanze, battere le mani, sedermi, gridare, passeggiare intorno alla tavola, accendere una o tutte le lampade e leggere per molto tempo, restare a guardare un oggetto qualunque o, con gli occhi fissi sui disegni dei tappeti, cercare le chiavi segrete che certo sono nascoste sotto l'apparente gioco di fili e colori. C'è di più: a volte dispongo le carte come per quattro giocatori e gioco ore intere con me stesso, o meglio, mediante un disciplinato esercizio della volontà, sono ognuno dei miei invisibili avversari, dimenticandomi ogni volta delle carte viste passando da un lato all'altro. Così finché il mattino, facendo dileguare la luce delle lampade, fa dileguare anche quest'illusione.

Sono andato anche più lontano: una volta solo, colloco in diversi luoghi della casa persone che non ho mai conosciuto ed a cui invento vite curiose o comuni. Esse sono, naturalmente, dei fantasmi, ma questo gioco permette di intravedere, lontanissimamente, quella che dovette essere la gioia di Dio nel dare la vita al primo uomo. Oppure posso credere che fuori la notte sia piena di insidie e cose orribili – questo lapidario silenzio dell'inverno, così nudo in questo luogo, di fronte all'Atlantico di Necochea – e allora, percorrendo la casa, posso sentire il tremito della paura nelle mie gambe. Ecco perché, fra tante altre ragioni, in questa casa con innumerevoli stanze, io possiedo la libertà.

II

La casa si trova vicino alla spiaggia. Il rumore del mare, però, arriva soltanto durante le tormente. Alla destra del pioppeto che corre tra la spiaggia e la città si alzano i muri di cinta, bianchi, coronati da cespugli spinosi. Nei giardini, che coprono quattro ettari, ho statue ed alberi. In alcuni punti questi ultimi sono così fitti come quelli di un bosco.

Quando spunta la luna sul mare, quindi, il guardiano scioglie i due puma che ho catturato da cuccioli nelle radure di San Giovanni, e al riparo delle loro ombre lionate – una volta uccisero un vagabondo che aveva saltato il muro di cinta – giunge per me la libertà di cui vi ho già parlato.

La casa è quasi un museo. Nei suoi vani si sono accumulati con gli anni quadri, incisioni e manoscritti, panòplie e armi, bronzi, argenti e cristalli, araldici cenci, arazzi ocra, sculture sacre – Cristi madidi di sudore intagliati in un legno come carne –, gioie, ventagli, abiti che vestono manichini dai vacui sorrisi, conterie, cammei, vassoi: tutta risacca del tempo, concrezioni, simboli o ricordi di una passione scomparsa; vedendole così, queste piccole cose morte, è difficile immaginare a quali vite furono legate.

Nella terza sala, per esempio, ho una porta di bronzo che mi fu inviata dal Perù. È piccola – appena un metro di larghezza e due di altezza – e presenta dei rilievi indigeni, probabilmente preincaici: uccelli con grandi occhi e un rotondo simbolo solare al centro. Era la porta di un tempio o, per meglio dire, di un sacrario, scavato nella pietra viva della montagna. Si racconta che Francisco de Carbajal vi rinchiudesse cinque cacicchi o capoccia indigeni per strappar loro il riscatto fissato. Poche ore dopo, mentre le guardie giocavano a dadi sui loro mantelli cenciosi, udirono le grida più atroci («come se a quelli che stavano dentro fossero strappati i nervi vivi», dice la lettera di uno di loro, che mi fu inviata unitamente alla posta dal mio corrispondente di Lima) e, aperta la porta, caddero fuori i cinque cacicchi come un grappolo di morte, con il volto sfigurato dalla visione di un invincibile orrore.

Non c'è niente della collezione deliberata in tutti questi oggetti, riuniti qui dalle offerte casuali, ma non c'è neppure confusione o disordine: le sale sono così vaste che tra le vetrine e i mobili restano ampi spazi liberi. Inoltre, il declivio dell'area è stato sfruttato per dare ai piani delle stanze un'altezza diversa, unendoli fra loro con uno o due gradini e un grande vano. Così, dal più alto, si domina la serie dei livelli decrescenti.

In un certo modo questo assomiglia a un sogno che mi perseguita da quando ero bambino. È un sogno monotono, unico, circolare, che riappare ogni notte.

Esso consiste nel mostrarmi una lunghissima scalinata che scende in un'ampia galleria a vòlte come una miniera. Io discendo questi gradini di pomice, attraverso un tunnel debolmente illuminato da non so che luci. A una distanza imprecisa appare un arco, di là dal quale è tutto scuro. Avvicinandomi, sempre scendendo, comincio a vedere una nuova serie di gradini; il tetto della miniera continua a discendere ed io torno a scendere, a scendere, fino al prossimo arco. Così continuano archi e scalini, finché, improvvisamente, ricordo che sono ore, giorni interi che sto scendendo; volto gli occhi e vedo, lontanissimo, remoto, il rettangolo luminoso della porta da dove sono entrato, tanto rimpicciolito dalla distanza da apparire delle dimensioni di una carta da gioco. Da piccolo mi svegliavo cieco d'angoscia, gridando.

Ah, quelle scale che scendono e scendono SEMPRE!

Perciò, se dalla sala più bassa della casa volgo lo sguardo al vano che comunica con la più alta, quella finale, mi sembra di rivivere questo sogno persecutorio.

Allora il silenzio è quasi tangibile. Lo sento crescere, girare, venire su di me, e allora, per sfuggirgli, è necessario cominciare ad immaginare persone e cose nel modo che ho detto.

Fu così che udii i primi colpi alla parete sinistra della terza sala.

III

Saranno state intorno alle nove di sera. Non un solo rumore – eccetto il trotto felpato dei puma nei corridoi – si sentiva intorno alla casa. Francisco mi aveva portato i *sandwiches* e lo xeres che abitualmente costituiscono la mia cena. Avevo davanti a me la notte intera, le enormi sale vuote.

A quell'ora non leggo più e non mi occupo di nulla. Il camino ardeva, ma il suo splendore si proiettava appena nella sala successiva. Poi tutte le altre ricevevano soltanto l'indeciso chiarore della notte, plenilunare, ma coperta di gelidi vapori. Allora sono solito abbandonarmi a sogni vertiginosi, qualcosa come lasciarsi cadere per un pendio fatto di immagini che si susseguono senza sosta. Passano volti, parole, frammenti di musiche, brandelli di idee, un caos di colori, a mezza strada tra la follia e la ragione.

Udii un rumore che credetti diverso dagli scoppiettii della legna sul fuoco e mi riscossi. Per un minuto solo avvertii il crepitio di alcuni tronchi, ma poi mi giunsero chiaramente i colpi di una porta scossa dal vento. Mi alzai e percorsi le sale. Arrivato all'ultima – sono sette – mi fermai davanti alla finestra. Nel cinereo chiarore di fuori vidi i miei due puma sdraiati sulle loro coperte di pelliccia. Poi, fin dove lo permetteva la bruma, gli alberi neri.

Il rumore si ripeté. Era, in effetti, l'inconfondibile rumore di una porta sbattuta dal vento. Ma non si apriva neppure un lembo di nebbia e gli alberi continuavano a stare assolutamente immobili. I puma, da parte loro, non rizzarono neppure le orecchie. Un'onda sgradevole mi percorse la pelle. Accesi le luci: le porte erano chiuse e i loro saliscendi fissi. Tornando nella terza sala, non so cosa mi fece fermare davanti alla nicchia in cui era incassata la porta di bronzo. Stetti lì un momento in silenzio ed intanto sentivo operare in me il sortilegio che sembrava nascerne. Le sue barbare figure sembravano animarsi e, in un impulso incosciente, passai le dita sopra una di esse per assicurarmi che erano solo morti rilievi.

Allora la sentii vibrare e udii di nuovo il rumore che avevo già ascoltato. La porta tremò, scossa da un impossibile colpo di vento. Tirai il battente con tutte le mie forze, ma invano. Le quattro graffe che l'assicuravano alla parete – questa dello spessore di due mattoni, come tutte quelle esterne della casa – rendevano impossibile il minimo spostamento. Mi abbassai; una corrente d'aria fredda, leggera ma indubitabile – la stessa che d'inverno si insinua nelle fessure – filtrava da sotto la porta e, chinandomi fino ad essa, potei percepire un leggerissimo fischio, mentre mi ristagnava sul volto un tanfo di pozzo e di umidità.

Seguitò così tutta la notte, ma io fuggii di lì, come se quel ronzio appena percettibile fosse il richiamo di una morte acquattata nell'imponderabile spazio che doveva esistere dietro la porta.

IV

Il mattino assolato cancellò queste immaginazioni. Ordinai di ispezionare la parete, che all'esterno era coperta di rampicanti, in cerca di qualche fenditura che spiegasse quella leggera corrente d'aria.

«Una crepa, signore?» mi domandò incredulo il giardiniere. «Non può essere. Io ho visto quando la casa fu costruita. I muri maestri hanno un metro di spessore. Forse viene da sotto, dal contropiano, attraverso qualche fessura dello zoccolo.»

«È probabile, ma non potremmo vederlo.»

«Allora, togliamo i rampicanti, padrone?»

«No, lasciali come stanno, Faustino.»

Passarono dei giorni e, anche se il richiamo non si ripeté, non potei dimenticarlo.

V

Perciò, quando esso si ripeté, io sapevo già cos'era ed anche che lo aspettavo. Attraversai le sale e mi fermai davanti alla porta istoriata, guardandola finché mi dolsero gli occhi. Allora, dall'immagine di bronzo cominciò a staccarsene un'altra eguale verso sinistra, sempre più decisamente, prima come una lamina trasparente, poi con tutti i rilievi. Ci furono due porte gemelle addossate al muro, una vicina all'altra e separate da una sottile linea di intonaco, che si andava allargando finché tra quei fatali quadrilateri di bronzo non ci fu un metro di parete. Non la credetti un'illusione dei sensi: fin dal primo momento seppi che entrambe le porte erano reali. Immediatamente vidi allungarsi la mia mano destra – le mie due mani destre, ma entrambe vere – e tirare il pesante chiavistello. E la seconda porta si aprì, mentre la prima – quella reale, diciamo – svaniva, per così dire, rientrava in quella.

Ecco quello che vidi: dietro quella porta scendevano dei gradini di pietra grigia, così ampi che le braccia distese non arrivavano a toccare le pareti della galleria di cui costituivano il piano. Anche la vòlta grigia scendeva, come una scalinata a rovescio, scalino per scalino. Il primo tratto era illuminato solo dalla luce che veniva dal salone, ma più giù, dietro l'arco, brillava un vago chiarore.

Mi prese una vertigine. Non pensai al rischio, tutti i ricordi si annullarono di colpo, e cominciai a scendere.

Non ho mai vissuto niente di paragonabile a quella discesa su una scalinata in apparenza senza termine, dove si vedeva soltanto quella pomice grigia ed aspra, quella luce grigiastra che mi trascinava sempre più giù. E così arrivai al primo arco. Dietro c'era solo un nuovo tratto di scale, eguale al primo; ampio e grigio, e poi un altro arco, a cui dovevo arrivare. Così ne attraversai diversi, non so quanti, finché, voltando la testa per rivedere il cammino, riuscii a scorgere appena la porta della sala come un rettangolino giallastro, non più grande di una carta da gioco. E la scalinata continuava a scendere.

Allora cominciò a prendermi la paura; andando avanti, era come se mi ci immergessi. La sentii inumidirmi i piedi come un'acqua nascosta, oscillare poi soavemente contro le mie ginocchia, salire di più, salire... La paura strisciava su di me, ma nello stesso tempo l'impulso di andare avanti – fino all'altro arco... solo fino all'altro arco!... – mi spingeva come una mano di pietra. E proseguii, arco dopo arco, sempre alla ricerca dell'ultimo. Non so quanti ne lasciai indietro, quanti gradini discesi. Ricordo soltanto che voltai la testa un'altra volta e potei vedere appena, remotissima, la porta della sala.

Non ricordo più circostanze e particolari, perché il terrore pareva afferrarmi i capelli – no, nessuno sa, solo io lo so, perché l'ho saputo allora, che cos'è la paura! – tirandomeli indietro con tale violenza che lo sforzo di avanzare li faceva ardere alle radici come punte di fuoco. Un dolore angoscioso si irradiava dal petto a tutti i nervi, come si dice sia quello dell'*angina pectoris*, e altrettanto acuto.

E così finii per sentirmi conteso da forze tra cui mi dibattevo esausto e privo di sensi, successivamente soffocato, esaltato, spinto in opposte direzioni da quel terrore che sembrava sciogliere tutte le mie fibre e da quella vertigine che mi aveva obbligato a mettere il piede sul primo scalino e poi ad andare avanti.

Caddi in ginocchio, piansi e risi e finii per ululare – questo lo ricordo – come un cane, mentre trascinandomi, alzandomi e cadendo, ma senza retrocedere di un solo scalino, scendevo l'interminabile scalinata.

Se la vita non si misura dalla maturità, ma dall'intensità, in quel lasso di tempo esaurii gli ultimi estremi di ogni possibilità vitale. Così arrivai a un punto dove mi avvolse una forte luminosità, e in mezzo a un gran chiarore che mi circondava da tutti i lati, in un vasto spazio che posso valutare solo in termini di luce, mi trovai faccia a faccia con QUELLA COSA.

Sì, ora dovrei dire cos'era, che forma aveva, il colore, qualcosa insomma, ma non posso. Era... non so cosa, ma solo QUELLA COSA e non un'altra, qualcosa che mi penetrò come un raggio del più cieco terrore – sì, quello dell'animale che muore, quello del folle forse – e, nel contempo, come una gioia così potente, così incomparabile, che l'uno e l'altra, fondendosi, mi fecero cadere privo di sensi, come in un sogno. Forse stringendo e tagliando al vivo tutti i nervi si potrebbe appena intuire un grado di quella sensazione informe, ineffabile, così vasta che pareva risiedere contemporaneamente in me e fuori di me, che mi produsse la vista di QUELLA COSA... La mente mia, *tutta sospesa mirava fissa, immobile ed attenta e sempre di mirar facìesi accesa,*[1] sì, ma come se vedesse Dio e Satana uniti in una sola e impossibile figura fatta di estrema paura e di estrema felicità.

So che mi trovarono privo di sensi ai piedi della porta intagliata e che rimasi così per vari giorni. So anche che ora, a intervalli, perdo la coscienza di me stesso e vado verso quella porta che mi sbarra la strada verso QUELLA COSA che voglio rivedere anche a costo della vita. So che insulto e picchio il bronzo inerte, che urlo di rabbia e mi lancio contro di esso finché non mi strappano di lì.

Ora mi hanno riempito la casa di domestici e un infermiere veglia su di me. Mi spia, ma non sa che anch'io sono in agguato, che alla fine dovrò ucciderlo per poter correre alla porta.

Sì, la porta di bronzo si aprirà di nuovo ed io potrò scendere la scalinata per incontrarmi nuovamente, faccia a faccia, con QUELLA COSA, fino a perdere la ragione o morire.

[1] Questa frase corrisponde ai versi 97, 98 e 99 del Canto XXXIII del *Paradiso* di Dante. La parafrasi di questi versi e della terzina seguente è questa: «La mia mente sospesa guardava fissa, immobile ed attenta e continuava a guardare con crescente ardore. L'effetto di questa luce è tale, che non è mai possibile allontanarsene per contemplare un'altra cosa». Come si ricorderà, sono le parole con cui Dante riferisce la sua visione di Dio. [*N.d.A.*]

Il fantastico «*porteño*»

Nel '50 escono due libri fondamentali per la narrativa argentina, La casa *e* Misteriosa Buenos Aires *di Manuel Mujica Laínez. Seguirà, non meno emblematico,* Aquí vivieron*: racconti che, come i precedenti, formano una cronistoria della città, conferendo al mistero quell'inconfondibile aura, nazionale e municipale, che troviamo, mutata veste, nei* gothic tales. *Imparentato non solo letterariamente con la mitica «generazione dell'80» (il suo avo materno era quel Miguel Cané di cui si legge in tutte le antologie* Il canto della sirena*), Mujica porta nella sua prosa tutto il lustro di una* great tradition. *Specie nei romanzi continua, sviluppandola, l'anima «fantastica» del Barocco, espressasi in creazioni, per quanto eccezionali, marginali. A volte sembra uno scrittore culterano che per un errore della storia abbia conosciuto Edgar Allan Poe e H.P. Lovecraft. Ma il suo stile terso ed elegante, anche se immaginifico, disdegna la mera allucinazione. In* Los ídolos *come in* Crónicas reales *lo straordinario diventa credibile per pura forza descrittiva. Le grevi atmosfere che ci opprimono nelle pagine di un Edward George Bulwer-Lytton e di un Montague Rhodes vengono alleggerite, se così si può dire, da una sottile e persistente ironia. Mujica tratta questi soggetti che solitamente si definiscono gotici da raffinato manierista.* Il ritratto, *che forse non è il migliore dei suoi racconti, è certamente il più significativo. I motivi classici dell'orrore vengono ripresi e reinventati in un'ineguagliabile «prosa d'arte».*

L'elemento porteño *in senso soprattutto psicologico –*

disadattamento, reticenza, pudore spinto fino ad estremi ridicoli – è particolarmente accentuato nei primi racconti di Julio Cortázar. In Bestiario (1951) i temi fantastici tendono a corrispondere ad idiosincrasie proprie del porteño. Lo stesso carattere incidentale, addirittura parentetico, che assume l'insolito nel corso della narrazione, corrisponde allo snobistico disinteresse che manifesta l'argentino di città per ciò che lo circonda, considerato povero e privo di significato.

I racconti di Bestiario comportano sempre l'irruzione di un elemento insolito, straordinario, nella vita quotidiana: il che si conforma sostanzialmente alla più tipica struttura del racconto fantastico. Ma i personaggi, contro ogni evidenza, si rifiutano di riconoscere la presenza dell'incongruo e cercano di assimilarlo alla normalità, provocando situazioni grottesche. In Cortázar lo straordinario rilutta a «prendere corpo» e si manifesta quasi senza parere. Il narratore evita di parlarne direttamente, insistendo su particolari che fanno dimenticare al lettore ciò che c'è di incredibile nella storia narrata. Nell'ormai celebre Casa tomada, si conoscono più le abitudini, le manie dei personaggi, il loro modo di vivere, che il motivo della loro angoscia. Questo «qualcosa» o «qualcuno» che ha occupato la casa non viene mai nominato, non per impossibilità di designarlo, ma quasi per dimenticanza o disinteresse. Dal punto di vista dei personaggi l'eccezionale diventa quasi ovvio: normale e anormale diventano reversibili, ma con conseguenze da «letteratura dell'assurdo». Nel racconto che dà il titolo alla raccolta, il procedimento è altrettanto ellittico: una tigre misteriosa miete vittime in una casa, ma nessuno la vede o la cerca e tutti, in tutt'altre faccende affaccendati, l'accettano come una fatalità.

La normalizzazione del preternaturale va di pari passo in Cortázar con la trasformazione del fantastico in un dato domestico, porteño. Historia de cronopios y famas perfeziona questo itinerario. Ridotti a semplici «cifre», espressioni di pregi e difetti nazionali, i personaggi diventano essi stessi fantastici.

IL RITRATTO
di Manuel Mujica Laínez

A Silvina Ocampo

Fra le poche cose che Paolo ricevette dallo zio Domenico, dopo che questi morì a Londra, c'era il *Ritratto di un Architetto.* La coincidenza del viaggio di un parente diplomatico facilitò il trasferimento, di modo che il quadro arrivò a Buenos Aires e alla casa del quartiere Sud senza subire gli intoppi delle vie doganali. Paolo lo appese proprio all'entrata, vicino all'inizio della scalinata: stava così bene lì, la sua severità si adattava con tale esattezza a quelle penombre, a quei legni e gessi tristi, che si sarebbe detto che il vestibolo lo custodisse da sempre.

Il ragazzo non divideva con nessuno la casa che era stata dei suoi nonni materni. Suo padre e la matrigna vivevano in campagna, perché il signore, dopo il secondo matrimonio, preferiva evitare qualunque ipotesi di disaccordo fra sua moglie e il suo unico figlio, ed anche perché la gelosia che lo caratterizzava gli imponeva di tenerli lontani l'uno dall'altra. Dalla fattoria scriveva a Paolo molto diffusamente, consigliandogli di vendere quel casone, di disfarsi di tanto vecchiume, di cercare di essere, come lui, un uomo «moderno»; ma il ragazzo continuava ad essere attaccato al luogo della sua nascita, dove le iniziali dei suoi nonni, incise sul cristallo della porta, testimoniavano il lusso passato.

Di quel lusso non sopravviveva quasi nulla nella casa di via Balcarce.

Vendite e divisioni successive avevano fatto sparire

quello che era stato più opulento che bello, più valorizzato che valido, e soltanto le vecchie cugine di sua madre, quando Paolo le visitava, insistevano ancora a mantenere viva la leggenda di certi mirabili oggetti che in realtà non erano mai esistiti. Pian piano le stanze furono chiuse e nelle quattro o cinque ancora in uso, dove si accumulavano i modesti e logori residui di tanta inventata gloria, andava e veniva, di mattina, sfoderando un inutile piumino, Dolores, che già ai tempi dei nonni era stata lì a svolgere analoghe mansioni.

Paolo non usciva spesso dal casone. Gli piaceva invece ricevervi i suoi amici. Questi erano numerosi. Gli uni portavano gli altri e popolavano le stanze fino a tardi, con voci e musiche. Gli era comodo, insperatamente, insolitamente comodo, quel grande edificio che aveva per esclusivo padrone uno della sua età. Lì era possibile conversare di politica e letteratura ed ascoltare dischi, come era possibile che una coppia si chiudesse in una camera da letto vicina per abbandonarla molto tempo dopo e molto più tranquilla. L'anfitrione forniva alcune bottiglie; le altre venivano procurate dai visitatori, e la casa di via Balcarce costituiva una specie di club, i cui membri dichiaravano per la maggior parte – come lo stesso Paolo – di essere vaghi, indecisi studenti della Facoltà di Lettere e Filosofia, inclini a scioperare e ad appropriarsi delle aule; a leggere Verlaine e Evtuscenko; ad ascoltare Beethoven e i Beatles; a tracciare sui muri delle strade scritte ingiuriose contro il decano e, soprattutto, a condividere il letto con ogni persona più o meno ben fatta incontrata sulla propria strada.

La presenza del *Ritratto di un Architetto* modificò quel panorama. Non lo fece certo immediatamente, ma a tappe, delicatamente, senza che né Paolo né nessun altro dei suoi amici potesse precisare come e dove quella nascosta azione avesse cominciato ad operare. Il suo arrivo provocò discussioni fra quelli che si interessavano di storia dell'arte. Una sudicia carta, attaccata alla tela annosa nel lato posteriore, fece loro da guida. Ne decifrarono il testo: *École Florentine. XVIe Siècle. Portrait d'un Architecte.* Il giorno successivo caricarono libri e fotografie; si installarono sugli scalini vicini e da lì sottoposero la tela ad un esame così minuzioso, che qualcuno poco avveduto li avrebbe presi per esperti; avvicinandosi a volte fino a sfiorare, ed anche a graffiare, il dipinto, a volte retrocedendo, il che li obbligava a scendere la scalinata; socchiudendo le palpebre, storcendo sprezzantemente la bocca o inarcando le sopracciglia con espressione estimativa, ripetendo i nomi degli artisti che figuravano nei loro volumi e tra cui poteva trovarsi l'autore del ritratto: Franciabigio, Puligo, Pontormo, Salviati, Bronzino... Si mostravano le immagini, fondamentalmente di giovani come loro, più meditabondi di loro, più aristocratici anche, giovani che fra le dita affusolate avevano una scultura o un gioiello; e paragonavano la loro effigie con quella ereditata da Paolo. Ma l'«Architetto» non era un giovane: era un uomo maturo, vestito di nero, con una collana di oro massiccio ed un berretto di velluto viola. La barba bronzea gli arrivava sul petto, dividendo la collana. Un pallore trasparente, malato, un pallore irreale, fantasmatico, forse dovuto all'azione del tempo sull'olio, dava al suo volto l'aspetto di una maschera, in cui ardevano i suoi lunghi occhi verdi, obliqui, quasi orientali. Con la mano destra teneva un compasso aperto; l'altra si appoggiava al fianco. Evidentemente la sua denominazione proveniva dallo strumento che lo accompagnava come un simbolo; ma gli amici di Paolo per il mero divertimento di insistere, accalorarsi e ammazzare il tempo, argomentavano che quel personaggio non aveva niente a che vedere con l'architettura.

«È un geometra» diceva uno.

«È un mago» affermava un altro.

«È un alchimista» sosteneva un terzo.

E cercavano nel nerofumo e nelle tenebre dello sfondo qualche traccia, qualche pennellata che tradisse il profilo di un alambicco, l'impronta di una lettera ebraica o di un segno misterioso.

Poi salivano al piano principale e dimenticavano il fiorentino. Bevevano, si baciavano, parlavano della Facoltà (più della Facoltà che degli studi), si buttavano sul tappeto per ascoltare Vivaldi.

C'era una ragazza, Maria Luce, una delle tante, che era innamorata di Paolo. Fu la prima a dare l'allarme, forse perché l'affinamento dei sentimenti la rendeva più acuta.

«Questa casa» mormorò una sera «è cambiata. È cambiata da quando è arrivato l'Architetto.»

Paolo, che non l'amava, ma si intendeva molto bene sensualmente con lei, si mise a ridere. Gli altri prestarono attenzione.

«Questa casa» insistette Maria Luce «non è più la stessa.» Allora, ognuno per conto suo, gli amici si applicarono a verificare la ragione della frase di Maria Luce, cercando nella memoria o scrutando sui muri gli indizi di un cambiamento. O perché era vero che quella trasformazione si era prodotta o si stava producendo, e gli amici, messi sull'avviso da qualcuno più all'erta, la notavano solo allora; oppure perché furono impressionati dal tono di Maria Luce e, turbati in modo fittizio, erano predisposti a scoprire stranezze dove non le distinguevano ancora, ognuno gareggiò con l'altro nel dire che, in effetti, la casa era cambiata, e nella misura in cui lo ripetevano, l'idea si rafforzò sempre più in loro.

È arduo, forse impossibile, spiegare come cambiava la casa. Subitaneamente parve loro che si fosse raffinata e abbellita. Non era altro che una casa di fine secolo, una buona, onesta casa, senza dubbio, ma niente di speciale; ed ora si sarebbe detto che questa casa, in qualche arcana maniera, si sforzasse di essere migliore, di superarsi, come se dipendesse da lei l'arte di distribuire le ombre negli angoli, di evidenziare le modanature, di far sorridere i vetri. Lo fecero notare i ragazzi di Filosofia, malamente, comicamente, giocando con le parole, sottolineando quella che consideravano un'atmosfera più calda o l'esistenza di prospettive nuove, prima non riconosciute, in corridoi e gallerie; ma poiché si rendevano conto dell'anormalità di queste sensazioni e dell'incalzare, sempre più evidente, di qualcosa di diverso, che come tale poteva essere benefico o malefico, una strana inquietudine prevalse sulle loro burle, spingendoli, a poco a poco, a tacere, ad aguzzare le orecchie, dietro un rumore che concretasse, materialmente, ciò che si sottraeva ai loro commenti.

«La casa» tornò a dire Maria Luce «si è innamorata dell'Architetto.»

Questo giudizio, come è naturale, allentò la tensione e li fece ridere in quanto folle, stravagante. Non risero, tuttavia, quando si congedarono da Paolo e, nello scendere la scalinata, passarono davanti al pallido gentiluomo. Le sere successive seguitarono a visitare il loro amico, come se niente fosse successo, ma ormai il tema della singolarità della casa si era solidamente installato fra loro, governando ossessivamente ogni chiacchiera. E sebbene l'idea che la casa si fosse innamorata dell'Architetto fosse bella e adatta a stimolare l'immaginazione di gente giovane, unitamente ad essa prese corpo la certezza che dalla familiarità con materie oscure, forse proibite, sarebbe derivato qualcosa di malefico, perché di giorno in giorno l'effettività del fenomeno si impose inequivocabilmente, indiscutibilmente: la casa si trasformava e le sue variazioni obbedivano ad una coscienza.

«Se l'Architetto non è un architetto, ma un mago, come credono alcuni di noi,» opinò il migliore amico di Paolo «è anche possibile che abbia stregato la casa.»

«L'ha stregata per farsi amare» aggiunse Maria Luce, attaccata alla sua idea, perché lei vedeva tutto attraverso l'amore.

E i ragazzi – uno una sera, un altro due o tre sere dopo – cominciarono ad allontanarsi dalla casa. Le ragazze già si rifiutavano di seguirli nelle stanze chiuse dove erano stati felici. Avevano paura. La paura si impossessò lentamente della casa, mentre i ragazzi sparivano, finché solo Maria Luce e Ignazio, l'amico intimo, si ritrovarono nelle stanze vuote.

Paolo notava la diserzione e la comprendeva. Comprendeva di dover scegliere tra la casa e i suoi amici, di non avere il diritto di imporre loro un luogo che enigmaticamente, ambiguamente, li angosciava. Inoltre, nella sua confusione, si assoggettava alla responsabilità che gli imponeva di restare lì, per proteggere la casa natale, come se la sua presenza, così legata a quelle pareti, potesse difenderla da un danno ignoto.

A volte si svegliava nel bel mezzo della notte con Maria Luce addormentata fra le sue braccia. Tendeva le orecchie; ascoltava la scalinata scricchiolare, come se i gradini si inchinassero in una riverenza cortigiana. Una volta stava ad ascoltare così, quando Maria Luce si svegliò e lanciò un grido. Allora gli parve di scorgere una figura, qualcosa di nero, viola e dorato, che fuggiva.

«L'Architetto!» gemette Maria Luce. E lui la calmò, ma il cuore gli batteva fino a soffocarlo.

Dolores, la domestica, che veniva ogni mattina alle dieci per fare le pulizie e se ne andava dopo mezzogiorno, richiamò la sua attenzione su un'ansia che non riusciva a spiegarsi:

«In questa casa succedono cose strane, ragazzo. Non sarebbe meglio venderla?»

E suo padre, come se presentisse l'anomalia della situazione, gli scrisse dal suo cascinale suggerendogli, come nelle precedenti occasioni, la stessa cosa, ma con più enfasi. Paolo però non si decideva a separarsi dalla sua casa. L'aveva sempre considerata come una prova del suo rango, come una sorta di titolo nobiliare. Perderla, scambiarla con un piccolo appartamento, sarebbe stato abbassarsi, cedere.

Conversò sull'argomento con Ignazio, il quale gli prospettò l'altra e più ovvia soluzione del problema che egli non osava affrontare: vendere il ritratto. Il ritratto era importante, ma non significava niente nelle loro vite, a cui si era legato da pochi mesi. Poteva andarsene come era venuto e lasciare al suo posto un'adeguata somma di denaro. Paolo fu d'accordo e conferì con monsieur Hell, il primo antiquario della città. Qualche ora dopo, sedotto dal buon affare, monsieur Hell si trovò di fronte all'Architetto. Il francese passò la sua lente sul dipinto, soffermandosi su questo o quel particolare: la collana di lucidi anelli, la piccola piuma bianca del berretto, il compasso dalle aste acuminate, gli occhi verdi, a mandorla, sconcertanti, così poco europei.

«Non è il Bronzino,» sentenziò «forse un suo discepolo. Osservi l'atteggiamento. Ricorda il ritratto di Stefano Colonna.»

Seguitò a passare sul dipinto la sua lente di ingrandimento:

«Chi sarà?» domandò. «Un architetto... anche se fa pensare piuttosto ad un mago. Che occhi! *Voyez ces yeux chinois.*»

Concordarono la vendita e decisero che il mattino seguente monsieur Hell sarebbe andato a prendere l'olio con la sua camionetta, alle nove, con un operaio del suo commercio. Non appena partì, Paolo provò un innegabile sollievo. Chissà da dove lo zio Domenico, l'eccentrico zio Domenico, aveva tirato fuori quel personaggio che, sin dal suo arrivo, non aveva fatto altro che sconvolgere lui e la sua casa! Passò il pomeriggio con Maria Luce e Ignazio e poi restò solo, perché entrambi dovevano partecipare ad una riunione per approvare le motivazioni (le approvavano sempre) di uno sciopero, e lui detestava quel genere di conciliaboli.

Quella sera la casa gli si presentò ancora più fantastica che negli ultimi tempi. E la cosa curiosa era che, come da quando era cominciata la trasfigurazione, non riusciva a definirne la peculiarità. I mobili continuavano ad essere gli stessi, triviali, vanitosi, nelle consuete posizioni. Accese tutte le luci, tra agitato e incuriosito, e percorse la casa, aprendo anche le porte sbarrate, per constatare che era come se la casa respirasse in un'altra maniera, più... più appassionata ed intensa... come se fosse un grosso animale in agguato. E, contemporaneamente, si produsse di nuovo la sensazione che la casa si fosse ringiovanita e abbellita, che civettasse, voluttuosamente, con i suoi tappeti, i suoi tendaggi, i suoi divani, i suoi cuscini, poiché ogni piega ed ogni intaglio si ammorbidiva e si curvava come obbedendo ad un'intenzione di piacere.

Repentinamente, mentre attraversava la sala da pranzo, soppressa fin da quando suo padre viveva lì, credette di vedere, nuovamente, la figura furtiva, aurea, violetta e nera, che in un lampo di veloci sfumature svaniva dietro il paravento. Si affacciò, trepido, sulla scalinata e scorse appena, sotto, la cornice barocca del dipinto, dove la figura dell'uomo col compasso scompariva, forse per un mutamento irregolare nel gioco delle luci, dato che, fino a quel momento, Paolo era sicuro di averlo potuto distinguere chiaramente dall'alto. Tornò nella sua alcova e tardò ad addormentarsi. Incubi bizzarri lo perseguitarono. Sognò che la casa lo circondava e lo avvolgeva. Sognò che la casa era un colossale gatto grigio, con occhi di vetro, zampe di seta e unghie di acciaio, che lo attirava nella bocca aperta, in cui si delineavano i denti affilati. Sognò che l'Architetto baciava quella bocca. E poi sognò che gli stringevano il collo e che si contorceva fino a morire.

Alle nove, come convenuto, monsieur Hell si presentò con l'operaio e la camionetta. Osservando la casa dalla strada, fu sorpreso dall'inusuale illuminazione e, più ancora, data la circostanza, dal fatto che nessuno venisse ad aprire, nonostante suonasse ripetutamente al campanello e picchiasse alla porta. Si armò di pazienza ed optò per l'attesa: il *Portrait d'un Architecte* sarebbe stato suo. Paolo gli aveva detto che la sua domestica sarebbe stata lì alle dieci e dal caffè di fronte spiò il suo arrivo. All'ora esatta spuntò Dolores ed entrarono. La vecchia non si sorprese meno per la profusione di luci, anche se pensò che nella casa ci fosse stata una di quelle festicciole di studenti che erano solite moltiplicarsi prima del cambiamento dei loro costumi e che lasciavano gli appartamenti in un enorme disordine. Salì a svegliare il padrone e nel frattempo monsieur Hell si dedicò a redigere la ricevuta, nella quale descrisse l'opera prolissamente. Era occupato in questo, quando risuonò, lassù, il lungo grido della donna. Il francese e l'operaio corsero nella camera da letto di Paolo. Il ragazzo giaceva sul letto, nudo, con i capelli scompigliati sul volto, con tutta l'aria di avere conteso disperatamente la sua vita. Sul collo due ferite sanguinavano ancora. Potevano essere state provocate dagli artigli di un felino, da un morso profondo o da uno strumento strano, crudele, forse da una daga affilata, originale, con punta doppia, qualcosa come un compasso. La polizia non approdò a nessuna conclusione. Ci fu un impiegato incline al cinema che mormorò la parola «vampiro» e un impiegato romantico che evocò, nostalgicamente, i puma del suo paese. Monsieur Hell vendette prestissimo il ritratto a un museo tedesco. Preferiva non tenerlo nel suo negozio di antiquariato. E nella casa di via Balcarce, subito dopo l'imperscrutabile morte del proprietario e la migrazione del quadro, prima che il padre di Paolo ne disponesse la vendita, accadde qualcosa di imprevedibile, come se non bastasse l'accaduto per circondarla di un alone di eccezionalità. La casa, che era settuagenaria, cominciò ad invecchiare in fretta, come se su di essa cadessero anni e anni, così come prima era oscuramente ringiovanita. Le mura si spaccarono, gli zoccoli cedettero, le modanature si incrinarono, i cristalli si ruppero, le balaustre si staccarono dai balconi. Si sarebbe detto che avesse rinunciato a vivere, che non le interessasse più stare in piedi, gomito a gomito con le vicine facciate del secolo XIX. E una mattina, come altre vecchie case di Buenos Aires, crollò fragorosamente, forse suicidandosi, in mezzo ad una spettrale nube di polvere.

BESTIARIO
di Julio Cortázar

Fra l'ultima cucchiaiata di riso al latte – poca cannella, che peccato – e i baci prima di salire a coricarsi, suonò il campanello nella stanza del telefono, e Isabel rimase a far niente finché Ines tornò dopo aver ascoltato e disse qualcosa all'orecchio di sua madre. Si guardarono l'un l'altra e poi entrambe guardarono Isabel, che pensò alla gabbia rotta e alle divisioni e anche alla rabbia della signora Lucera per le scampanellate tornando da scuola. Non era molto inquieta, sua madre e Ines guardavano come al di là di lei, quasi prendendola a pretesto; però la guardavano.

«A me, credimi, non piace che vada» disse Ines. «Non tanto per la tigre, in fin dei conti stanno molto attenti. Ma quella casa così triste, e quel bambino solo per giocare con lei...»

«Neppure a me piace» disse la madre, e Isabel come giù da un tobòga seppe che l'avrebbero mandata dai Funes a trascorrere l'estate. Si lanciò nella notizia, nell'enorme onda verde, i Funes, i Funes, certo che ce la mandavano. A loro non piaceva, ma era conveniente. Bronchi delicati, Mar del Plata carissimo, difficile cavarsela con una bambina viziata, tonta, condotta discreta grazie alla bontà della signorina Tania, sonno inquieto e giocattoli in tutti gli angoli, domande, bottoni, ginocchia sporche. Ebbe paura, gioia, sentì odor di salici e la *u* di Funes si mescolava al riso e al latte; così tardi, a dormire, immediatamente a letto!

Coricata, a luci spente, piena di baci e di sguardi tristi di Ines e della mamma, che non erano ancora decise, ma erano già assolutamente dell'idea di mandarla. Pregustava l'arrivo sul camioncino break, la prima colazione, la gioia di Nino cacciatore di scarafaggi, Nino rospo, Nino pesce (un ricordo di anni fa, Nino mentre le mostra delle figurine appiccicate con colla di farina in un album, e le dice serio: «Questo è un ro-spo, e questo è un pe-sce»). E adesso Nino nel parco mentre l'aspetta con la rete per le farfalle, ed anche le morbide mani di Rema – le vide nascere dall'oscurità, era con gli occhi aperti e invece della faccia di Nino, zac!, le mani di Rema, la minore dei Funes. «Zia Rema mi vuole tanto bene», e gli occhi di Nino diventavano grandi e umidi, e di nuovo vide Nino staccarsi e fluttuare nell'oscura atmosfera della camera da letto, e guardarla contento. Nino pesce. Si addormentò con il desiderio che la settimana passasse in quella notte stessa, e poi gli addii, il viaggio in treno, i cinque chilometri in break, il portone, gli eucalipti del viale d'entrata. Prima di addormentarsi provò un momento di orrore quando immaginò che poteva anche stare sognando. Sgranchendosi all'improvviso colpì con i piedi le sbarre di bronzo, sentì dolore attraverso il materasso, e in camera da pranzo si udivano parlare sua madre ed Ines, i bagagli, andare dal dottore a causa dei foruncoli, olio di fegato di merluzzo e *hammamelis virginica*. Non era un sogno, non era un sogno.

Non era un sogno. La portarono a Constitución un mattino ventoso, con bandierine sui banchetti degli ambulanti della piazza, torta sul Treno Misto e grande entrata nel binario numero quattordici. La baciarono talmente tanto fra Ines e la mamma che le rimase la faccia tutta pesta, morbida e profumata di rossetto e di cipria Coty, umida attorno alla bocca, uno schifo che il vento si portò via in un sol colpo. Non aveva paura di viaggiare sola perché era una bambina grande, con nientemeno che venti *pesos* nel portamonete, Compagnia Sansinena di Carni Congelate attraverso il finestrino con un odore dolciastro, il Riachuelo giallo e Isabel ormai rimessasi dal pianto forzato, contenta, morta di paura, attiva nel pieno esercizio del suo posto, del suo finestrino, viaggiatrice quasi unica in un angolino di carrozza in cui si potevano provare tutti i posti a sedere e guardarsi negli specchietti. Pensò due o tre volte a sua madre, a Ines – dovevano già essere sul 97, uscendo da Constitución –, lesse «Proibito fumare», «Proibito sputare», «Capienza quarantadue passeggeri seduti», stavano passando di gran carriera per Banfield, vuuuùm! prato più prato più prato mescolato col sapore del milkybar e le pastiglie di mentolo. Ines le aveva consigliato di andare avanti a lavorare al golfino di lana verde, per cui Isabel lo aveva messo in fondo alla valigetta, povera Ines con quelle sue idee così stupide!

Alla stazione le venne un po' di paura, perché se il break... Invece era là, con don Nicanor florido e rispettoso, bambina qui bambina là, com'è andato il viaggio, come sta la nostra bella signora Elisa, certo che aveva piovuto – oh l'andare del break, l'andirivieni per portarle l'intero acquario della sua precedente venuta a Los Horneros. Tutto più minuto, più di vetro e rosa, senza la tigre allora, con don Nicanor meno bianco, appena tre anni fa, Nino rospo, Nino pesce, e le mani di Rema che facevano venire voglia di piangere e di sentirle eternamente sulla testa, in una carezza quasi di morte e di vaniglia con crema, le due cose più belle del mondo.

Le diedero una camera di sopra, tutta per lei, graziosissima. Una camera da grandi (idea di Nino, tutto boccoli neri e occhi, carino nella sua tuta azzurra; naturalmente la sera Luis lo faceva vestire bene, in grigio lavagna con cravatta rossa) e dentro un'altra stanzetta con un cardinale enorme e selvaggio. Il bagno era due porte più in là (ma interne, per cui vi si poteva andare senza dover prima assicurarsi dove si trovava la tigre), pieno di tubi e di metalli, però Isabel non si lasciava ingannare e già dal bagno era evidente che si era in campagna, le cose non erano così perfette come in un bagno di città. Tutto sapeva di vecchio, il secondo mattino trovò una di quelle bestioline dell'umidità che passeggiava nel lavabo. La toccò appena, la bestiolina si trasformò in una pallina tremante, lei perdette la presa e quella scomparve nel buco gorgogliante.

Cara mamma prendo la penna per... Mangiavano nella sala a vetri, dove si stava più freschi. Il Nene si lamentava continuamente del caldo, Luis non diceva niente, ma a poco a poco gli si vedeva spuntare il sudore sulla fronte e sul mento. Solo Rema era tranquilla, faceva passare i piatti lentamente e sempre come se il pranzo fosse per un compleanno, un tantino solenne ed emozionante. (Isabel imparava in segreto il suo modo di trinciare, di dirigere le domestiche.) Luis leggeva quasi sempre, i pugni alle tempie e il libro appoggiato ad una bottiglia. Rema gli toccava un braccio prima di passargli un piatto, e qualche volta il Nene lo interrompeva o lo chiamava filosofo. Ad Isabel rincresceva che fosse filosofo, non foss'altro che per il Nene, perché allora il Nene aveva buon giuoco a burlarsi di lui e a chiamarlo in quel modo.

Mangiavano così: Luis a capotavola, Rema e Nino da una parte, il Nene ed Isabel dall'altra, per cui c'era un grande in cima, e ai due lati un bambino e un grande. Quando Nino voleva dirle qualcosa sul serio le dava un calcio nella caviglia. Una volta Isabel gridò e il Nene s'infuriò e le diede della maleducata. Rema si limitò a guardarla fino a quando Isabel si consolò con quello sguardo e la minestra di verdura.

Mammina, prima di andare a mangiare è come in tutti gli altri momenti, bisogna stare attenti se... Quasi sempre era Rema ad andare a vedere se si poteva passare nella sala a vetri. Il secondo giorno andò nella *living-room* grande e disse loro di aspettare. Passò molto tempo prima che un contadino avvisasse che la tigre era nel giardino dei trifogli, allora Rema prese per mano i bambini ed entrarono tutti per pranzare. Quel mattino le patate dolci fritte risultarono secche, però solo il Nene e Nino protestarono.

Mi hai detto che non devo fare... Perché Rema pareva opporsi, con la sua tersa bontà, a qualsiasi domanda. Stavano così bene che non era necessario preoccuparsi delle stanze. Una casa grandissima, e nel peggiore dei casi si trattava unicamente di non entrare in una camera; mai più di una, per cui non aveva importanza. Dopo due giorni Isabel si abituò quanto Nino. Giocavano dal mattino alla sera nel bosco di salici, e, se non si poteva nel bosco di salici, restavano sempre il giardino dei trifogli, il parco delle amache e la riva del ruscello. In casa era la stessa cosa, avevano le loro camere da letto, il corridoio dell'ammezzato, la biblioteca a pianterreno (tranne un giovedì in cui non si poté andare in biblioteca) e la sala da pranzo a vetri. Nello studio di Luis non andavano perché Luis leggeva sempre, qualche volta chiamava suo figlio e gli dava dei libri illustrati; Nino li prendeva e andavano a guardarli nella *living-room* o nel giardino davanti. Non entravano mai nello studio del Nene perché avevano paura delle sue furie. Rema disse loro ch'era meglio cosi, lo disse quasi avvisandoli; loro sapevano ormai leggere nei suoi silenzi.

In fin dei conti era una vita triste. Isabel una notte si domandò perché mai i Funes l'avevano invitata a trascorrere l'estate con loro. Non aveva l'età per capire che non si trattava di lei, ma di Nino, un giocattolo estivo per rallegrare Nino. Riusciva soltanto a comprendere la casa triste, Rema come se fosse stanca, non pioveva quasi e le cose, tuttavia, erano come umide e abbandonate. Dopo alcuni giorni si abituò all'ordine della casa, alla non difficile disciplina di quell'estate a Los Horneros. Nino cominciava a capire il microscopio che gli aveva regalato Luis, trascorsero una settimana splendida ad allevare bestioline in una bacinella con acqua stagnante e foglie di *cala*, a mettere gocce sulla lastra di vetro per osservare i microbi. «Sono larve di moscerini, con quel microscopio non potrete vedere dei microbi» diceva Luis dal fondo del suo sorriso un po' bruciato e lontano. Non potevano credere che quel pullulante orrore non fosse un microbo. Rema portò loro un caleidoscopio che conservava nel suo armadio, ma la loro passione era scoprire microbi e contarne le zampe. Isabel aveva sempre con sé un quadernetto con gli appunti degli esperimenti, combinava la biologia con la chimica e l'organizzazione di una piccola farmacia. Fecero la farmacia nella stanza di Nino, dopo avere perquisito la casa per provvedersi del necessario. Isabel lo disse a Luis: «Vogliamo di tutto: molte, molte cose». Luis diede loro delle pastiglie Andreu, del cotone rosa, un campione per i medici. Il Nene una borsa di gomma, e una boccetta di pillole verdi con l'etichetta raschiata. Rema andò a vedere la farmacia, lesse l'inventario sul quadernetto, e disse che stavano imparando cose utili. A lei o a Nino (che sempre si eccitava e voleva fare bella figura con Rema) venne in mente di fare un erbario. Siccome quella mattina si poteva andare nel giardino dei trifogli, cominciarono a raccogliere alcuni esemplari e la sera avevano il pavimento delle loro camere coperto di foglie e di fiori su pezzi di carta, quasi non si sapeva dove mettere i piedi. Prima di addormentarsi Isabel annotò: «Foglia n. 74: verde, forma a cuore, con puntine marrone». Le dava noia che quasi tutte le foglie fossero verdi, quasi tutte lisce, quasi tutte lanceolate.

Il giorno in cui andarono a caccia di formiche, vide i *peones* della *estancia*. Conosceva bene il *capataz*, il fattore, e l'amministratore dell'azienda agricola, perché portavano le notizie. Ma questi altri *peones*, più giovani, se ne stavano dalla parte dei capannoni con un'aria da siesta, sbadigliando ogni tanto, e guardavano i bambini giocare. Uno disse a Nino: «Perché metti insieme tutte queste bestie?» e gli diede un colpetto in testa con le due dita, fra i riccioli. Isabel avrebbe voluto che Nino si arrabbiasse, che dimostrasse di essere il figlio del padrone. Avevano già la bottiglia che ribolliva di formiche e sulla riva del ruscello s'imbatterono in un enorme guscio e lo gettarono dentro, per vedere. Avevano preso l'idea del formicaio dal *Tesoro della gioventù*, e Luis aveva loro prestato un lungo e profondo cofano di vetro. Mentre stavano uscendo, aiutandosi a portarlo, Isabel lo udì dire a Rema: «È meglio che stiano in casa tranquilli». Le parve anche che Rema sospirasse. Se ne ricordò prima di addormentarsi, nell'ora delle facce nell'oscurità, vide di nuovo il Nene uscire a fumare nel porticato, magro e canterellante, vide Rema che gli portava il caffè e lui che prendeva la tazza e si sbagliava, tanto sbadato che strinse le dita di Rema nel prendere la tazza; Isabel aveva visto dalla sala da pranzo che Rema tirava la mano indietro e il Nene riusciva a malapena a salvare la tazza, e rideva per la confusione. Meglio formiche nere che rosse: più grandi, più feroci. Liberare poi un mucchio di rosse, seguire la guerra da dietro il vetro, al sicuro. Salvo che non combattevano. Due formicai, uno in ciascun angolo della scatola di vetro. Si sarebbero consolati studiando le differenti abitudini, con un quadernetto speciale per ciascuna classe di formiche. Però quasi certamente si sarebbero combattute, guerra senza quartiere da guardare dai vetri, e un solo quadernetto.

A Rema non piaceva spiarli, qualche volta passava davanti alle camere da letto e li vedeva con il formicaio accanto alla finestra, appassionati e pieni d'importanza. Nino era speciale per indicare subito le nuove gallerie, e Isabel ampliava il piano tracciato con l'inchiostro sulle sue facciate. Per consiglio di Luis finirono per accettare solo formiche nere, e il formicaio era già enorme, le formiche sembravano infuriate e lavoravano fino a notte, scavando e smuovendo con mille ordini ed evoluzioni, accorto sfregar d'antenne e zampette, repentini impeti di furore o di veemenza, concentrazioni e sbandamenti senza causa evidente. Isabel non sapeva più cosa annotare, abbandonò a poco a poco il quadernetto e trascorrevano ore intere osservando e dimenticandosi delle scoperte. Nino cominciava a voler tornare in giardino, alludeva alle amache e ai cavallini. Isabel lo disprezzava un pochino. Il formicaio valeva ben più di tutto Los Horneros, e il pensiero che le formiche andassero e venissero senza paura della tigre l'affascinava, qualche volta le piaceva immaginare un tigrotto piccolo come una gomma per cancellare, che si aggirasse per le gallerie del formicaio; forse per questo gli sbandamenti, le concentrazioni. E le piaceva ripetere il mondo dei grandi in quello di vetro, adesso che si sentiva un pochino prigioniera, adesso che era proibito scendere in sala da pranzo fino a quando Rema non li avrebbe avvisati.

Avvicinò il naso ad uno dei vetri, improvvisamente attenta perché le piaceva che la tenessero in considerazione; udì Rema fermarsi sulla porta, tacere, guardarla. Queste cose sentiva con nitida chiarezza quando si trattava di Rema.

«Perché così sola?»

«Nino è andato alle amache. Questa dev'essere una regina, mi pare, è grandissima.»

Il grembiule di Rema si rifletteva nel vetro. Isabel le vide una mano lievemente alzata, con il riflesso del vetro sembrava dentro il formicaio, improvvisamente pensò alla stessa mano mentre dava la tazza di caffè al Nene, ma adesso erano le formiche che le passeggiavano per le dita, le formiche invece della tazza e della mano del Nene mentre le stringeva i polpastrelli.

«Tolga la mano, Rema» chiese.

«La mano?»

«Così va bene. Il riflesso spaventa le formiche.»

«Ah. È già ora di scendere in sala da pranzo.»

«Aspetti. Il Nene è arrabbiato con lei, Rema?»

La mano passò sul vetro come un uccello da una finestra. Ad Isabel parve che le formiche si spaventassero davvero, che fuggissero dal riflesso. Adesso non si vedeva più niente, Rema era uscita, camminava nel corridoio come se scappasse da qualcosa. Isabel ebbe paura di una domanda, una paura sorda e senza senso, forse non della domanda quanto di aver visto Rema uscire così, dal vetro nuovamente limpido dove le gallerie sfociavano e si torcevano come dita contratte nella terra.

Un pomeriggio ci fu siesta, cocomero, palla a paletta contro il muro che guardava verso il ruscello, e Nino fu meraviglioso a tirare colpi che sembravano a vuoto e a salire sul tetto arrampicandosi sul glicine per liberare la palla finita fra due tegole. Arrivò il bambino di un *peón* e si mise a giocare con loro, ma era lento e perdeva i colpi. Isabel sentiva il profumo delle foglie dell'*aguaribay* e a un tratto, rimandando con un rovescio una palla insidiosa che Nino le lanciava bassa, sentì fino in fondo la felicità dell'estate. Per la prima volta capiva la sua presenza a Los Horneros, le vacanze, Nino. Pensò al formicaio, di sopra, ed era una cosa morta e trasudante, un orrore di zampette alla ricerca di un'uscita, un'aria viziata e velenosa. Colpì la palla con rabbia, con allegria, spezzò un ramoscello di *aguaribay* con i denti e lo sputò nauseata, felice, finalmente davvero, sotto il sole dei campi.

I vetri caddero come grandine. Lo studio del Nene. Lo videro affacciarsi in maniche di camicia, con i larghi occhiali neri.

«Mocciosi del diavolo!»

Il bambino del *peón* scappava. Nino si mise a fianco di Isabel, lei lo sentì tremare con lo stesso vento dei salici.

«Non l'abbiamo fatto apposta, zio.»

«Davvero, Nene, non l'abbiamo fatto apposta.»

Non era più lì.

Aveva chiesto a Rema di portare via il formicaio e

Rema glielo promise. Dopo, chiacchierando mentre la aiutava ad appendere i vestiti e a mettersi il pigiama, se ne dimenticarono. Isabel sentì la vicinanza delle formiche quando Rema le spense la luce e, passando dal corridoio, andò a dare la buona notte a Nino ancora tutto piangente e dolente, ma non ebbe il coraggio di chiamarla di nuovo, Rema avrebbe pensato che era proprio una bambina. Decise di dormire subito, e si sentì sveglia come non mai. Quando venne il momento delle facce nell'oscurità, vide sua madre e Ines mentre si guardavano con sorridente espressione di complicità e si mettevano dei guanti d'un giallo fosforescente. Vide Nino piangere, sua madre e Ines con i guanti che adesso erano berretti viola che giravano attorno alla testa, Nino con occhi enormi e vuoti – forse per avere pianto tanto – e previde che adesso avrebbe visto Rema e Luis, desiderava vederli, ma non il Nene, però vide il Nene senza occhiali, con la stessa faccia contratta di quando aveva cominciato a battere Nino, e Nino indietreggiava lentamente fino a trovarsi contro il muro e lo guardava come se aspettasse che tutto finisse, e il Nene lo colpiva di nuovo in faccia con uno schiaffo solo e molle che suonava come bagnato, finché Rema si mise davanti e lui rise con la faccia che quasi toccava quella di Rema, e allora si udì Luis che tornava e che diceva da lontano che potevano andare nella sala da pranzo, quella dentro. Tutto rapidamente, tutto perché Nino era lì e Rema era venuta a dire che non si muovessero dalla *living-room* finché Luis non avesse verificato in quale stanza si trovava la tigre, e poi si fermò con loro guardandoli giocare a dama. Nino vinceva e Rema lo elogiò, allora Nino tutto contento la strinse alla vita con le due braccia e volle baciarla. Rema si era chinata ridendo, e Nino la baciava sugli occhi e sul naso, entrambi ridevano ed anche Isabel, erano così contenti giocando così. Non videro avvicinarsi il Nene, quando fu accanto a loro strappò Nino di colpo, gli disse qualcosa a proposito della palla contro il vetro della sua stanza e cominciò a batterlo, guardando Rema quando colpiva, sembrava furente contro Rema, e lei lo sfidò un attimo con gli occhi, Isabel spaventata vide che lo affrontava e si metteva davanti a Nino per proteggerlo. Tutta la cena fu una recita finta, menzognera, Luis credeva che Nino piangesse per una brutta caduta, il Nene guardava Rema come se volesse ordinarle di tacere, Isabel lo vedeva adesso con la bocca dura e bella, dalle labbra rossissime; nel buio le labbra erano ancor più scarlatte, vi spuntava appena un brillio di denti. Dai denti uscì una nuvola spugnosa, un triangolo verde, Isabel sbatteva le palpebre per cancellare le immagini e di nuovo apparvero sua madre e Ines con i guanti gialli; le guardò un attimo e pensò al formicaio; era lì e non si vedeva; i guanti gialli non erano lì e li vedeva invece come in pieno sole. Le sembrò quasi strano, non riusciva a far apparire il formicaio, piuttosto lo raggiungeva come un peso, un pezzo di spazio denso e vivo. Ne fu talmente colpita che si mise a cercare dei fiammiferi, la candela per la notte. Il formicaio balzò dal nulla avvolto in una penombra oscillante. Isabel si avvicinava con la candela. Povere formiche, avrebbero creduto che era il sole che spuntava. Quando poté guardare uno dei fianchi, ebbe paura; nel buio più completo le formiche avevano continuato a lavorare. Le vide andare e venire, brulicanti, in un silenzio così visibile, così palpabile. Lavoravano là dentro, come se non avessero ancora perduto la speranza di uscire.

Era quasi sempre il *capataz* che li avvisava dei movimenti della tigre; Luis aveva estrema fiducia in lui e, siccome trascorreva quasi tutta la giornata lavorando nel suo studio, non usciva mai e non lasciava muoversi coloro che scendevano dal primo piano finché don Roberto non mandava le informazioni. Ma dovevano anche fidarsi l'uno dell'altro. Rema, occupata nelle faccende di casa, sapeva perfettamente quel che accadeva a pianterreno e di sopra. Altre volte erano i bambini che portavano la notizia al Nene o a Luis. Non perché vedessero qualcosa, ma se don Roberto li trovava fuori indicava loro dove si era fermata la tigre e loro rientravano ed avvisavano. Tutti credevano a Nino, a Isabel meno, perché era nuova della casa e poteva sbagliarsi. Dopo, siccome si muoveva sempre con Nino attaccato alle sue gonne, finirono per crederle. Questo, il mattino e il pomeriggio; la sera era il Nene che usciva a verificare se i cani erano legati o se non fosse rimasta della brace vicino alle case. Isabel vide che portava il revolver e qualche volta un bastone con l'impugnatura d'argento.

A Rema non voleva fare domande perché Rema pareva trovare tutto ciò assolutamente ovvio e necessario; farle domande sarebbe stato passare per stupida, e lei badava al proprio orgoglio di fronte a un'altra donna. Nino era semplice, parlava e raccontava. Tutto così chiaro ed evidente quando lui spiegava. Solo di notte, se voleva ritrovarsi in quella chiarezza ed evidenza, Isabel capiva che le ragioni importanti continuavano a mancare. Imparò presto ciò che veramente aveva importanza: verificare previamente se si poteva uscire di casa o scendere nella sala a vetri, nello studio di Luis, nella biblioteca. «Bisogna fidarsi di Roberto» aveva detto Rema. Anche di lei, e di Nino. A Luis non faceva domande perché ben poche volte sapeva. Al Nene, che sapeva sempre tutto, non fece mai domande. E così era tutto facile, la vita si organizzava per Isabel con alcuni doveri in più in fatto di movimenti, ed alcuni in meno in fatto di vestiti, di pranzi e dell'ora d'andare a letto. Una vacanza davvero, come dovrebbe essere tutto l'anno.

«... vederti presto. Stanno tutti bene. Con Nino abbiamo un formicaio e giochiamo e stiamo facendo un erbario grandissimo. Rema ti manda un bacio, sta bene. Io la trovo triste, anche Luis che è tanto gentile. Io credo che Luis abbia qualcosa, forse perché studia tanto. Rema mi ha dato dei fazzoletti con dei bellissimi colori, piaceran-

no a Ines. Mamma, qui è bello e io mi diverto con Nino, e don Roberto è il capataz *e ci dice quando possiamo uscire e dove andare, un pomeriggio quasi si è sbagliato e ci mandò in riva al ruscello, in quel momento arrivò un* peón *a dire di no, avessi visto come c'era rimasto male don Roberto, e poi anche Rema, prese in braccio Nino e lo baciava, e me mi abbracciò forte forte. Luis cominciò a dire che la casa non era fatta per dei bambini, e Nino gli chiese chi erano i bambini e tutti si misero a ridere, persino il Nene rideva. Don Roberto è il* capataz.

Se venissi a prendermi, resteresti alcuni giorni e potresti stare con Rema e farla stare un po' allegra. Io credo che lei...»

Ma dire a sua madre che Rema piangeva di notte, che l'aveva sentita piangere mentre percorreva il corridoio a passi titubanti, fermarsi davanti alla porta di Nino, proseguire, scendere la scala (forse asciugandosi gli occhi) e la voce di Luis, lontana: «Che cos'hai, Rema? Non ti senti bene?», una pausa, tutta la casa come un immenso orecchio, poi un mormorio e di nuovo la voce di Luis: «È un miserabile, un miserabile...», quasi come verificando freddamente un fatto, una filiazione, forse un destino.

«*... sia un po' malata, le farebbe bene che tu venissi e le tenessi compagnia. Devo farti vedere l'erbario e delle pietre del ruscello che mi hanno portato i peones. Di' a Ines...*»

Era una notte come piaceva a lei, con bestioline, umidità, pane riscaldato e flan di semola con uva passa di Corinto. Continuamente latravano i cani sulla riva del ruscello, un *mamboretá* enorme si piantò in un sol volo sulla tovaglia e Nino andò a prendere la lente, lo coprirono con un ampio bicchiere e lo fecero arrabbiare affinché mostrasse i colori delle ali.

«Gettate via quella bestia» chiese Rema. «Mi fanno tanto schifo.»

«È un bell'esemplare» ammise Luis. «Guardate come segue la mia mano con gli occhi. L'unico insetto che giri la testa.»

«Che notte maledetta» disse il Nene da dietro il suo giornale. Isabel avrebbe voluto decapitare il *mamboretá* con una bella forbiciata e stare a vedere che cosa capitava.

«Lascialo dentro il bicchiere» chiese a Nino. «Domani potremmo metterlo nel formicaio e studiarlo.»

Il caldo aumentava, alle dieci e mezza non si respirava. I bambini rimasero con Rema nella sala interna, gli uomini erano nei loro studi. Nino fu il primo a dire che aveva sonno.

«Sali da solo, verrò dopo a trovarti. Di sopra tutto è a posto.»

E Rema lo abbracciava per la vita, con un gesto che gli piaceva tanto.

«Non vuoi raccontare una storia, zia Rema?»

«Un'altra sera.»

Rimasero sole, con il *mamboretá* che le guardava. Entrò Luis a dar loro la buona notte, mormorò qualcosa a proposito dell'ora in cui i bambini dovrebbero andare a letto, Rema gli sorrise mentre lo baciava.

«Orso brontolone» disse, e Isabel china sul bicchiere del *mamboretá* pensò che non aveva mai visto Rema baciare il Nene e un *mamboretá* di un verde così verde. Muoveva un pochino il bicchiere e il *mamboretá* s'infuriava. Rema si avvicinò per invitarla ad andare a dormire.

«Getta via quella bestia, è orribile.»

«Domani, Rema.»

Le chiese di salire a darle la buona notte. Il Nene aveva socchiuso la porta del suo studio e stava andando in su e in giù in maniche di camicia, con il colletto sbottonato. Le fischiò quando passò.

«Vado a dormire, Nene.»

«Senti: di' a Rema che mi faccia una limonata bella fresca e che me la porti qui. Poi sali subito nella tua camera.»

Certo che sarebbe salita in camera, non vedeva perché lui dovesse ordinarglielo. Tornò in sala da pranzo per dirlo a Rema, vide che era titubante.

«Non salire ancora. Farò la spremuta e gliela porti tu.»

«Ma lui ha detto...»

«Per favore.»

Isabel sedette accanto alla tavola. Per favore. C'erano nuvole di bestioline tutto intorno alla lampada a carburo, sarebbe rimasta ore e ore a guardare il nulla e a ripetersi: per favore, per favore. Rema, Rema. Quanto bene le voleva, e quella voce di tristezza senza fondo, senza ragione, la voce stessa della tristezza. Per favore. Rema, Rema... Un calore di febbre le saliva al volto, un desiderio di gettarsi ai piedi di Rema, di lasciarsi portare in braccio da Rema, una volontà di morire guardandola e che Rema avesse pietà di lei, passasse le sue dita sottili sui suoi capelli, sulle sue palpebre...

Adesso le porgeva una caraffa verde piena di limoni spezzettati e ghiaccio.

«Pòrtagliela.»

«Rema...»

Le sembrò che tremasse; che voltava le spalle alla tavola affinché lei non le vedesse gli occhi.

«Ho già gettato via il *mamboretá*, Rema.»

Si dorme male con il caldo appiccicoso e tanto ronzare di moscerini. Per due volte fu sul punto di alzarsi, uscire nel corridoio o andare nel bagno a bagnarsi polsi e faccia. Ma sentiva camminare qualcuno sotto, qualcuno camminava in su e in giù per la sala da pranzo, arrivava ai piedi della scala, tornava indietro... Non erano i passi scuri e lunghi di Luis, non era l'andatura di Rema. Che caldo aveva quella sera il Nene, come si era bevuto a lunghi sorsi la limonata. Isabel lo vedeva mentre beveva dalla caraffa, sostenendo con le mani la caraffa verde con fette gialle oscillanti nell'acqua sotto la lampada; ma era sicura al tempo stesso che il Nene non aveva bevuto la limonata, che stava ancora guardando la caraffa che lei gli aveva portato fino alla tavola come chi guardi una perversità infinita. Non voleva pensare al sorriso del Nene, al suo modo di andare fino alla porta come per affacciarsi alla sala da pranzo, al suo lento ritorno.

«Doveva portarmela lei. A te avevo detto di salire in camera tua.»

E non venirle in mente che una risposta stupidissima: «È proprio fredda, Nene.»

E la caraffa verde fu buttata come il *mamboretá*.

Nino si alzò per primo e le propose di andare a cercare lumache al ruscello. Isabel non aveva quasi dormito, rammentava salotti con fiori, campanelli, corridoi di clinica, suore della carità, termometri in boccali con bicloruro, immagini della prima comunione, Ines, la bicicletta rotta, il Treno Misto, il costume da zingara degli otto anni. E tra tutte queste cose, come sottile vento tra foglie di album, si vedeva sveglia, pensando a tante cose che non erano fiori, campanelli, corridoi di clinica. Si alzò svogliata, si lavò energicamente le orecchie. Nino disse che erano le dieci e che la tigre era nella sala del piano, per cui potevano andare immediatamente al ruscello. Scesero insieme, salutando appena Luis e il Nene che leggeva con le porte aperte. Le lumache si trovavano lungo la riva sopra i seminati. Nino cominciò a lamentarsi della distrazione di Isabel, le diede della cattiva compagna e che non aiutava a fare la collezione. Lei lo vedeva all'improvviso così piccolo, così ragazzino fra le sue lumache e le sue foglie.

Tornò per prima, quando in casa alzavano la bandiera della colazione. Don Roberto tornava dall'ispezione e Isabel s'informò come sempre. Nino intanto si avvicinava lentamente, trascinandosi dietro la scatola delle lumache e i rastrelli, Isabel lo aiutò a posare i rastrelli nel porticato ed entrarono insieme. Rema era là, bianca e silenziosa. Nino le mise in mano una lumaca azzurra.

«Per te, la più bella.»

Il Nene mangiava già, con il giornale accanto, a Isabel restava appena posto per appoggiare il braccio. Luis arrivò per ultimo da camera sua, allegro come sempre a mezzogiorno. Mangiarono, Nino parlava di lumache, di uova di lumache fra le canne, della raccolta secondo la grossezza e il colore. Le avrebbe uccise da solo, perché a Isabel facevano pena, le avrebbe messe a seccare su una lastra di zinco. Poi arrivò il caffè e Luis li guardò con nello sguardo l'interrogativo consueto, allora Isabel si alzò per prima per andare a cercare don Roberto, anche se don Roberto le aveva già detto tutto. Girò intorno al porticato e, quando entrò di nuovo, Rema e Nino erano con le teste vicine e chine sulle lumache, come in una fotografia di famiglia. Solo Luis la guardò, e lei disse: «Si trova nello studio del Nene», poi restò a vedere come il Nene alzasse le spalle annoiato, e Rema toccasse una lumaca con la punta del dito, tanto delicatamente che persino il suo dito aveva qualcosa della lumaca. Dopo, Rema si alzò per andare a prendere altro zucchero, e Isabel la seguì chiacchierando e tornando poi ridendo per una frase scherzosa detta nel tinello. Siccome a Luis mancava il tabacco, mandando Nino a prenderlo nel suo studio, Isabel lo sfidò a chi avrebbe trovato per primo le sigarette, ed uscirono insieme. Vinse Nino, tornarono correndo e spingendosi, quasi si scontrarono con il Nene che stava andando a leggere il giornale in biblioteca, lamentandosi di non poter stare nel suo studio. Isabel si avvicinò a guardare le lumache, e Luis, aspettando che gli accendesse come sempre la sigaretta, la vide studiare distrattamente le lumache che cominciavano lentamente ad affacciarsi e a muoversi, guardare all'improvviso Rema, e fuggirne come una ventata, ossessionata quasi dalle lumache, tanto che non si mosse al primo urlo del

Nene, tutti correvano e lei era china sulle lumache come se non udisse il secondo grido soffocato del Nene, i colpi di Luis contro la porta della biblioteca, don Roberto che entrava con i cani, e Luis che ripeteva: «Ma se era nel suo studio! Ha detto che era nel suo studio!» china sulle lumache sottili come dita, forse come le dita di Rema, o era la mano di Rema che la prendeva per le spalle, le faceva alzare la testa per guardarla, per stare a guardarla un'eternità, affranta da un pianto feroce contro la gonna di Rema, la sua alterata allegria, e Rema che le passava la mano sui capelli, calmandola con una leggera pressione delle dita e un mormorio contro il suo orecchio, un balbettare di riconoscenza, d'innominabile acquiescenza.

(Traduzione di Flaviarosa Nicoletti Rossini)

Il neofantastico

Uno degli scrittori che hanno più lucidamente avvertito l'esigenza di porre su nuove basi la fiction *fantastica è senza dubbio Cortázar. Secondo l'autore di* Rayuela *il compito dello scrittore consiste nel rompere «le barriere più o meno convenzionali che la ragione raziocinante cerca di stabilire tra ciò che considera reale (o naturale) e ciò che considera fantastico (o soprannaturale); includendo nel primo tutto ciò che tende alla ripetizione, che accetta la causalità e si assoggetta alle categorie intellettuali; considerando invece come fantastico e soprannaturale tutto ciò che si manifesta come eccezione, in modo insolito».*

Per Cortázar l'insolito non è meno reale del solito, lo straordinario non è meno vero *del quotidiano. L'opposizione fra un reale/razionale ed un irreale/irrazionale, su cui si è basata fino ad un certo punto la stessa nozione di «fantastico», viene a cadere. L'immaginario non è* irreale, *ma è, precisamente, quella parte di realtà rifiutata, o rimossa, dalla visione scientifica del mondo.*

Il racconto fantastico, dunque, non è evasione da un mondo ritenuto imprescindibile, ma liberazione da quella prigione in cui la cultura razionalistica ha rinchiuso l'uomo. Esso è un tentativo di captare quella «realtà più reale», l'essere in definitiva, che sfugge a qualunque denominazione. Anche il poeta, d'altra parte, «vuole possedere la realtà al livello ontologico, al livello dell'essere».

In questa mutata prospettiva si situa Héctor A. Mure-

na (1923-1975), esponente della generazione successiva, cosiddetta dei «parricidi». Ma mentre Cortázar tenta di recuperare il mito, Murena ritrova nel fantastico il «religioso». Per lui l'immaginario è un elemento residuale: tutto ciò che resta del sacro nel mondo contemporaneo. Senza di esso non sarebbe possibile l'accesso a quel patrimonio di verità tradizionali che la cultura moderna ha disperso e offuscato. L'estetica di Murena, abbozzata in Homo atomicus *(1961), e lucidamente enunciata in* La metafora y lo sagrado *(1973), è parte integrante di una visione neognostica tesa verso una nuova religiosità, postcristiana e «teomorfica». Non si tratta, come avviene in Cortázar, di riflessioni in margine all'opera creativa. Il Murena saggista si riverbera sul Murena narratore, ma lo oltrepassa. Così i suoi racconti finiscono per segnare le tappe di uno sviluppo intellettuale che resta, in parte, indipendente.*

Nella narrativa di Murena ci sono due direzioni fondamentali, che corrispondono rispettivamente, con le approssimazioni del caso, alle raccolte intitolate El centro del infierno *(1956) e* El coronel de caballería y otros cuentos *(1972). In alcuni racconti come* El gato *l'incertezza non riguarda la spiegazione dei fatti, ma i fatti stessi. Il soprannaturale, come avviene in* The Turn of the Screw, *non è mai nominato direttamente: ci sono soltanto indizi più o meno evidenti, segnali più o meno «forti» per il lettore. In altri racconti il fantastico non sta in un fatto straordinario, sia pure soltanto adombrato, ma nel rovesciamento del quotidiano. Nel primo caso il soprannaturale non si manifesta, ma* c'è; *nel secondo il «naturale» ne prende il posto, mutando il proprio volto davanti allo* sguardo *del narratore. Il punto di partenza – osservare le cose da un angolo visuale insolito – fa pensare a Kafka. Ma Murena non trasgredisce le leggi della verosimiglianza; semplicemente osserva e significa, facendo sorgere lo straordinario dai fatti più comuni e abituali. Ciò è evidente in* La sierra, *dove a rigore non c'è azione, ma semplice «gestualità», che acquista la trascendenza del rito.*

Il soprannaturale corrisponde ad uno smascheramento del naturale, ad uno «svelamento» nel senso letterale del termine.

Anche Marco Denevi sconfessa nelle sue opere il fantastico ortodosso. Con i suoi primi romanzi porta felicemente a termine quel processo di contaminazione fra «generi» – poliziesco, romanzo psicologico, fantastico – iniziato da certi narratori anglosassoni. Rosaura a las diez *(1955) e* Ceremonia secreta *(1960) appartengono a quel genere o tipo che Todorov chiama fantastico-strano, dove fatti in apparenza inspiegabili, inverosimili, vengono ricondotti nel corso della narrazione a cause, motivazioni perfettamente razionali. La struttura e l'enunciazione, tipiche del* giallo, *non impediscono la creazione di veri personaggi. Attraverso le loro testimonianze, il narratore relativizza la realtà, rendendo problematica la distinzione tra sogni, fantasticherie ed esperienze reali. La verità dei fatti,* oggettiva, *cede il posto a quella* soggettiva, *con tutte le sue implicazioni, anche negative – falsità, imposture –, che si rivelano non meno* fattuali *di ciò che consideriamo reale.*

Come cuentista, *Denevi si è dedicato ad un genere già praticato con successo da Roger Caillois con* Ponzio Pilato *e da Marcel Schwob con le sue* Vite immaginarie: *l'apocrifo volontario o falsificazione deliberata della realtà storico-letteraria. I racconti di* Falsificaciones *(1966), che resta il libro più originale di Denevi, rimettono in questione i confini sempre evanescenti tra vero e falso, tra finzione e realtà. Il testo che presentiamo,* Enoch Soames, *è un eccellente esempio di quella «fantaletteratura» a cui Borges si è dedicato talora con passione.*

Verso il '60 l'elemento religioso, in un senso sempre più chiaramente «cristiano», conquista vari narratori, tra cui Federico Peltzer e Angel Bonomini.

Nato nel 1924, Peltzer ha esordito con romanzi di grande respiro come Tierra de nadie *(1955) e* Compartida *(1958), che ottenne il Premio Kraft, uno dei più ambiti riconoscimenti letterari dell'Argentina. A* Compartida, *parabola del disamore, seguirono* La razón del topo *(1971), imperniato sulla solitudine come scelta di vita, e* El silencio *(1973), dove domina il problema religioso e cioè il «silenzio» di Dio di fronte alle sue creature. I racconti fantastici di Peltzer, «non molti», dichiara l'autore, sono contenuti in quest'ultimo libro e ruotano intorno ad uno dei temi fondamentali dell'autore: il ruolo che Dio, sempre imprevedibile nelle sue manifestazioni, svolge nel destino dell'uomo. Con* A Bariloche, *Peltzer costruisce un racconto a più voci, tecnicamente perfetto. La frustrazione esistenziale, e sentimentale, si esprime attraverso un fantasma retrospettivo che anima fugacemente, ma indelebilmente, la noia di un interminabile viaggio ferroviario.*

Nato nel 1929, Angel Bonomini appartiene ad una generazione lontana tanto dalla cosiddetta nueva ola *imperversante in Europa quanto dalla mera contestazione del «borgismo» in auge negli anni '70. Il suo primo libro,* Los novicios de Lerna *(1972), fu la rivelazione di un talento narrativo decisamente avviato sulla strada maestra della letteratura argentina. In questo libro, come in* El libro de los casos *e, ultimo,* Historias secretas, *il fantastico si manifesta in un'alterazione del* naturale, *in una graduale e quasi insensibile dislocazione della realtà.*

In Bonomini i temi fantastici corrispondono spesso a «misteri» religiosi e la lotta che l'uomo ingaggia con l'ignoto equivale ad una catarsi. L'elemento salvifico, sempre presente, più o meno esplicitamente, nella sua narrativa, attenua uno dei tratti più tradizionali del fantastico: l'implacabilità (fatalità) dell'occulto: il che comporta per i personaggi un eroismo non soltanto negativo. La succursale, *che instaura una proliferazione di «doppi» non meno inquietante di quella presente in altri racconti, reitera il tema prediletto di Bonomini, che vede nella «pluralità dell'io» la chiave di quel mistero che è la vita umana.*

LA SEGA
di Héctor A. Murena

Pende, immobile, nell'aria. Le mosche volteggiano con lentezza intorno ad essa, le si posano sopra, ostinate, come se si trattasse di qualcosa di vivo, un vecchio leone incapace di difendersi, di cui presentissero la morte prossima. Ma non è niente di vivo. Anche se c'è. E non è mai vano che sia dove sia.

Rudimentale arco di ferro, quasi rettangolare, la sua corda è una lama d'acciaio con piccoli denti, appena separati fra loro. Un manico di legno scuro offre al pugno umano la possibilità di afferrarla, indica la sua disposizione a servire. Se non avesse il manico, salterebbe agli occhi la sua natura atroce; il manico vela ciò che di perturbante c'è in essa, insinua che è stata domata, che l'uomo la maneggia come vuole. Potrebbe avere più legno, tuttavia, essere una struttura completamente di legno in cui fossero incastrati i denti di acciaio, come altri esemplari della sua specie. Non ce l'ha. È di ferro fuso: ferro e acciaio. Minerale strappato al profondo della terra, sottoposto al fuoco, all'acqua, al maglio, si è contorto, renitente alla consistenza ed alla forma richiesta per cadere un'altra volta sotto i colpi, le fiamme, l'acqua; ha cigolato, fischiato, prima di diventare quello che è: il cieco pesce delle grandi profondità, quieto, impavido. Ma ora la sua presenza altera l'ordine delle cose; la sua pressione è un disordine che in verità postula un ordine nuovo, non sempre reprimibile, minaccioso.

Pende da un uncino sporgente, da una bacchetta parallela al suolo, sostenuta da quattro aste verticali. Dalla stessa bacchetta sporgono altri uncini, dove sono infilati pezzi di carne di diverse dimensioni, d'un colore scarlatto, con strati e venature eburnee di grasso, viscere, volatili senza piume, infilzati attraverso la pelle del collo. Sotto, su un piano di marmo bianco coperto di schegge d'osso e briciole di carne, si ammassa un enorme fegato dai riflessi cangianti e giace, rigido, un capretto a cui hanno strappato la pelle: nei suoi grandi occhi patetici sembra concentrarsi tutto il dolore del mondo degradato.

Questo è l'àmbito che circonda la sega: violenza, mutilazione, sangue, tortura, crimine: crimine, anche se l'abitudine fa sì che la razza che lo pratica non lo senta come tale. Si potrebbe strapparla di lì, spogliarla della storia che le è rimasta appiccicata, immergerla improvvisamente nella solitudine; non tarderebbe a richiamare di nuovo il sangue intorno a sé, lo creerebbe ineluttabilmente, la distruzione correrebbe ad avvilupparla come fanno i sogni con i dormienti. Nel loro animo recondito, gli uomini non lo ignorano, quando cercano di mantenerla fra vittime animali. E come, dove penetrerebbe nel regno dell'umano, se non esistesse questo steccato?

A pochi metri, sull'ampia gradinata di legno grezzo appoggiata a una delle pareti laterali, si affolla un insieme singolare. Capigliature verdi, dai riccioli dolci, molto attorcigliate; altre nerastre, flosce, dure; sfere di pelle dorata e fragile sotto la quale si indovina una carne lattea; coni con la superficie coperta di scaglie dorate, simili a macchine da guerra; altri coni, più delicati, lunghi, rettili rossicci, dalla coda verde e gialla; pile di corpi di colore terroso, con varie e massicce configurazioni, come ciottoli trasportati dal mare sulla spiaggia. Compressa nelle sue fibre, nella sua linfa, nei suoi puri circuiti, e cantando ancora nei suoi colori, accettando qualunque forma, la muta tribù dei vegetali forse rivela clamorosamente che l'impotenza e la rassegnazione spiegano l'aureo segreto di ogni sapienza.

Nell'umida sera estiva solo le mosche si agitano, ronzano in questo cubicolo progressivamente invaso dalle ombre.

Allora qualcuno entra. Viene dalle stanze che devono estendersi oltre il locale. Qualcuno che non è un estraneo, di conseguenza; ma si muove come se lo fosse: non con la familiarità di chi gira fra le sue cose e dà per scontata la pertinenza e la necessità della sua persona in quel luogo, ma in punta di piedi, scivolando, desideroso di un'esistenza senza gravità, simile a quella del granello di polvere che non altera l'equilibrio della bilancia. Non è un ladro: è un bambino. Avrà cinque o sei anni: ha imparato che per il codice degli adulti tutto ciò che non è immobilità od obbedienza a quello che essi vogliono, adulazione, infine, diventa illegale, punibile, per il bene stesso dei bambini, come dicono.

Quanto a lui, se si considera la sua cautela, non pare che si riprometta precisamente il proprio bene.

Il corpicino coperto da una logora blusa e da pantaloni azzurri strappati alle natiche avanza timidamente. Si decide ad avviarsi verso la sinistra e, arrivato all'estremità del banco, si china sotto il piano di marmo, si mette coccoloni e comincia ad ammassare una montagnetta con la segatura che copre il pavimento. È tutto? No: dopo qualche istante la testa si erge e guarda lentamente intorno a sé, senza curarsi del lavoro delle mani, il cui movimento appare chiaramente un pretesto. La ciocca di capelli color miele che gli cade sopra la fronte accentua con la sua ombra il brillio quasi rapace degli occhi: la bella bestiolina sa che dove inizia la libertà comincia il rischio, ed anche se non vede nessuno, il suo fiuto diffida, la fa agire come se fosse circondata. Ma non c'è nessuno. Tuttavia continua a rimuovere la segatura, tanta è la pazienza che rivela la sua terribile ostinazione.

Si è messo in piedi, alla fine; va verso l'altro lato del

banco; guarda ogni cosa; si muove come se ignorasse quello che cerca. I suoi occhi si fissano sulla sega, che pende dall'alto: forse scopre in essa un emblema o sogna di impugnarla un giorno, agitarla maestosamente, conquistare con essa il comando di vasti eserciti. Ora è troppo lontana, è troppo grande; se gliela mettessero in mano improvvisamente, forse indietreggerebbe dalla paura. In tal modo è arrivato all'altra estremità del tavolo delle operazioni.

Allora il suo atteggiamento cambia bruscamente.

Spariscono gli sguardi e i movimenti inutili, l'aria indecisa. Fa quattro rapidi passetti sul tavolato fino ad arrivare vicino a uno sgabello che aveva di fronte a sé all'entrata: è senza dubbio la sua preda.

Come un ladro, ha descritto un intero cerchio dissimulatorio prima di lanciarsi su di esso. Lo afferra dai piedi; lo trascina vicino al banco; si arrampica; allunga le braccia verso una cassa di legno collocata sul marmo; fa girare la chiave del cassetto; lo apre: è ricolmo di lucenti dischi di metallo e rettangoli di carta, rossi, verdi, marroni. Si è precipitato sul denaro proprio come un ladro, ma non per rubare; per giocare, anche se forse nei ladri stessi non c'è altro che l'allucinazione di un gioco avventuroso.

Gioca; affonda le dita fra le monete. È possibile che si nasconda in ciò qualcosa di malvagio, perverso, distruttivo, condannabile. La verità è che ora il bambino è più bello che mai; con quella serietà concentrata delle esperienze spirituali che fanno dimenticare l'esistenza fisica, ha il volto illuminato e tragico che devono avere i poeti nei momenti di visione. Gioca, tira fuori il cassetto, vuole scrutare tutto, toccare tutto. Tira di più, di più. E improvvisamente il cassetto gli sfugge, precipita al suolo; dopo il colpo fragoroso i biglietti si spargono, le monete rotolano dappertutto. Costernato il bambino discende rapidamente dallo sgabello; in ginocchio sul pavimento, raccoglie il denaro, cerca di riparare al disastro.

Non si è accorto che da un paio di minuti una figura ferma sulla soglia della porta posteriore lo osserva.

Ma le luci si accendono; egli, stupefatto, si volta e guarda. L'uomo alto e corpulento ha l'enorme addome coperto da un grembiule bianco macchiato; le braccia, tenute ai due lati del corpo, sono grosse e villose; il volto brutale ostenta dei baffi neri le cui punte scendono fino alla commessura delle labbra. Quando si guardano, diventa chiaro che questa incidenza ha una lunga storia, è una vecchia marchiatura fatta ancora nella carne viva.

In silenzio l'uomo avanza verso il bambino; questi si alza in piedi e indietreggia, per cui l'uomo accelera il passo. La vittima coopera quasi sempre con il carnefice, provocandolo con le sue reazioni di difesa.

La differenza naturale di colore fra i due volti aumenta: nella misura in cui il bambino impallidisce – finché gli restano solo due cerchi rosati al bordo delle palpebre – la faccia dell'uomo si riempie di sangue.

Come se pensasse, la collera cresce in lui manifestamente. Ma non pensa. Ha stretto il bambino contro il banco e tiene fissi su di lui gli occhi fiammeggianti. Ma non lo vede. E forse vedere quello che lui vede al posto del bambino farebbe rabbrividire. Per il resto, il suo aspetto, con le vene del collo gonfie, la faccia apoplettica, cianotica, diventa allarmante. Se non fa qualcosa, scoppia. E che farà? Il bambino si è messo a tremare. Se quella mole gridasse, ruggisse, il nodo di tensione si scioglierebbe. Non grida. Si nota soltanto in lui un leggero va e vieni di tutto il corpo da entrambi i lati. E quelle mani, quelle manacce spaventose? Perché non lo picchia con quelle? Perché non le alza e non scarica sul bambino un colpo che lo faccia cadere a terra insanguinato, istupidito, castigato a dovere? Sarebbe preferibile che lo facesse; in quell'istante il bambino lo desidera. Sembrerebbe che l'uomo consideri una tale possibilità. Ma l'apparenza non è sicura.

Non può picchiarlo; non può usare le mani, perché

non sono sue. Lui non è lui. E quell'orribile essere larvale che ha assunto la sua forma non vede, non parla, non picchia.

Subitaneamente afferra – con una sola mano, la sinistra – gli avambracci del bambino, vicinissimo ai polsi: sotto l'effetto della morsa esercitata da quelle dita sulle vene le piccole mani diventano violette; così prigioniere, una palma incollata all'altra, l'uomo le costringe ad appoggiarsi, di fianco, sul tagliere di marmo. Come in un sogno, ma con l'istintiva precisione con cui si eseguono lavori compiuti mille volte, il braccio villoso fa l'unica cosa che forse può fare; si allunga giù, su, fino a raggiungere il manico della sega; poi cala impugnandola verticalmente, con il filo della lama in avanti. La donna che è entrata frettolosamente dalla porta esterna non riesce a fare più di due passi e si ferma. Resta paralizzata. Si sorprenderebbe molto se le si chiedesse la ragione per cui si comporta così: infatti non ne troverebbe nessuna. Tuttavia, la sensazione che prova è così soggiogante che crede di avere i piedi inchiodati al suolo.

Cosa vede?

Niente di straordinario. Vede il macellaio che sega le zampe anteriori di un capretto; vede il figlio che, fermo davanti al banco, osserva l'operazione. Ma da quella scena volgare emana qualcosa di indescrivibilmente atroce. Niente di più naturale di un bambino che contempla suo padre mentre lavora; ma il bambino non sembra una cosa viva, bensì una statua di cera, bianca, fusa nello stampo dell'orrore. Niente di più naturale dell'attività di un macellaio che sega un osso; tuttavia, ora quest'attività non è umana: l'uomo sega, sega senza fermarsi; come una macchina impazzita, avrà tagliato già dieci volte l'osso, sminuzza la carne, presto arriverà al marmo, e neppure allora desisterà. La donna non riflette su questi dettagli; semplicemente li percepisce. A un certo punto le viene in mente di chiamarlo, di far notare a entrambi la sua presenza; subito dopo comprende che non ci riuscirebbe; non la vedono, non la sentono; non esiste per loro, perché essi si trovano in un altro mondo. È forse questo che le provoca un'impressione più forte. Fa un mezzo giro e fugge.

L'uomo prosegue ancora il cieco movimento con cui ha distrutto quasi completamente le zampe anteriori del capretto. Finalmente si ferma. Come se una forza estranea lo avesse animato fino a quel momento e poi abbandonato, il corpo gli si affloscia, gli diventa flaccido, la pressione delle mani cede.

La sega cade pesantemente a terra.

Il rumore della sega nell'urto con il pavimento strappa il bambino dall'incantesimo a cui pareva soggetto. I suoi occhi si muovono, riconoscono la realtà; il sangue gli affluisce d'improvviso al volto. E senza indugio scivola via dalla porta posteriore.

La reazione dell'uomo è più curiosa; fa due o tre passi vacillanti, da ubriaco, verso sinistra; poi si siede per terra, si copre il viso con entrambe le mani e comincia a tremare convulsamente, come se singhiozzasse.

La sega giace sotto il banco. La toglieranno dopo. Sarà di nuovo appesa all'uncino da cui è stata presa. Sarà reintegrato quell'ordine – alterato per un istante – in cui essa deve attendere, immobile, dipendente, utile. Ciò nonostante, la sega continuerà lì i suoi sogni. Chiamata ad essere dagli uomini, la sua presenza farà sempre pressione sul mondo degli uomini con un altro mondo, embrionale, sconosciuto, che forse gli uomini per prudenza preferiscono non immaginare nemmeno. Concepita da una volontà che si suppone libera, approfitterà di ogni affievolirsi di questa volontà per soppiantarla con i suoi sogni. Lampo immobile, non sarà mai casualmente vano che stia dove sta.

ENOCH SOAMES
di Marco Denevi

Riassumerò la singolare, incredibile biografia di Enoch Soames. Poeta satanista inglese, autore di due libri di poesie, *Negazioni* e *Fungoidi*. Morì a Londra, o piuttosto sparì a Londra nel 1897, a un'età che si calcola tra i venti e i trent'anni.

Non ho letto le sue poesie, ma suppongo che siano opera di un genio. Come tutti i geni, Soames subì il disprezzo dei critici e l'indifferenza del pubblico. Tuttavia egli non dubitava del valore della sua poesia, opinione che non condivise con nessuno, neppure con il suo unico amico, il disegnatore e letterato Max Beerbhom (1872-1950).

Un giorno, in un piccolo ristorante di Soho, scommise con Beerbhom che cent'anni dopo sarebbe stato più famoso e più ammirato di Shelley e Byron. Sfortunatamente nessuno dei due sarebbe vissuto abbastanza per vederlo. Un signore, seduto ad un tavolo vicino, li udì. Si alzò, si avvicinò a Soames e si presentò senza ambagi: «Il Diavolo, ai suoi ordini».

Poi si offrì di trasportarlo nella Londra del 1997 in cambio dell'anima, come di norma succede in questi casi. Soames accettò. Il Diavolo fece schioccare le dita in aria e Soames disparve istantaneamente. Il Diavolo salutò Beerbhom e se ne andò. Beerbhom rimase stupefatto.

Un'ora più tardi riapparve Soames, ridotto a uno straccio. Raccontò a Beerbhom la sua breve escursione nel futuro. In sintesi, si trattava di questo: era andato alla biblioteca del Museo Britannico, dove sperava di trovare cento schede con il suo nome, successive edizioni dei suoi due unici libri, successive traduzioni, biografie, tesi universitarie, studi critici, saggi apologetici.

«Pensavo» disse, insinuando, a Beerbhom «che lei avrebbe divulgato il mio patto con il Diavolo. Pensavo che si sarebbero interessati a me almeno per questo. Pensavo che dopo avrebbero riconosciuto il mio genio.»

Ma nello schedario non trovò nulla. Chiese antologie, dizionari, enciclopedie: niente. Chiese storie della letteratura inglese e della poesia inglese, storie della letteratura e della poesia inglese dell'Ottocento e di fine Ottocento: niente.

Sì, qualcosa c'era. Nell'indice dei nomi della *Selezione di saggi letterari* di un certo T.K. Nupton, edita nel 1995, trovò questo riferimento in corsivo: «*Soames, Enoch*: v. p. 274». Cercò la pagina 274 e lesse: «Uno scrittore di quell'epoca, Max Beerbhom pubblicò un racconto in cui un personaggio fittizio, chiamato Enoch Soames, un poeta di terza categoria che si crede un genio, fa un patto con il Diavolo per sapere che cosa avrebbero pensato di lui i posteri. È una satira un po' forzata, anche se con qualche pregio».

Quando Soames, ancora stordito per il viaggio nel tempo e per i vergognosi risultati ottenuti, smise di parlare; quando cominciava a comprendere l'atrocità che non aveva compreso prima, e cioè che Beerbhom avrebbe sfruttato tutte le sue dettagliate informazioni per fabbricare un racconto e che lui, Soames, sarebbe sopravvissuto soltanto come personaggio di questo racconto; quando Soames già guardava Beerbhom con orrore, riapparve il Diavolo e se lo portò via.

Per vari mesi Beerbhom si dedicò a fare quello di cui Enoch Soames gli aveva insinuato l'idea: pubblicò su quotidiani e riviste articoli sul caso Soames, pubblicò una foto (l'unica) di Soames, ottenne e pubblicò le testimonianze di varie persone che l'avevano visto o conosciuto, si dice che avesse cercato senza successo l'atto di nascita di Soames. Alla fine riuscì a provare che Soames era esistito, che il nome dell'autore di *Negazioni* e *Fungoidi* non era uno pseudonimo e che nel 1995 il signor T.K. Nupton non avrebbe rispettato la verità storica.

Ciò nonostante, nessuno gli credette. Tutto il mondo letterario pensò che Max Beerbhom scherzava. I più maligni sospettarono che stava montando una farsa pubblicitaria a suo esclusivo vantaggio e a beneficio di qualche libro che stava per pubblicare, e che si sarebbe intitolato *Il caso di Mr. Enoch Soames* o roba del genere. L'intromissione del Diavolo toglieva verosimiglianza alla storia di Soames. Per il resto, nessuno trovò, o nessuno cercò nelle librerie qualche copia di *Negazioni* e *Fungoidi*.

Nel 1908 appare *The Modern English Poetry Thesaurus* di sir Edward Bridges, e Soames non vi figura. Nel 1910 Ezra Pound pubblica il suo *Spirit of Romance*, dove parla ampiamente della poesia satanista, e Soames neppure lì vi figura. Nel 1913 Holbrook Jackson dà alle stampe un *Saxon Literature Catalogue*, minuzioso fino all'esasperazione, e Soames brilla per la sua assenza. Nel 1914 scoppia la Prima guerra mondiale, tra i cui segreti propositi c'è quello di relegare nel discredito e nell'oblio tutto il passato. E nel 1919, appena terminata la guerra, Max Beerbhom può pubblicare un libro di racconti (sottolineo, *racconti*), intitolato *Seven Men*, dove intrufola la storia di Soames, adulterata e presentata falsamente come letteratura fantastica.

Intravedo, in tutto ciò, un vasto complotto, una determinazione minuziosamente architettata e realizzata: evitare che Soames sappia, nel 1997, di essere stato un genio. E per aggiungere al danno il ludibrio, nel 1995 perdurerà soltanto la mistificazione di Beerbhom, e il signor T.K. Nupton (senza colpa da parte sua, se guardiamo bene) sosterrà impunemente che Enoch Soames è un personaggio fittizio.

Ma chi sarebbe capace di organizzare e portare a termine una simile congiura? Non certo la stupidità degli uomini, né la loro incredulità nell'esistenza del Diavolo. Neppure l'invidia dei letterati. Ci sono sempre stati dei geni ignorati in vita, ma nessuno è mai stato condannato ad un vasto imbroglio postumo che dura da quasi un secolo. Fa lo stesso che l'iniziativa sia sua o che obbedisca agli ordini dell'Altro.

L'unica cosa che importa è che Soames fu punito per aver venduto l'anima a causa di una mera vanità letteraria. La punizione, terribile, consiste nella sua metamorfosi, da uomo in carne ed ossa qual era, in un personaggio di finzione, nel protagonista di un racconto di Max Beerbhom. Nessuno potrà più riscattarlo da questa condanna. E il peggio è che nuovi Enoch Soames seguiteranno a vendere la loro anima allo stesso prezzo pattuito da Enoch Soames per la sua.

A BARILOCHE
di Federico Peltzer

Rapporto dell'Applicato di turno

Signor Capotraffico, informo che alle sedici di oggi, venti gennaio millenovecentosettanta... è regolarmente partito da Piazza della Costituzione il treno n. 112, con destinazione San Carlos di Bariloche. *Roberto Porcel.*

Dichiarazione del Controllore targa n. 614

Il giorno venti gennaio, alle quindici e trenta presi servizio in Piazza della Costituzione sul treno n. 112. Non osservai niente che fosse degno di nota, cosa che rilevo in modo speciale, perché devo confessare che la *routine* del nostro lavoro mi annoia talmente che qualunque novità richiama immediatamente la mia attenzione. All'uscita dalla stazione di Temperley (più o meno alle sedici e trenta) chiesi i biglietti, scompartimento per scompartimento, assistito dal vigile targa n. 1135. Il treno non era molto pieno e non ebbi difficoltà nel mio lavoro. Ricordo solo che nella carrozza-letto individuata dalla lettera «D» il passeggero che occupava lo scompartimento corrispondente ai letti n. 25 e n. 26, e che viaggiava da solo, mi fece aspettare un po'. Dovetti bussare due o tre volte. Finalmente aprì la porta, molto pallido, per cui gli domandai se si sentiva male. «No» mi disse. «Mi sento un po' debole, ma non ho bisogno di niente.» Visto ciò, mi ritirai per proseguire il giro. In Olavarria lasciai il servizio e mi sostituì l'agente Graziano. Firmato: *Segundo Iglesias*.

Esposto alla Polizia di Zeffirino Troitiño

A Bariloche, il ventidue gennaio del millenovecentosettanta... è comparso Zeffirino Troitiño, spagnolo, vedovo, domiciliato a Buenos Aires, in Avenida de Mayo n. 818, piano 6, appartamento 4, alfabetizzato e in condizioni normali per quanto riguarda ubriachezza e simili: il quale ha dichiarato che alle ventuno di ieri l'altro, venti gennaio, un passeggero è entrato nella carrozza ristorante di cui è concessionario nel treno proveniente dalla Capitale e con destinazione in questa località. Sèguita col dire che il passeggero, dopo aver cenato, si è ritirato, apparentemente in cattivo stato di salute, per cui, per non allarmare gli altri commensali, ha tralasciato di richiedergli il pagamento del supplemento, pensando di poterlo fare il mezzogiorno seguente o nel giorno d'oggi, prima di abbandonare il convoglio; massimamente trattandosi di un uomo giovane, di belle fattezze ed ottimo aspetto, il che, secondo il dichiarante, gli ha ispirato fiducia. Questa mattina lo ha cercato invano, senza aver trovato il suo recapito, ragion per cui si considera danneggiato e si riserva tutti i diritti di esigere per via giudiziaria il rimborso delle spese, che nel presente atto valuta sui trenta *pesos*, Legge 18.1888. Non ha altro da dichiarare. Conscio del diritto di leggere la presente, ha letto firmando in conformità: *Zeffirino Troitiño*. *Héctor Conde*, ufficiale ispettore.

Un'altra lettera della posta di Bariloche

Bariloche, 23 gennaio 197...

Cara Nora, sembra un luogo comune dire che il Paradiso doveva essere situato da queste parti, ma è la verità. Quello che raccontano coloro che sono venuti prima è pallida cosa paragonato alla realtà, cosicché sono felice di essermi decisa a questa escursione. Claretta pensa la stessa cosa ed è contenta quanto me. Dividiamo la stessa camera in un alberghetto di tronchi che sembra fatto per dare asilo alla gente sola. E ti preciso che di notte fa abbastanza freddo, nonostante sia piena estate. Di giorno tutto è luminoso, di notte intimo, calmo. Dal paesaggio alla gente... salvo i turisti. Ma ci sono altri motivi per il mio entusiasmo. Non ti meravigliare della mia euforia, ma...

Abbiamo fatto un viaggio abbastanza sopportabile, quasi senza terra, perché i vagoni sono stati ricondizionati e dagli spiragli dei finestrini non filtra più la polvere. D'altra parte i doppi vetri sono quasi ermetici. Abbiamo mangiato i dolci squisiti che ci hai portato alla stazione: ci sono durati appena un giorno e mezzo. Abbiamo deciso di sospendere ogni attenzione alla dieta. Al ritorno avremo tempo per sacrificarci, anche se forse tutto viene compensato dalle lunghe camminate e dal poco sonno, giacché ci corichiamo abbastanza tardi e le escursioni si fanno presto. Durante il viaggio abbiamo fatto alcune conoscenze, perché passavamo buona parte del tempo su una piattaforma.

Il primo giorno è passato rapidamente, a causa della novità, ma nel secondo ci è venuto incontro il deserto. Pesa come piombo, te lo assicuro. Solo dopo averlo visto ho capito cosa dovevano essere state le lotte con gli indios, nel secolo scorso, la mancanza d'acqua, il tormento dei prigionieri e di coloro che pretendevano di attraversarlo. Deprime, non c'è dubbio. Ci si sente soli e abbandonati. In questo stato d'animo, non potrà stupirti che abbia fatto una piccola conquista.

Sulla nostra carrozza viaggiava un ragazzo pallido, molto silenzioso. Passeggiava per il corridoio, da un'estremità all'altra, ma evidentemente lo faceva per guardarmi. All'imbrunire Claretta andò a prepararsi, perché ci piace mangiare al primo turno. Manie. Il caso volle che restassi sola. Lui seguitava a passare e a guardarmi. Anch'io, ma si sa che noi donne vediamo senza guardare e gli uomini no. Improvvisamente non resistette più, mi si fermò di fronte e mi parlò con una voce profonda, una di quelle voci maschili che piacciono.

«Mi scusi» disse. «Lei sa che la sto guardando da un po'. Mi sembra stupido questo gioco di dissimulazione. Ho poco tempo e vorrei che diventassimo amici. Suppongo che anche lei vada a Bariloche, per cui non vedo ragioni per continuare a stare zitti.»

Non sapevo che dirgli. Tutto mi arrivava di colpo e tutto mi pareva volgare. In primo luogo le formule tradizionali che avrebbero usato le nostre madri e che avrebbero significato un rifiuto. Sono tempi passati ormai. Mentre cercavo una soluzione, lui andò avanti: «Mi chiamo Fernando Jáuregui. Sono medico, celibe; ho trentun anni e peso settantadue chili. Che altro? Sono stanco di vedere la pianura, le stazioni, e lei mi piace».

«Piano...» riuscii a mormorare.

«No, è questione di sincerità. Mi sono detto: "Mi piace". Ed è vero. Lei sa che può piacere agli uomini. Non dissimuli con me. Molti le avranno confermato ciò che ora le sto dicendo, forse un po' bruscamente. Insieme possiamo aiutarci...»

«Io non ho bisogno di aiuto...»

«No? Che curioso! A me sembra che tutti ne abbiamo bisogno. Anche lei, e molto. Sa perché? Perché ha una cert'aria indifesa. Forse perciò mi piace. Dev'essere assolutamente indifesa... ed anche debole, a volte. L'orgoglio ci fa tacere anche quando non c'è ragione di farlo.»

Passò un cameriere chiamando per il primo turno.

Quasi subito cominciarono a sfilare i passeggeri. Le porte si aprivano e si chiudevano, dovevamo lasciare libero il passaggio. Questo ci avvicinò di più, sulla piattaforma. Claretta uscì dallo scompartimento: guardò, controllò, calcolò. Mi disse: «Andiamo?». «Subito» le risposi. Non mi resi quasi conto che era sparita. L'arte di svanire è la prima condizione dell'amicizia.

Continuammo a parlare a lungo su quella piattaforma mobile. Il tempo correva, ma non così incanalato come le rotaie. Non so se avrai notato la stessa cosa che ho notato io, ma il movimento dei treni rapidi, le scosse, il rumore, stordiscono, predispongono all'abbandono. Possono anche avvicinare la gente.

Quell'uomo parlava con un tono fermo e appassionato, come se tutto fosse importante. Mi incoraggiava nel dialogo, ma io sentivo che le mie risposte erano triviali, grossolane. Tuttavia lui assentiva, come se le cose dette da me fossero quelle che lui sperava. Seppi che qualcosa si era spezzato definitivamente nella sua vita, forse un fallimento nel lavoro e nel modo di concepire la professione. Per questo se ne andava a tentare la fortuna dall'inizio, un'altra volta, in una regione dove tutto era ancora possibile.

«Spero» diceva «che la montagna mi faccia mettere radici. Voglio essere una pietra fra le tante vicino ai laghi, fra i boschi. Dev'essere bello sentirsi così, immobile, senza possibilità di vagare da nessuna parte. Ma vivo, sa? Le pietre possono vivere, se reintegrate. Non sempre in ciò che si muove c'è vita. Guardi la gente di città. Non le paiono ombre, ognuna in cerca di un luogo che non conosce e che forse neppure esiste? La pietra ha il suo luogo, come l'albero; ci sta, lo conforma.»

Nora, non sono una bambina. Ho conosciuto diversi uomini: alcuni mi sono piaciuti e di uno o due sono stata molto innamorata. Quel medico mi attraeva in un modo diverso. Mi faceva sentire che per lui ero qualcuno, direi quasi una persona necessaria. Era come se sentisse che la sua salvezza era nelle mie mani, anche se non sapevo da che cosa salvarlo. E, nello stesso tempo, mi sentivo sorda, inetta a comprendere, con le mie scarse capacità, qualcosa che mi sfuggiva, ne sono certa.

Passammo per alcune stazioni, ma senza fermarci. Non mi resi conto che era già notte fonda. L'ora dell'imbrunire – questo momento in cui mi sento così depressa – era svanita davanti ai miei occhi. Tornarono quelli del primo turno, Claretta... Mi guardò e, senza dire una parola, entrò nello scompartimento. Tornarono, più tardi, quelli del secondo turno. La chiacchierata continuò per molto tempo. Il vagone, silenzioso, si preparava a immergersi nel sonno. Improvvisamente disse:

«Lei sa ascoltare. Questa è una cosa che certi uomini apprezzano. Forse non è d'accordo con tutto quello che dico, ma i suoi occhi, la sua faccia, anche il suo corpo sembrano pendere dalle mie parole. Se qualcuno prima mi avesse ascoltato, forse avrei potuto... non so. La parola è una presunzione...»

«Cosa?»

«Salvarmi. Vede? L'ho detto. Senza paura. Sì: salvarmi. Sa che significa gridare, anche se senza grida, per anni interi, per i sordi? Sa cosa significa gridare qualcosa ai sordi più cari che non ascoltano nulla? E poi sentirsi giudicato, condannato, proprio da chi dovrebbe solo ascoltare, in ogni caso comprendere?»

Forse lui non sapeva che io non potevo fare altro che ascoltarlo. Ti dirò francamente: non ascoltavo le parole, solo la voce... Mi bastava. A momenti mi spingevo anche a guardare i suoi occhi, per vedere se dicevano qualcosa alla mia bocca o al mio corpo. Poi, diciamo a una certa età (la nostra), impariamo ad ascoltare quello che dice un uomo, e soprattutto quello che non dice. Sarebbe stato terribile che lui lo indovinasse in quel momento, sulla piattaforma solitaria. Terribile, sì, ma positivo. Io mi limitavo a dire di sì, a fingere un'attenzione che lui esigeva per certi problemi, non ricordo più quali. Avrei voluto accoglierlo in me, nello stato in cui si trovava, dargli conforto, colmarlo d'affetto; perché dopo avermi parlato di tante cose lo sentivo vuoto. La voce mi si attaccava, mi bruciava e mi faceva tremare. Giunsi a temere che non avrei più potuto prescinderne e che, se avesse taciuto, mi si sarebbe spenta una luce, o un calore acceso da poco. Lui sembrò tornare al dunque.

«La sto annoiando... Sono sempre stato un chiacchierone incallito. E mi sembra già tardi per cominciare di nuovo. Ma, se fosse possibile, mi piacerebbe iniziare con una donna come lei. Voglio dire una donna capace di unirsi a un uomo.»

Non potevo dirgli che mi sentivo già unita e che l'inizio mi sembrava possibilissimo.

Poi volle che parlassi di me. Era come sciorinare le mie cose senza importanza davanti a qualcuno che ha visto tutto. Mi parevano diverse e senza senso, ma lui le valorizzava, dava importanza a ciò che era banale, trovava somiglianze fra noi due. Compresi che gli piaceva accumulare fallimenti, delusioni, ed io ho conosciuto tutto questo.

Ma non voleva ispirare compassione o pietà; era sincero e spontaneo. Non ho mai incontrato un uomo più bambino.

«Fernando,» gli dissi «facciamo amicizia. Io passerò solo un periodo, il tempo di un'escursione. Ma Bariloche non è la fine del mondo, anche se è la fine del deserto e questo forse significa abbastanza, se intende ciò che voglio dire. Un giorno tornerò a Buenos Aires, anche lei ci verrà, e ci vedremo.»

Mi guardò con gli occhi bene aperti e con una gratitudine di cucciolo accarezzato. Aggiunsi:

«Forse allora, se non avremo cambiato idea, potremo provare» cercai la parola «... non so, tentare di trovare la via d'uscita. Non bisogna perdere la fede.»

Cambiai di tono, per paura di parlare ancora: «La vedo domani?».

Non rispose subito ed io sentii che pensava ad altro,

lontano mille leghe dal viaggio, dal giorno seguente, da un prossimo incontro ottimistico.

«Sì...» mi disse. «Cercherò di trovarla in paese. Ho una specie di radar per la gente che amo... No: non si spaventi della parola. Tutta la vita mi è successo così. Amo o non amo, ma improvvisamente. Quando conosco qualcuno, lo so di colpo, o l'amo o non l'amo.»

Deve aver letto la meraviglia in me, o forse dev'essergli venuta la vaga idea di star svolgendo il ruolo più assurdo di tutta l'aneddotica ferroviaria.

Non so perché ricordai *Il treno espresso*, le romanticherie delle ore piccole. A quel punto non mi importava più nulla.

Gli tesi la mano. Lui la prese fra le sue, che sentii fredde e appiccicose. Mani di animale spaurito. Le sue mani non erano come la voce.

«Ora dovrei baciarla, no? Questo farebbe un Don Giovanni in vacanza. Ma non è il nostro caso. L'ho baciata varie volte, mentre parlavamo, per cui... Non mi guardi così, non è cinismo. Sono sincero, gliel'ho già detto. Non ha mai pensato che cosa potrebbe succedere un giorno se tutti fossimo assolutamente sinceri? Si dice che forse un giorno la gente indovinerà il reciproco pensiero, senza parole. Non so quello che potrà succedere allora.»

«Addio, Fernando. So già che mi ha baciato mentre mi guardava. Qualunque donna lo sente. Questi baci possono essere buoni o cattivi. Dipende... I suoi non sono stati baci del tutto cattivi. Forse ha il diritto di pensare che... be'... che sono stati baci con risposta. Mi cerchi domani.»

Me ne andai, rapida, impaurita. Impaurita di me, naturalmente. Dallo scompartimento sentii i passi che si allontanavano nel corridoio. Claretta dormiva e le ruote del treno cominciavano a stridere sulle curve delle prime salite.

Quando albeggiò, il deserto non c'era più. Passammo per un valloncello con pecore. Le guardavo attraverso la serranda del finestrino, appena aperta. Non avevo potuto dormire, ma non me ne lamentavo. Anch'io dicevo addio al deserto.

Ma non lo vidi. Arrivammo, ci sistemammo, ci stordimmo in quella mescolanza di natura in pace e gente in guerra che offre ora questo luogo. Claretta scrive cartoline che probabilmente arriveranno dopo di noi. Io aspetto qualcosa. Mi viene in mente che quella voce può materializzarsi quando meno ci penso. Appena sarà percepibile, ti scriverò; o ti racconterò, al ritorno. Quella voce. Ma... le mani di Fernando. Un abbraccio, *Margherita*.

Altra lettera dallo stesso punto di partenza

Bariloche, 23 gennaio 197...

Signor Gerente di Lanera del Sur, don Waldo Behring. Illustre Capo: ho trovato l'uomo! È un medico giovane, con una certa pratica, senza voglia di tornare a Buenos Aires. Il mostro lo ha ferito. In questo volgere di secolo ha il male del secolo. Ha sentito parlare di de Musset? Era un poeta romantico del secolo XIX. Anche lui aveva il male del secolo, ma non era medico. Se il tipo viene ben pagato, se avrà casa, servizi, pulizie, resterà a curare la salute del personale. E il ministero non potrà fare difficoltà: se ce ne curiamo o meno. Sa bene che, con i tempi che corrono, bisogna prevedere tutto. Gli ho fatto una proposta e non ha discusso neppure la cifra; nemmeno l'argomento vacanze, nulla. Questo sì: vuole una capanna solo per lui. Vuole confondersi, non so come, con le pietre, l'acqua e i boschi. Non creda che si tratti di un folle; piuttosto, ha troppa immaginazione; ma tutti abbiamo qualche difetto. Dev'essere un po' malato, o debole, perché l'ho visto molto pallido e batteva i denti dal freddo in pieno luglio. Abbiamo preso un whisky insieme nella sala da pranzo, la prima sera del viaggio. Poi l'ho visto solo di passaggio chiacchierare con una bionda, sulla piattaforma. Segno di normalità: buon segno. Abbiamo stabilito di vederci la settimana prossima. Non sono un genio? Prepari il pranzo per il festeggiamento. La saluta *Marcello Rivas*.

Telegramma dalla stazione di Niribuau

Al Capostazione di Bariloche. Caso strano treno Costituzione. Passeggero rinchiuso carrozza «D», scompartimento 25/26. Avvisi Polizia per arrivo. *Fernandez*.

Diario di Fernando Jáuregui

20 gennaio

Ho deciso. Me ne vado. Parte il treno, lentamente. Così facciamo i primi passi quando non siamo sicuri di agire bene. Ma non posso più restare! Nella città morirei e prima di morire devo reintegrarmi. Non temo la morte; la temo ora. Quando mi sarò radicato, non mi importerà. Per ora questo non mi è capitato; quindi, la temo. È da molto che mi trascino dietro solo delusioni e – lo ammetto – rancori. Contro cosa? Contro tutto e contro tutti. Non mi importa del denaro, l'invidia non mi tocca, non ho troppa fede nell'amore. Vedo in tutto il fallimento. Forse il fallito sono io. Ed ho bisogno di trovare qualcosa in cui credere. Non so se vincerò o perderò, ma devo tentare. È una specie di dovere morale. Anche se morirò. Incominciano a sfilare le stazioni ed ho sonno... L'uomo non è mai stato capace di vegliare. Già viaggio verso l'astratto. Come sempre. Solo qualcuno che fosse più che uomo potrebbe vegliare fino alla fine. Ho molto son...

Telegramma del Capo della Polizia di Bariloche al Giudice di turno

Signor giudice: sul treno 112, proveniente da Piazza della Costituzione, carrozza «D», scompartimento 25/26, è stato trovato un uomo morto. Non ci sono indizi di suicidio. Continuerò le indagini e comunicherò i risultati. *Calixto Vazquez.*

Rapporto dei medici forensi nel giudizio

Signor Giudice, d'accordo con l'incarico affidatoci, abbiamo proceduto ad esaminare il cadavere del passeggero morto sul treno 112, proveniente da Piazza della Costituzione con destinazione San Carlos de Bariloche. Dopo un'approfondita analisi siamo giunti alla conclusione che è deceduto per un infarto al miocardio. Di conseguenza, escludiamo assolutamente la possibilità di un suicidio o di un gesto criminoso proveniente da altro individuo. A giudicare dalla rigidità muscolare, dallo stato dei tessuti, dalla pupilla e dagli altri precedenti medico-legali, riteniamo, pienamente d'accordo, che la morte si sia verificata fra le sedici e le diciassette del venti gennaio scorso, cioè, in breve, dopo la partenza del convoglio da Piazza della Costituzione. È quanto possiamo rendere noto alla S.V. Dio vi guardi. *Ernesto Plante, Jacobo Bernstein, Asdrubal Coviello.*

LA CATENA
di Angel Bonomini

Il giorno in cui fu inaugurato il C.C.C. di Neuquén, Donato Álvarez, mio cugino (lo chiamavamo il Rosso per via dei capelli) ed io entrammo in quel locale. Credo che fossimo i primi clienti. Scegliemmo il tavolino davanti, a destra. Da lì vedevamo il soave avvallamento di Piazza Irlanda.

Il Rosso è piuttosto taciturno mentre io mi distinguo per la mia chiacchiera. Sin da piccoli siamo vissuti insieme nella casa che fu di mia nonna. Abbiamo sempre condiviso la stessa stanza e ricordo che lui interrompeva le mie perorazioni notturne con il suo subitaneo russare. Entrammo, come dicevo, nel C.C.C. e, non appena comparve l'unico cameriere che riceveva i clienti, gli facemmo i nostri commenti (gli feci i miei, per l'esattezza) sul locale, veramente ben fatto. Rispose seccamente che era opera dell'architetto Galindez e che in quello stesso giorno si inauguravano tutte le sedi della catena.

Chiedemmo caffè e dadi. La mattina era fresca e il solicello arrivava fino agli angoli del locale. Tutto brillava: rubinetti, attaccapanni cromati, caraffe, bicchieri, bottiglie e ripiani dei tavolini, coperti da una plastica che attutiva le botte dei dadi. Molte cromature, molta plastica, tutto tirato lucido a specchio. Tanta brillantezza dava quasi fastidio.

Con una certa perversità l'architetto Galindez ripeté lo stesso progetto nelle numerose sedi della catena

C.C.C. Ne venne fuori un identico caffè disseminato nei diversi angoli della città. Diversi ma non difformi. La disseminazione non era stata fatta a casaccio. Tutti gli edifici erano stati costruiti di fronte a una piazza, sempre ad un angolo in diagonale con la piazza stessa. In questo modo dalle finestre di ogni sede (specialmente da quelle della facciata che faceva angolo) si ripeteva, con leggere varianti, un paesaggio similare.

Non si può dire che il nostro bar avesse il fascino di quelli di una volta. I condizionatori impedivano che il fumo e l'aria raggiungessero la densità dei vecchi caffè. Il cameriere si comportava più da infermiere che da servitore. Si chiedeva il caffè, si faceva un commento sulla partita del giorno prima o del giorno dopo e, senza ottenere risposta, si riceveva in cambio uno sguardo (che il Rosso definì «professionale», anche se nessuno di noi due si pose il problema di delucidare la professione corrispondente), uno sguardo che, pur non rispondendo, bastava a soddisfare l'interlocutore. Vale a dire: tacere sarebbe stato offensivo da parte sua, ma tacere con quello sguardo era un modo, per quanto vago, di rispondere.

Come sempre giocai con il Rosso un paio d'orette. Ci giocammo dei caffè. È un modo come un altro per passare il tempo, specie ora che siamo in pensione: fumare, giocare (abbastanza silenziosamente), ordinare qualche caffè e guardare la piazza. Soprattutto molto tranquillo, perché di mattina al C.C.C. non veniva nessuno. Pare che di pomeriggio fosse pieno di ragazzi dell'Istituto tecnico di via Gaona. Ma noi ci capitavamo sempre verso le dieci e ce ne andavamo a mezzogiorno, mezzogiorno e un quarto.

Una ventina di giorni fa, un martedì, mentre tornavamo a casa a pranzare, il Rosso, cosa rara, aprì bocca:

«Che te ne pare se uno di questi giorni andiamo in un altro C.C.C.?»

Il Rosso sarà taciturno, ma ogni volta che parla c'è

un motivo. Io, quasi mortificato (devo riconoscerlo), perché l'idea non era venuta in mente a me, obiettai:

«E perché, se questo è a solo sei isolati di distanza?»

«Be', non so» rispose mio cugino.

Restai zitto. Arrivammo a casa e mangiammo. Non faccio per dire, ma tanto mia sorella quanto la sorella del Rosso sono le migliori cuoche di Buenos Aires. Tutto semplice, niente di particolarmente ricercato, ma i ravioli sono ravioli e la pancetta pancetta. Mangiammo e andammo un momento a stenderci sul letto. Io leggo «*La Nación*» e mio cugino «*Clarín*». Come ho detto prima, abbiamo sempre diviso la stessa stanza. Gli commento ancora quello che leggo (come quando eravamo ragazzi), ma lui non mi risponde mai. Improvvisamente lo sento russare e capisco che è meglio girarsi e dormire.

La sua idea mi aveva interessato più di quanto credessi. Non appena mi svegliai ebbi il sospetto, non la certezza, di aver sognato le sedi del C.C.C. Sono sicuro soltanto che mi tornò alla memoria una frase del cameriere il giorno dell'inaugurazione. Non avevo mai pensato a quel commento e non avevo neppure coscienza di averlo recepito. Era l'«avvertimento» (non potei neppure rendermi conto del motivo che mi spingeva a definire quel dato come «avvertimento») che tutte le sedi erano eguali ed erano state inaugurate lo stesso giorno. Lo feci notare al Rosso, che, senza metterlo in dubbio, fu d'accordo con la mia osservazione. Ma neppure lui poté chiarire perché quella frase gli era rimasta nella memoria come detta in maniera segretamente minacciosa.

Comunque, pare che l'avessimo immagazzinata come una velata minaccia, anche se, quando il cameriere la pronunciò, non sembrava avere in realtà una coloritura aggressiva.

Il mattino dopo uscimmo di casa come tutti i giorni, verso le nove e mezza. Arrivati all'angolo di Biedma y Neuquén, mio cugino fece l'ultimo tentativo.

«Allora non vieni?»

«No. Io vado al nostro caffè» gli dissi tagliando corto, come se quella decisione di indipendenza mi rendesse più grande.

«Bene» rispose il Rosso con la sua eterna aria di indifferenza e rassegnazione.

Lo vidi salire sull'autobus ed io proseguii per la mia strada. Mi sedetti al tavolino di sempre e – lo ammetto – non potei evitare un senso d'offesa che si trasformò rapidamente in malumore. Gli atti unilaterali del Rosso mi provocano sempre lo stesso stato d'animo. Li sento come un tradimento da parte sua. Io seguo le abitudini, invariabilmente, mentre lui è capace di cambiarle come se nulla fosse. Ero immerso in questi pensieri quando comparve il Rosso. Entrò come un ciclone. Vidi la sua faccia trasformarsi e notai, occorre dire, un certo terrore nei suoi occhi:

«Che fai qui?» mi chiese a voce molto bassa e con esagerata incredulità.

«Che ci fai tu?» gli ribattei sorpreso.

«Non mi hai detto che non volevi andare all'altra sede?»

«Non fare il tonto» gli risposi irritato.

Il Rosso fece una faccia di circostanza, ma, quando si avvicinò il cameriere, sembrò sul punto di svenire.

«Ti senti male?» gli chiesi con vera preoccupazione.

«No» rispose. «Sto bene, sto bene.»

Chiese il caffè ma non volle giocare. Erano le undici e mezza e gli proposi di tornare a casa. Uscimmo. Io per primo. Aspettai un momento sul marciapiede, ma il Rosso, che veniva dietro di me, scomparve di colpo. Rientrai o, per meglio dire, mi affacciai e diedi un'occhiata all'interno del locale. Il Rosso non c'era.

«È uscito» disse il cameriere.

Mi stancai di aspettare. Pensai che mio cugino fosse mezzo suonato e me ne andai da solo verso casa. Mia sorella e mia cugina (la sorella del Rosso) si sorpresero a vedermi entrare solo. Non feci commenti e mi misi in camera. Mezz'ora dopo arrivò mio cugino.

«Dove ti sei cacciato?» mi domandò a voce bassa, ma mezzo gridando.

«Dove ti sei cacciato tu!» gli risposi indignato.

«Andiamo a mangiare» quasi ordinò il Rosso. «Poi devo pensare ad una faccenda.» E aggiunse: «Sei andato al C.C.C. di Neuquén, no?».

«Certo» dissi allarmato, perché cominciavo a non vederci chiaro. «Non eravamo insieme? Quello che non so è dove ti sei cacciato quando siamo usciti.»

«Bene» disse il Rosso con gli occhi chiusi. «Meglio che non mangi. Ora lasciami pensare. Poi parliamo.»

Mangiai con le donne. Quando non siamo noi quattro insieme, tutto va a gambe all'aria. Dev'essere per l'abitudine e perché cominciamo a diventare vecchi. Fatto sta che quasi non toccai cibo, nonostante di mercoledì ci siano le lenticchie con salsiccia e, per me, come le preparano a casa, sono il meglio che si possa mangiare al mondo.

Tornai in camera e ci trovai il Rosso seduto sul bordo del letto.

«Vieni» mi disse. «Ho già risolto tutto. Domani lo constaterai anche tu. Siamo caduti in una trappola.»

«Sei mezzo partito» lo accusai.

«Sta' a sentire» disse autoritario e mi spiegò quello che era successo.

Lui aveva preso l'autobus a Biedma y Neuquén, dove ci eravamo separati. Era andato direttamente alla sede del C.C.C. di piazza Lezica. Quando arrivò fu sorpreso di vedermi. Entrò ed avemmo una conversazione che mi ripeté testualmente. Era la stessa che avevo intrattenuto con lui vedendolo entrare come un ciclone nel nostro caffè di tutti i giorni, a Donato Álvarez y Neuquén. Quando il Rosso vide avvicinarglisi lo stesso cameriere, divenne pallido, perché il sospetto che gli stessi facendo uno scherzo, mostrando di non sapere di «trovarmi a Lezica», sfumò nel vedere lo stesso ragazzo di tutti i giorni. Quando «l'altro io e il vero Rosso» – raccontò mio cugino – uscirono dal C.C.C. di Lezica, sembra che io fossi scomparso. Al contrario di quello che era successo a me.

Il Rosso arrivò alla seguente conclusione: tutti i giorni, in tutti i C.C.C., c'eravamo lui ed io alla stessa ora, ripetuti, moltiplicati. Avrei potuto verificarlo il giorno dopo. Lui si sarebbe seduto al tavolino del nostro solito caffè. Io avrei dovuto prendere un taxi e raggiungere la sede che volevo, senza dire prima a mio cugino in quale sarei andato. Potevo scendere o restare nel taxi e proseguire per un'altra sede. In tutte avrei visto duplicata la presenza del Rosso, allo stesso tavolino dell'angolo corrispondente. Potevo entrare e parlare con un Rosso falso. Le stesse frasi me le avrebbe ripetute il Rosso vero una volta arrivato al «nostro» C.C.C.

Proprio così. Facemmo la prova. Fu come aveva detto il Rosso. Fummo presi dal panico. L'idea che ogni volta che io bevevo una tazzina di caffè c'erano vari Rolandi (io mi chiamo Rolando), che alzavano la mano simultaneamente, mi riempì d'orrore. Pensare che ogni volta che facevo un *full* d'assi e di quattro c'era una quantità di Rolandi – tanti quante le sedi del C.C.C. – che facevano un'identica esperienza, mi provocò una specie di nausea. Ebbi voglia di vomitare ma mi trattenni. Tutti i giorni, quando entravamo nel locale di Donato Álvarez, negli altri locali del C.C.C. entravano altrettanti Rossi e Rolandi.

L'idea che non eravamo più unici provocava una paura insostenibile. La molteplicità, tuttavia, si produceva esclusivamente all'interno delle sedi della catena. Arrivammo alle seguenti conclusioni: *1)* la nostra presenza in una sede ne provocava la ripetizione simultanea in tutte le altre; *2)* se avessimo assassinato uno dei personaggi falsi, avremmo provocato la morte di tutti quelli corrispondenti; *3)* non potevamo ucciderli «da fuori» perché, se fossimo mancati nel nostro caffè, saremmo stati assenti da tutti; *4)* se il Rosso avesse sparato al Rolando di Lezica o di Belgrano, avrebbe ucciso tutti i Rolandi, ma anche me, nonostante fossi nel «nostro»; *5)* l'unica garanzia per liquidarli tutti era suicidarci, il Rosso ed io, a Donato Álvarez y Neuquén, allo scopo di provocare il suicidio simultaneo di tutti i nostri multipli (questa soluzione non ci piacque).

Alla fine ne trovammo un'altra. Non so se ho detto che mio cugino era pensionato delle Industrie Militari (sottocapo del deposito materiali) e che io avevo lavorato fino all'anno scorso nella gioielleria Escasany. Questi dati serviranno a far capire dove trovammo l'esplosivo e chi fabbricò la bomba.

L'abbiamo collocata ieri. Abbiamo giocato come tutti i giorni. Alle dodici e dieci in punto siamo usciti. Ci siamo seduti su una panchina della piazza e alle dodici e trenta in punto abbiamo visto trasformarsi in rovine il C.C.C. di Donato Álvarez y Neuquén.

Nell'edizione pomeridiana della «*Razón*» – che non abbiamo mai comprato salvo ieri – è uscita la notizia: erano state distrutte simultaneamente tutte le sedi del C.C.C. Il giornale commentava che non erano state «semplici mani criminali», ma che si trattava senza dubbio di un'organizzazione estremista esperta nelle «più sofisticate tecniche di *commando*». Il giornale aggiungeva che la coincidenza dell'arrivo di un famoso industriale americano – proprietario della maggioranza delle azioni – con l'atto terroristico non era casuale.

Abbiamo scelto la giornata di ieri per mettere la bomba: forse il Rosso è stato troppo preciso nella scelta – caparbio, direi –, ma giuro che io, perlomeno io, non avevo il più lontano sospetto dell'arrivo di quel signore.

Gli ultimi

Non pochi autori, nati dopo il '30, hanno mantenuto legami più o meno evidenti con quella che Luís Revol chiama «la tradizione fantastica argentina». Fra di loro, particolarmente importanti, Abelardo Castillo e Eduardo Gudiño Kieffer.

Nella narrativa di Castillo persistono aspetti legati al fantastico nazionale: la visione archetipa della realtà, presente in quello che è certamente uno dei suoi testi migliori, El otro Judas*; l'inversione dei valori, che fa pensare un po' a Wilcock e alla Ocampo; la ritualizzazione dell'insolito, che in* Las panteras y el templo *ricorda, naturalmente, H.A. Murena. Ma la sua narrativa si muove tra una «crudeltà» più tremenda che fantastica e l'esigenza di demitizzare quei falsi o presunti valori che hanno prodotto gli avvenimenti più luttuosi della storia nazionale. Il tradimento, come motivo epocale, conseguente alla caduta di Juan Domingo Perón (1955), è alla base di molti racconti, da* Las otras puertas *(1963) a* Cuentos crueles *(1966). Castillo ribalta la stessa nozione del «tradire», che diventa una forma di autenticità: un'infedeltà necessaria, capace di liberare l'uomo da vincoli che sono in realtà violenze morali ed usurpazioni della volontà altrui. Questa trasformazione in senso esistenziale, e in una certa misura testimoniale, della «tradizione fantastica» è particolarmente evidente in quei racconti che sono, o sembrano,* variazioni *da Borges e Cortázar. Ma la restituzione del «vissuto» nell'opera di Castillo innesca, per* contro, una modalità propria di fantastico, che richiama Guy de Maupassant. Non a caso I miei vicini battono colpi è il racconto più agghiacciante di quest'antologia.

In una recente intervista Eduardo Gudiño Kieffer ha elencato ampiamente i suoi debiti con Mujica Lainez, Macedonio Fernandez e Cortázar. Soprattutto nelle sue prime opere, Para comerte mejor e Fabulario, è evidente la parentela con i maestri del fantastico. Buenos Aires è la «megalopoli delirante», che fa da contenitore alle sue storie: «Qui tutti i tempi si concentrano in un solo tempo (ora), tutte le storie sono la piccola, miserabile e personale storia di ogni abitante della città. Come se si ripetessero il ciclo di Minosse, quello di Teseo, degli Atridi, degli Argonauti, di Gilgamesh, Adamo, Noè...». Ma l'intrinseca magia dello stile rende inoperante qualunque distinzione tra realtà e fantasia, tra presente e passato. In Belle, come in altri racconti, è il potere incantatorio del linguaggio a generare il fantastico ed a renderlo plausibile nel giro di un quasi refrain. I personaggi di Gudiño Kieffer, che l'autore definisce «picareschi», assomigliano, in un certo senso, a quelli di un Robert Walser o di un Joseph Roth: non reagiscono minimamente a quello che «gli altri vogliono fare di loro», convinti che la loro vita, come quella di tutti, è stata già scritta e a nulla valgono gli sforzi per cambiarla. È in fondo la stessa sensuale, e fatale, acquiescenza del protagonista di Belle, la cui compiaciuta metamorfosi è un ennesimo capitolo di quell'«antropofagia amorosa» a cui Gudiño Kieffer ha dedicato le sue pagine migliori.

I MIEI VICINI BATTONO COLPI
di Abelardo Castillo

«Se esistono sulla terra altri esseri diversi da noi, com'è che non li conosciamo e non li abbiamo mai visti?

Perché suppongo che non mi vorrà far credere che lei li abbia visti.»

Guy de Maupassant

I miei amici, i buoni amici che ridono con me e forse mi amano, non sanno perché, a volte, sobbalzo senza motivo apparente e interrompo improvvisamente una frase ingegnosa o la narrazione di una storia e giro gli occhi verso gli angoli, come chi ascolta. Essi non sanno che si tratta dei rumori, di certi rumori (come di qualcuno che picchi, come di qualcuno che chiami con un colpo sordo) la cui origine si trova dall'altro lato delle pareti del mio appartamento. A volte il suono cessa immediatamente, e allora è soltanto un allarme, o forse una supplica velata, che può confondersi con uno qualunque dei rumori che si sentono nelle case molto vecchie. Io sospiro e, un attimo dopo, riallaccio la conversazione, posso scherzare e parlare con intelligenza. Anche con calma. Quella specie di calma che sono capaci di dimostrare le persone eccessivamente nervose, anche se sanno che lì, dall'altro lato, c'è chi in qualunque momento può chiamare di nuovo.

Ma altre volte i colpi si ripetono con insistenza e mi vedo obbligato ad alzare il tono della voce, a ridere con forza o a gridare come un pazzo. I miei amici, che ignorano del tutto quello che accade nella grande casa vicina, affermano allora che devo curare i miei nervi e optano per non contraddirmi; lo fanno con buone intenzioni, lo so, ma ciò dà luogo a situazioni ancora più terribili, perché, nella mia ansia di evitare che sentano il tumulto, comincio ad alzare la voce per ogni motivo, insensatamente, finché loro non scuotono il capo con un'espressione che significa: "È già tardi". E mi lasciano solo.

Non ricordo con esattezza quando cominciai a sentire i colpi: tuttavia, ho ragione di credere che il richiamo si ripeté per molto tempo prima che io giungessi ad avvertirlo. Anche mia madre, ne sono sicuro, li ascoltava: più di una volta, quand'ero bambino, l'ho vista guardarsi intorno furtivamente, o con le orecchie attente, incollate alla parete. Allora io non potevo mettere in rapporto con essi i suoi atteggiamenti, ma, in qualche modo, ho sempre intuito che il misterioso edificio (il bianco ed enorme edificio circondato da giardini profondi e da un alto muro) contro il quale, con un muro in comune, è stata edificata la nostra stessa casa, nascondeva qualche grave segreto. Ricordo che una mezzanotte mia madre si svegliò gridando. Aveva gli occhi spalancati e mi sembrava che nessuno al mondo potesse aprire gli occhi in quel modo. Una strana espressione le storceva la bocca, un'espressione che, in certo modo, somigliava ad un sorriso; ma era molto più larga di un sorriso comune; si estendeva ad entrambi i lati del volto come le smorfie di quelle maschere che avevo visto al Carnevale. Sorridendo e guardandomi così, mi disse, come chi racconta un segreto:

«Hai sentito?»

«No, mammina» risposi e la contemplavo estasiato, perché non avevo mai visto un volto così straordinario e divertente come quello che allora aveva mia madre.

«Sono loro» mormorò, muovendo rapidamente gli occhi da tutte le parti, come se temesse che qualcuno che non ero io potesse ascoltare la nostra conversazione. «Essi vogliono che vada.»

Quella notte ridemmo e io dopo mi addormentai tranquillamente fra le sue braccia. Al mattino mia madre non ricordava niente o non voleva far notare che ricordava, e a partire da allora divenne sempre più chiusa e cominciò a dimagrire. Usava, lo ricordo, un lungo camicione bianco che la faceva sembrare molto più alta di quello che in realtà era, e scivolava lentamente vicino alle pareti. Sono sicuro, sì, che lei sapeva chi viveva dall'altro lato ed è probabile che lo sapessero anche i miei parenti, i quali – di tanto in tanto e, con il passare del tempo, ogni giorno con meno frequenza – erano soliti visitarci; perché in più di un'occasione li ho sentiti rimproverare mia madre:

«Ma, Caterina cara, non avevi un altro posto in cui stabilirti che a fianco di un...»

E tacevano o abbassavano il tono. Anche se, qualche volta, io credetti di capire la parola che essi non osavano pronunciare a voce alta. E poi aggiungevano che quel posto non era il più indicato per lei e neppure per il bambino, per me, così delicato, e indubbiamente si riferivano al nostro temperamento, e a quello di tutta la famiglia, eccitabile e così strano.

Un giorno infine la portarono via. Lei non pareva del tutto d'accordo perché gesticolava e, a quanto ora mi pare, gridò anche. Ma allora io ero molto piccolo ed evoco confusamente quegli anni, tanto che non potrei neppure assicurare che fossero i nostri familiari quelli che la trascinavano via quel giorno. In ogni modo la mia prima comunicazione diretta con loro, quelli che vivono dall'altro lato, risale ad un'epoca molto posteriore alla mia infanzia.

Qualcosa, qualcosa di triste o di orribile doveva essermi successa quella notte, perché, arrivato a casa e rinchiusomi nella mia stanza, appoggiai la testa contro il muro. Al momento di farlo sentii un rumore, un atroce scricchiolio, come se in realtà invece di accostarmi alla parete mi ci fossi scagliato contro. Ed ora che ci penso, fu proprio questo che accadde, perché dopo io mi trovavo disteso al suolo e il cranio mi doleva spaventosamente. Allora, sentii un suono analogo – o meglio identico – a quello che aveva fatto la mia testa un secondo prima.

Non so se devo raccontare quello che successe dopo.

Tuttavia, non è troppo incredibile: a tutti è accaduto di sentire un colpo attraverso il tramezzo della propria abitazione e di avvertire l'incontrollabile esigenza di rispondere; non deve meravigliare, quindi, che dall'altro lato arrivasse una specie di risposta, e che io stesso, subito dopo, ripetessi l'esperimento. Quella notte mi divertii abbastanza. Ridevo, credo, fragorosamente ed emettevo ogni specie di grida immaginando, dietro la parete, un uomo adagiato al suolo che dava testate contro lo zoccolo.

Questa, come dico, fu l'inizio della mia comunicazione con gli abitanti della casa vicina (scrivo «abitanti» perché, col tempo, ho notato chiaramente che dall'altro lato c'è, con tutta sicurezza, più di una persona, e suppongo anche che facciano a turno per picchiare), casa che i miei parenti non hanno mai menzionato a voce alta, perché non osavano, ma che mia cugina Laura nominò chiaramente, un pomeriggio, un secondo prima che le tappassero la bocca, quando, indicandomi con il suo dito malvagio, disse:

«Lui vive a fianco di un matrimonio.»

O forse disse un'altra cosa, una parola che alle mie orecchie di bambino suonava come matrimonio. Per questo i miei amici, i buoni amici che ridono con me e che forse mi amano veramente, ignorano il motivo dei miei repentini soprassalti quando loro, quelli che vivono di là dalla parete, mi avvertono che non si sono dimenticati di me. A volte, come ho detto, è un richiamo sordo, rapido – una specie di esplorazione o di velata insinuazione – che cessa immediatamente e può non ripetersi per ore, giorni ed anche settimane. Ma in altre occasioni, negli ultimi tempi soprattutto, si trasforma in un tumulto imperioso, violento, che viene dallo zoccolo a circa trenta centimetri dal suolo – il che non lascia àdito a dubbi sulla posizione in cui picchiano, giacché conosco lo strumento che utilizzano per tentarmi – e sento che devo rispondere, che è inumano non farlo, perché tra quelli che chiamano può esserci qualche persona amata, ma non voglio udirli e parlo a voce alta, e rido a squarciagola, e grido in tal modo che i miei amici, i miei buoni amici scuotono la testa con un'aria triste e finiscono per lasciarmi solo, senza capire che non dovrebbero lasciarmi solo, qui, nel mio appartamento confinante con il grande edificio bianco, la grande casa bianca dove sono loro, nascosta tra profondi giardini e difesa da un alto muro.

BELLE
di Eduardo Gudiño Kieffer

Sente la mano tiepida, affettuosa ed esigente di Belle che si posa sulla sua testa e l'accarezza contropelo; sente le affilate unghie di Belle penetrargli nell'orecchio sinistro e grattargli soavemente la vellutata pelle dell'interno; sente che Belle lo ama e prova anche un'acuta sensazione di colpa per non essersi abbandonato sin dall'inizio, dal momento in cui capì che l'avrebbe amata senza riserve, senza meschinità, senza menzogne, senza scrupoli. Ed ha voglia di chiederle perdono per quella prima (assurda) sfiducia ed alza i suoi occhi pentiti, e i suoi occhi pentiti si levano verso gli occhi di Belle che non si sono mai pentiti di nulla, e che forse per questo sono molto molto più potenti dei suoi occhi pentiti, tanto che deve abbassare le palpebre e restarsene lì, rannicchiato, a sentire quella mano tenera, ma esclusiva e imperiosa, mano di amante e quasi di carnefice, mano di Belle sotto la quale è così dolce appisolarsi, così, sensualmente, ascoltando crepitare il fuoco nel camino, aspirando il profumo (ambra?) di Belle, cadendo in un sopore monocromo attraverso il quale vede se stesso una settimana prima, quando per la prima volta si era imbattuto in Belle nel Père Lachaise, che non è il luogo ideale per incontrarsi con una donna, ma possiede un certo macabro fascino, una certa funebre poesia. La verità è che lui era spinto soltanto da uno stupido prurito nazionalista: era stato ad una chitarrata nel Padiglione Argentino e in seguito a una scommessa cercava il salice che un creolo (era Ascasubi, no?) aveva piantato vicino alla tomba del poeta francese, il quale chiedeva precisamente questo (un salice *post mortem*). Naturalmente cercare la tomba di un poeta (senza sapere qual è) nel Père Lachaise era come cercare un ago nel pagliaio. Lui camminava disorientato, dandosi quasi per vinto, quando in fondo all'avenue Greffulhe aveva visto la ragazza vestita di verde avanzare verso di lui, sorridergli e offrirsi come guida ("È il colmo dell'organizzazione," pensò "ciceroni con *sex-appeal* nei cimiteri".).

Aveva sorriso a sua volta, stupidamente, senza volerlo, e le aveva raccontato che andava in cerca di un salice che si trovava vicino alla tomba di un poeta, e lei si era messa a ridere e aveva detto: «Ah, de Musset!». Ed aveva recitato immediatamente con una voce liquida e meravigliosa, tutto di seguito senza punti né virgole: «Mes chers amis quand je mourrai plantez un saule au cimetière J'aime son feuillage éploré la pâleur m'en est douce et chère et son ombre sera legère à la terre où je dormirai».

Lui si fermò, e restò completamente muto, guardandola con due occhi grandi così. Ma lei sorrideva tutto il tempo e gli indicò dove si trovava la tomba che cercava: nell'avenue du Puits, lontanissimo dal luogo dove si trovavano, all'altra estremità del mondo (o del cimitero, che è lo stesso).

Ma non andarono a vedere il salice. Né de Musset. Passeggiarono vicino al mausoleo di Abelardo ed Eloisa e uscirono da una porta nascosta nel boulevard de Ménilmontant; si sedettero in un caffè e presero birra e parlarono, e lei disse di chiamarsi Belle e lui disse di chiamarsi Carlos, e disse anche (naturalmente) di essere argentino e, sapendo di cadere nelle cose di sempre, fischiò quattro passaggi della *Cumparsita*, e lei rise e disse: «Oui, je connais», e poi, senza sapere come, si diedero un appuntamento per il giorno dopo, e tutto era già iniziato, così vanno le cose.

Quella notte, solo nella sua stanza dell'Hotel Fiat (altro miracolo dell'ASTEF), si mise a pensare allo strano incontro e gli venne immediatamente il sospetto. Ragazza vestita di verde + cimitero + appuntamento = brutto segno. Decise di non andare e si addormentò tranquillamente, ma al mattino cominciò a sognare gli occhi verdi di Belle ed erano tanto verdi che coprirono subito con la loro luce le pareti, il soffitto e le coperte; tanto verdi che per dimenticarli dovette ricorrere a una vecchissima edizione di *La tentation de Saint Antoine* nella versione del 1849 (eredità del nonno, che era un riccone ed aveva studiato a Parigi). Alla fine si addormentò ripetendo una frase: «Si le diable a un corps».

In ogni caso era un corpo splendido. Pensò a questo il giorno dopo, quando poté osservare Belle che si avvicinava al luogo dove lui l'aspettava. Diciamo (è giusto) che lei aveva fissato il luogo: Saint-Merri. Lui disse: «Bene, è uguale, fa lo stesso». Arrivò presto e si fermò a guardare l'estremità dell'ogiva del portale di centro, dove una scultura in pietra (di non più di trenta centimetri) rappresenta un demonio dalla doppia natura: due seni evidentemente femminili che emergono da un villoso petto maschile; ali semiripiegate dietro, sesso in erezione e ginocchia incrociate come i geomanti. Guardava quella strana immagine quando udì dei passi e, girandosi, si incontrò con la figura (in verde, naturalmente) di Belle. E si dimenticò del piccolo demonio all'estremità dell'ogiva, perché Belle era indubbiamente femminile e indubbiamente bella. E sorrideva. E chiedeva scusa per il ritardo. E lo trascinava all'esterno e lo obbligava a prendere il *métro* e a discendere agli inferi e a tornare alla superficie e ad entrare in un *bistrot* e a sorridere davanti al menu: Pain – Vin – Frites – Boudin – Nougat – Fleur pour les dames – Cigare pour les hommes. Belle ebbe il suo fiore: una rosa. Lui ebbe il suo sigaro: un capogiro spaventoso e il risveglio in un letto profumato (d'ambra?). Il letto di Belle.

Reagì con la sensazione di essere ancora in tempo

(in tempo per che cosa?) e con un peso straordinario sul petto. Aprì gli occhi per constatare che il peso era dovuto ad un enorme gatto d'angora che carezzevolmente faceva le fusa su di lui (castrato, senza dubbio, perché sembrava quasi un'odalisca). Alzatosi di soprassalto, il gatto saltò miagolando lamentevolmente e sparì sotto un mobile. Lui si portò le mani al petto, il gatto aveva lasciato un calorino intimo che gli sarebbe parso delizioso se non fosse stato così angosciato. Belle entrò dopo pochi minuti, portava un vassoio con un servizio completo da the. La seguivano altri tre gatti. Lui ringraziò, prese il the rapidamente e si congedò senza curarsi di niente. Credesse pure Belle nella sua timidezza, nella sua impotenza o in qualunque altra cosa. L'unica cosa che desiderava in quel momento era tornare all'albergo e dormire tranquillamente. Senza demoni ambigui, senza Belle, senza gatti.

Sperò che il giorno dopo lei lo chiamasse. Ma non lo fece. E perse la mattina e il pomeriggio in attesa della comunicazione (invano). Solo la sera si decise a fare qualcosa. Prese la linea di Sceaux e scese in Bourg-la-Reine. Camminò fino al numero due di rue Lakanal e lì trovò Severo che con il suo cubanissimo accento lo salutò pieno di gioia e lo fece passare e sedere e gli servì un whisky, perché si rese subito conto che gli era successo qualcosa. Dopo il terzo whisky (e quasi a mezzanotte) lui parlò di Belle, Belle vestita di verde che appariva nell'avenue Greffulhe, Belle vestita di verde in Saint-Merri, Belle con i gatti.

Man mano che raccontava la sua avventura gli pareva che non avesse niente di strano. In fin dei conti si può ben incontrare una ragazza in un cimitero, la ragazza può ben avere preferenza per tutti i toni del verde, una ragazza può ben adorare i gatti. O no? Il sorriso di Severo persisteva fisso sul suo volto rotondo, ma non era un sorriso allegro e questo glielo si vedeva negli occhi e notava nella voce, soprattutto quando disse: «Senti ragazzo mio, se fossi in te starei attento, non so perché, ma questa donna mi puzza, a Camagüey la vecchia Guadalupe diceva che il verde è il colore delle streghe e questa storia del cimitero e dei gatti... Severo sembrava convinto e forse per questo preferirono parlare d'altro. Alla fine rimase a dormire lì, perché era già troppo tardi per tornare in albergo. La mattina seguente fecero colazione e poi andarono al castello e passeggiarono nel parco e gettarono briciole ai cigni e, nonostante il sole, tutto era triste come un funerale. Quando si congedò da Severo disse un ciao che pareva piuttosto un addio definitivo. E certamente Severo lo sapeva, lo sapeva sì, perché gli occhi gli erano diventati opachi e la voce non gli usciva più, e neppure il sorriso. Alla portineria dell'albergo trovò un messaggio di Belle. Gli dava un appuntamento per le sette della sera agli Champs-Elysées e in rue Bassano. Egli sorrise e recuperò la sua sicurezza, perché solo una ragazza normale (volgare, direi) dava un appuntamento in un posto simile e confessava inoltre che aveva voglia di mangiare al «Drugstore» e di andare al cinema a vedere un film con Martine Carol. Che cosa lo aveva spaventato all'inizio? Che cosa si poteva temere da una ragazza dolce che rispondeva al poetico nome di Belle? Niente, naturalmente. Non bisogna credere ai presentimenti o alle intuizioni idiote. La ragione, solo la ragione deve guidarci. E la ragione gli diceva che Belle era una persona come tutte le altre, una probabile avventura amorosa, alcune settimane di tenerezza e poi qualcosa da raccontare agli amici, al ritorno a Buenos Aires.

Lei sembrava più dolce del solito quando arrivò all'appuntamento. Il verde del suo abito era soave, tendente al grigio. Lo prese sottobraccio ed andarono al «Drugstore» e poi a vedere il film di Martine Carol e poi, naturalmente, nell'appartamento di Belle. Belle gli confessò di essere nata a Praga, ma di vivere a Parigi da quando aveva cinque anni. Aveva la passione per i gatti. Castrati, naturalmente: altrimenti diventano brutti e cattivi. Lui vide che nella sua casa ce n'erano perlomeno cinque, e sentì che i loro occhi gialli lo guardavano con un'espressione un po' di burla ed un po' di pena. «I tuoi gatti non mi amano» disse. «Sono gelosi» rispose Belle. E sorrise, e fu (un'altra volta) come se li avvolgesse una luce verde e fosforescente. Tornò la paura con una repentina frustata. Pensò che doveva cacciarla e attirò a sé Belle quasi bruscamente. Ma lei disse: «No, oggi, no, martedì».

La luce verde era sparita. Egli si alzò in piedi e si diresse verso la porta sentendo gli sguardi gialli e penetranti dei gatti che lo saettavano da cuscini, sedie, sgabelli e camino. Abbassò gli occhi e il suo sguardo si imbatté in un piccolo rettangolo duro, con un disegno di arabeschi. Lo prese. Era una carta dei tarocchi: la dama di picche. La consegnò a Belle. Belle la prese, sorrise e disse solamente: «A martedì». Martedì alle sette della sera. Arrivato in albergo si rese conto che il martedì era tredici. Martedì tredici alle sette. Cabala? No, senza dubbio un'altra coincidenza, non poteva essere altro. Pensò a Severo ed ai cigni ed al commiato e pensò anche: "Sono un idiota, in fin dei conti questo è solo un gioco. Come riderò da qui a un mese!".

Il martedì arrivò come tutti i martedì: dopo il lunedì. E arrivarono le sette dopo le sei, ed egli fu puntualmente in casa di Belle. Belle gli aprì la porta e sin dal primo istante egli capì che sotto il *déshabillé* verde era nuda. La lingua di lei penetrò soavemente fra le sue labbra, il corpo di lei aderì al suo. Sentì che, contro la sua bocca, la bocca di Belle pronunciava delle parole che lui non comprendeva.

Parole strane, parole di scongiuro, parole fra le quali distinse tre nomi: Asmodée, Baphomet, Belphegor. E improvvisamente si sentì rimpicciolire, e non era più fra le braccia di Belle ma in grembo a Belle ora è proprio nel suo grembo, e sente la mano tiepida e affettuosa ed esigente di Belle che si posa sulla sua testa e lo accarezza contropelo; sente che le unghie affilate di Belle penetrano nel suo orecchio sinistro e grattano soavemente la vellutata pelle dell'interno; sente che Belle lo ama e si contrae e si rannicchia e miagola soavemente mentre ascolta la sua voce che mormora *mon chat, mon tout p'tit chat*; e accarezza l'avambraccio di Belle con la sua coda e socchiude i suoi occhi gialli, mentre gli altri gatti spariscono perché per un po' sarà lui, solamente lui, il favorito.

Indice

OSCAR CLASSICI MODERNI

Pirandello, Il fu Mattia Pascal
Christie, Dieci piccoli indiani
Kafka, Il processo
Chiara, Il piatto piange
Fitzgerald, Il grande Gatsby
Forster, Passaggio in India
Bernanos, Diario di un curato di campagna
Mann Th., La morte a Venezia - Tristano - Tonio Kröger
Svevo, La coscienza di Zeno
Joyce, Gente di Dublino
Asimov, Tutti i miei robot
García Márquez, Cent'anni di solitudine
Silone, Fontamara
Hesse, Narciso e Boccadoro
Woolf, La signora Dalloway
Bradbury, Fahrenheit 451
Bassani, Il giardino dei Finzi-Contini
Mitchell, Via col vento
Orwell, 1984
Kerouac, Sulla strada
Hemingway, Il vecchio e il mare
Pirandello, Sei personaggi in cerca d'autore - Enrico IV
Remarque, Niente di nuovo sul fronte occidentale
Buzzati, Il deserto dei Tartari
Vittorini, Uomini e no
Palazzeschi, Sorelle Materassi
Greene, Il potere e la gloria
Deledda, Canne al vento
Böll, Opinioni di un clown
Lawrence D.H., L'amante di Lady Chatterley
Sartre, La morte nell'anima
Faulkner, Luce d'agosto
D'Annunzio, Il Piacere
Tobino, Le libere donne di Magliano
Bellow, Herzog
Huxley, Il mondo nuovo - Ritorno al mondo nuovo
Joyce, Ulisse
Malaparte, La pelle
Montale, Ossi di seppia
Bulgakov, Il Maestro e Margherita
Saint-Exupéry, Volo di notte

Quasimodo, Ed è subito sera
Hamsun, Fame
Amado, Cacao
Pratolini, Cronaca familiare
Bellonci, Segreti dei Gonzaga
Proust, Un amore di Swann
Beauvoir, Il sangue degli altri
Ungaretti, Vita d'un uomo. 106 poesie 1914-1960
Masters, Antologia di Spoon River
Golding, Il signore delle mosche
Alain-Fournier, Il grande amico
Saba, Poesie scelte
Musil, I turbamenti del giovane Törless
Svevo, Una vita
Mauriac, La farisea
Dos Passos, Il 42° parallelo
Malraux, La speranza
Freud, Totem e tabù
Nietzsche, Così parlò Zarathustra
Buzzati, La boutique del mistero
Strindberg, Il figlio della serva
Shaw, Pigmalione
Hesse, Racconti
Schnitzler, Il dottor Gräsler medico termale
D'Annunzio, Le novelle della Pescara
Gibran, Il profeta - Il giardino del profeta
Orwell, Omaggio alla Catalogna
Updike, Corri, coniglio
Bernari, Tre operai
Kafka, La metamorfosi e altri racconti
Hemingway, I quarantanove racconti
Silone, Il segreto di Luca
Mann Th., I Buddenbrook
Svevo, Senilità
Woolf, Gita al Faro
Flaiano, Tempo di uccidere
Bacchelli, Il diavolo al Pontelungo
García Márquez, L'amore ai tempi del colera
Borgese, Rubè
Le Carré, La spia che venne dal freddo
Zweig, Il mondo di ieri
Miller, Paradiso perduto
Calvino, Marcovaldo
D'Arrigo, Horcynus Orca
Mishima, L'età verde
Schnitzler, La signorina Else
Orwell, La fattoria degli animali
Gide, I sotterranei del Vaticano
Romano, Nei mari estremi
Naipaul, Alla curva del fiume
Buzzati, Sessanta racconti
Steinbeck, La valle dell'Eden
Radiguet, Il diavolo in corpo
Piovene, Le stelle fredde
Solženicyn, Arcipelago Gulag
Tozzi, Con gli occhi chiusi
Bulgakov, Cuore di cane
Duras, L'amore

Slataper, Il mio Carso
Malaparte, Kaputt
Tobino, Per le antiche scale
Panzini, Il padrone sono me!
Andrić, Il ponte sulla Drina
Buck, La buona terra
Manzini, Ritratto in piedi
Döblin, Giganti
Bellow, Il re della pioggia
Rilke, I quaderni di Malte Laurids Brigge
Kawabata, La casa delle belle addormentate
García Lorca, Lamento per Ignazio Sánchez Mejías e altre poesie
Silone, Vino e pane
Kafka, America
Majakovskij, A piena voce. Poesie e poemi
Woolf, Orlando
Hemingway, Per chi suona la campana
Machado, Poesie scelte
Sereni, Diario d'Algeria
Styron, La scelta di Sophie
Koestler, Buio a mezzogiorno
Pratolini, Cronache di poveri amanti
Leavitt, Ballo di famiglia
Carver, Cattedrale
Fromm, Avere o essere?
Bonaviri, Il sarto della stradalunga
Wilder, Il ponte di San Luis Rey
Miller, Tropico del Cancro
Ginsberg, La caduta dell'America
Apollinaire, Alcool - Calligrammi
Joyce, Dedalus. Ritratto dell'artista da giovane
Bassani, Gli occhiali d'oro
Doctorow, Ragtime
Bacchelli, Il mulino del Po
Zanzotto, Poesie (1938-1986)
Hesse, Il lupo della steppa
Mann, Doctor Faustus
Vittorini, Il garofano rosso
Caldwell, Il bastardo
Maugham, Schiavo d'amore
Lawrence, Figli e amanti
Palazzeschi, Il Codice di Perelà
Styron, Le confessioni di Nat Turner
Forster, Camera con vista
Monod, Il caso e la necessità
Gandhi, Antiche come le montagne

45758
1998